PRINZ DER FINSTERNIS

Paul Harding

Prinz der Finsternis

Kriminalroman aus dem Mittelalter
Aus dem Englischen von Rainer Schmidt

Eichborn.

Titel der Originalausgabe: THE PRINCE OF DARKNESS

Die Deutsche Bibliothek – CIP-Einheitsaufnahme

Harding, Paul:
Der Prinz der Finsternis : Kriminalroman aus dem Mittelalter / Paul Harding. Aus dem Engl. von Rainer Schmidt. – Frankfurt am Main : Eichborn, 1993
ISBN 3-8218-0267-7

Umschlaggestaltung: Rüdiger Morgenweck
Lektorat: Doris Engelke / Gitta Mohrdieck
Satz: Fuldaer Verlagsanstalt GmbH, Fulda
Druck und Bindung: Wiener Verlag, Himberg
ISBN 3-8218-0267-7
Verlagsverzeichnis schickt gern:
Eichborn Verlag, Kaiserstraße 66, D-60329 Frankfurt

EINS

Ein dicker Flußnebel, hochgekocht in der Hitze des Tages, hatte sich von der Seine hereingewälzt und die Nacht noch grausiger gemacht, denn er hatte die Häuser und Paläste von Paris mit seinen grauen, geisterhaften Fangarmen umschlungen. Das Abendläuten war vorüber, und in den Straßen und Gassen von Paris war es still bis auf ein paar stöbernde Katzen und dem Abschaum der Pariser Unterwelt, der rattengleich nach leichter Beute witterte. Eudo Tailler, vorgeblich ein Weinhändler aus Bordeaux in der Gascogne, tatsächlich aber ein Agent Edwards I. von England und seines Meisterspions Hugh Corbett, huschte lautlos und mit halb gezücktem Dolch durch eine Gasse auf das dunkle, verfallende Haus zu, das an der Ecke stand.

Es war ein herrlicher Sommertag gewesen, und das Wetter hatte all die Untergangspropheten widerlegt, die wie einst Jeremias verkündet hatten, daß im ersten Jahr des neuen Jahrhunderts Feuer vom Firmament fallen, Blut emporspritzen und den Himmel besudeln werde. Eudo war im Mittsommer des Jahres 1300 nach Paris gekommen und hatte kaum etwas zu beanstanden gehabt. Seine Vorgesetzten in England sahen dies natürlich anders; sie beharrten darauf, daß Philipp IV., der König von Frankreich, geheime Komplotte schmiede, um das englische Herzogtum Gascogne zu erobern, wozu ihm jedes Mittel recht wäre. Der Meisterspion des französischen Königs, Seigneur Amaury de Craon, war bereits in England und stocherte in den dunklen Ecken des englischen Hofes herum, immer auf der Suche nach saftigen Skandalen.

Eudo trat hastig in einen dunklen Hauseingang, als die Nachtwache, vier Soldaten mit Speeren und Laternen, an der Einmündung der Gasse vorbeimarschierten. Der Spion lehnte sich an die Tür. Oh, Skandale gab es genug in England, dachte er, und die meisten drehten sich um den Prinzen von Wales und seine frühere Geliebte, Lady Eleanor Belmont, die im Kloster Godstowe eingesperrt worden war. Aber diese schlimme Situation hatte sich noch weiter verschlimmert, weil der junge Prinz vor kurzem die wahre Liebe seines Lebens gefunden hatte – nicht etwa die Tochter eines Aristokraten, sondern einen Mann: den jungen gascognischen Lustknaben Piers Gaveston. De Craon würde sich das zunutze machen, überlegte Eudo, um die Funken des Klatsches zu einem feurigen Skandal anzufachen. Um die Gascogne in ihren Besitz zu bringen, würden die Franzosen den Ruf des Prinzen zerstören, und sollte das nicht gelingen, würden sie heuchlerisch, wie sie waren, darauf bestehen, daß der englische Thronerbe mit der französischen Königstochter Isabella verlobt werde, gemäß dem Friedensvertrag, der England einige Jahre zuvor aufgezwungen worden war.

Oh, die Franzosen waren gerissen! So oder so, König Edward von England saß in der Falle. Kein Wunder, daß Eudos Dienstherr Hugh Corbett, Obersekretär der englischen Staatskanzlei, ihm einen Strom von Anweisungen geschickt und ihn angefleht hatte, er möge die geheimen Pläne der Franzosen in Erfahrung bringen. Eudo lächelte. Er war erfolgreich gewesen, und sicher würde er den wohlverdienten Lohn einheimsen. Erst hatte er herausgefunden, daß sich ein Attentäter in England aufhielt, ein Angehöriger der verfluchten Familie de Montfort, der sich an den König heranpirschte und seinen Tod plante. Eudo hatte diese Erkenntnis ein paar Monate zuvor unmittelbar an König Edward geschickt; als er aber dann nichts weiter hörte, hatte er es in seiner jüngsten Depesche an Corbett noch einmal erwähnt.

Er hob die Hand und wischte sich den Schweiß von der Stirn. Er hatte getan, was gefordert war, und jetzt lag es beim König und bei Corbett, wie sie die Nachricht nutzten, die er ihnen schickte. Aber er hatte noch mehr erfahren: Die Franzosen schmiedeten ihre Ränke nicht nur um die frühere Geliebte des Prinzen von Wales, Lady Eleanor Belmont, sie hatten sogar einen Spitzel in Godstowe, wo die Frau eingekerkert war ...

Eudo hörte die Schritte der Wache verhallen. Er zog seinen Mantel zurecht, packte den Dolch und setzte seinen Weg fort.

Der aussätzige Bettler kauerte wie gewöhnlich in einem Winkel der Gasse, dem Haus gegenüber.

»Ist alles in Ordnung?« flüsterte Eudo.

Kaum konnte er die zusammengeduckten, in einen Mantel gehüllten Umrisse des Bettlers erkennen, aber er sah, daß der silbergraue Kopf leise nickte, und eine Knochenhand streckte sich ihm entgegen, um die gewohnte Bezahlung in Empfang zu nehmen. Eudo schluckte, verbarg seinen Abscheu und warf dem Mann eine Münze zu. Dann näherte er sich der Haustür. Wie vereinbart, war sie nicht abgeschlossen. Er hob den Riegel, schlüpfte lautlos hinein und sah sich um. Der gepflasterte Korridor war leer und dunkel. Eine Kerze flackerte kraftlos in einem Messinghalter hoch oben an der Wand und spendete ein wenig Licht auf der wackligen Holztreppe, die er jetzt hinaufstieg. Eudo war zufrieden. Was für ein Glück, daß er Mistress Célèste gefunden hatte, eine dralle junge Hure aus der Normandie, rotbackig und frisch vom Lande. Eudo hatte sich ihres Zaubers bedient, um einen Schreiber aus der Königlichen Staatskanzlei im Louvre-Palast zu ködern und einzufangen. Das Mädel hatte sich als intelligent erwiesen; süß ihre Unschuld beteuernd und dabei allerlei Freuden verheißend, hatte sie dem leichtgläubigen französischen Schreiber ein Geheimnis nach dem anderen abgeschmeichelt.

Oben angekommen, drückte Eudo behutsam die Kammertür auf. Es war dunkel drinnen, und er straffte sich. Irgend etwas stimmte nicht. Sicher hätte Célèste doch eine Kerze brennen lassen? Seine Augen bemühten sich, das Dunkel zu durchdringen. Er roch den schweren Duft von Célèstes Parfüm und erkannte die schlafende Gestalt der jungen Prostituierten auf einer Bettstatt unter dem kleinen, halboffenen Fenster. Eudo entspannte sich und grinste. Vielleicht war das Mädchen müde nach einer arbeitsreichen Nacht. Aber vielleicht konnte er jetzt auch ein paar der Freuden genießen, die der junge französische Schreiber erfahren hatte.

»Célèste!« wisperte er. »Célèste, ich bin es, Eudo.«

Stille folgte auf seine Worte.

»Stimmt etwas nicht?« fragte er leise.

Beunruhigt hielt er inne und spitzte die Ohren.

Er hörte, wie das Haus ächzte und stöhnte, aber es war alt, und der Bettler an der Ecke hätte ihn sicher alarmiert, wenn jemand gekommen wäre. Eudo zog seinen Dolch und trat ans Bett.

»Célèste!« zischte er und schüttelte das Mädchen energisch.

Der Körper fiel herum, und Eudos Mund öffnete sich zu einem lautlosen Schrei. Die Kehle des Mädchens war von einem Ohr zum anderen aufgeschnitten, dickes rotes Blut tränkte das Mieder ihres Kleides und gerann in dunklen Pfützen auf der Bettdecke. Eudo fühlte etwas Warmes, Klebriges an den Fingern. Er atmete tief durch und wich zurück, und dabei schlug er seinen Mantel nach hinten und legte die Hand auf den Schwertgriff. Er trat noch einen Schritt zurück, und noch einen, und dann drehte er sich um und stürzte zur Tür. Eine Schattengestalt erhob sich vor ihm, aber Eudo duckte sich auf seine Knie, und im selben Augenblick sauste sein Dolch nach vorn und schlitzte dem Mann den Bauch auf. Dann sprang er wieder auf, stieß den Mann beiseite und polterte die Treppe hinunter. Eine zweite Gestalt erwartete ihn unten, vermummt und bedrohlich. Eudo hielt nicht an, sondern sprang die letzten paar Stufen auf einmal hinunter und prallte gegen den Angreifer, so daß dieser rückwärts gegen die harte Mauer flog. Dann war Eudo draußen in der dunklen, stinkenden Gasse. Er funkelte zu dem Bettler hinüber.

»Du Dreckskerl!« schrie er. »Du verlogener Dreckskerl!«

Der Elende wich tiefer in seinen Winkel zurück. Eudo scharrte am Boden herum, hob einen losen Pflasterstein auf und schleuderte ihn dem Bettler krachend an den Kopf, so daß er zu einem stöhnenden Haufen zusammensackte. Eudo bog um die Ecke und rannte auf die Straßenkreuzung zu. Er schluchzte und wimmerte, während seine Brust nach Luft rang und sein Herz wie eine Trommel schlug. Er wußte, es war alles vergebens. Bis jetzt hatte er Glück gehabt, aber wo konnte er hin?

Er sah, wie plötzlich eine Reihe von Soldaten auf der anderen Seite des Platzes erschienen. Trotzig schreiend blieb er stehen. Lebendig würde er sich nicht fassen lassen. Noch immer brüllte er ihnen seine Schmähungen entgegen, als ihn der Armbrustbolzen in den Oberschenkel traf und ihn auf die Pflastersteine schleuderte. Fluchend und stöhnend packte er den Bolzen, der sich tief in sein Fleisch gebohrt hatte, und der wilde Schmerz ließ ihn aufheulen. Keine Belohnung mehr, keine Heimreise nach Bordeaux! Kein Wein! Er hörte dröhnende Stiefelschritte auf dem Kopfsteinpflaster, und ein gepanzerter Fuß stieß ihn gegen die Schulter und warf ihn flach auf den Rücken. Der Hauptmann der französischen Garde nahm den Helm ab und kniete neben ihm nieder.

»So, so, Monsieur«, sagte er leise. »Die Tage des Weins und des Gesangs sind für Euch vorüber.«

Er holte mit seiner gepanzerten Faust aus und versetzte dem englischen Spion einen Schlag auf den Mund, daß dem davon übel wurde.

»Das ist nur der Anfang Eurer Nöte, Monsieur!« zischte er dabei. »Ich habe heute abend Euretwegen zwei gute Männer verloren.« Er packte Eudo bei seinem Wams und zerrte ihn hoch. »Aber kommt – bis zu den Verliesen im Louvre sind es nur ein paar Schritte, und es gibt noch andere, die ein Wörtchen mit Euch reden wollen.«

Lady Eleanor Belmont saß auf der Bettkante. Ihr herzförmiges Gesicht war blaß und ernst; nur ihre Wangen hatten sich leicht gerötet. Sie flocht die Finger ineinander, rang und drehte sie, als wolle sie der Erregung, die sie durchflutete, irgendwie Luft schaffen. Sie stand auf und trat an das rautenförmige Fenster. Ein schöner Septembertag; die Sonne wollte bald untergehen, und die Stille in dem Priorat wurde nur vom klaren Gesang der Vögel in den Bäumen vor den Mauern des Nonnenklosters unterbrochen. Eleanor blieb stehen und spähte angestrengt zum Fenster hinaus. Sie war sicher, daß sie Bewaffnete gesehen hatte – einen Reitertrupp: Der blitzende Stahl der Waffen hatte ihre Aufmerksamkeit erregt. Sie lehnte sich an die Glasscheibe; die Kühle war ihrer heißen Wange willkommen. War da jemand? Waren sie gekommen? Nein, sie hörte nichts außer dem Geplapper der Nonnen, die vor der Komplet im Gänsemarsch durch den Kreuzgang zogen. Eleanor seufzte; vermutlich war das, was sie gesehen hatte, wieder ein Trugbild ihrer fiebrigen Phantasie gewesen.

Sie sah sich in dem Gemach um. Alles war bereit. Sie richtete sich auf und schnappte nach Luft. Ihr Freund, wer immer er war, würde sicher Hilfe schicken. Bald würde dieser finstere Ort hinter ihr liegen; wiedervereint mit ihrem Geliebten, würde sie sich darum bemühen, seine Zuneigung zurückzugewinnen. Edward mochte Prinz von Wales und Erbe der englischen Krone sein, aber Lady Eleanor war zu dem Schluß gekommen, daß sie aus härterem Holz geschnitzt war. Hatte ihr Vater sie nicht bei vielen Gelegenheiten daran erinnert, daß die Belmonts von vornehmer Abkunft waren, kraftvoll und sicher?

Sie würde die Gerüchte ignorieren. Unvermittelt lachte sie, erstarrte dann aber, denn sie hatte ein Geräusch gehört, schleichende Schritte draußen im Korridor. Sie schüttelte den Kopf.

»Lord Edward will mir doch sicher nichts antun?« flüsterte sie.

Es gab böse Menschen, die behaupteten, er wolle ihren Tod, aber das konnte sie nicht von ihm glauben. Oh, freilich, andere mochten solche Wünsche hegen, Angehörige des geheimen Rates des Prinzen – denen würde Eleanor alles zutrauen, besonders dem allgegenwärtigen Piers Gaveston mit der seidenweichen Zunge, der sich ins Herz des Prinzen geschlichen hatte. Bei dem bloßen Gedanken an ihn stampfte Eleanor mit dem Fuß auf.

»Gaveston, der Dämonenanbeter!« zischte sie. »Gaveston, der Satansbraten! Gaveston, der Sodomit!«

Sie beruhigte sich. Und der Rest des Hexenzirkels? Lady Amelia Proudfoot, die Oberin, in deren Nonnenkloster sie sich jetzt befand, und die stummen Schatten der Proudfoot, die Damen Frances und Catherine? Die würden alles tun, um sie hier festzuhalten: Gift, Dolch, Garotte, ein plötzlicher Sturz ...

Eleanor lächelte und schlang sich die Arme um die Schultern. Oh, sie war so vorsichtig gewesen, so wachsam, hatte stets darauf geachtet, was sie gegessen und getrunken hatte und wo sie gegangen war, und höflich hatte sie alle Angebote, auf die Jagd zu gehen, abgelehnt. Schließlich – Lady Eleanor lächelte säuerlich – waren Jagdunfälle nichts Ungewöhnliches. Gewiß, krank war sie wohl gewesen, aber das kam von bösen Säften des Geistes, hervorgerufen von Einsamkeit und banger Unruhe. Tatsächlich wäre sie beinahe verzweifelt, aber endlich war doch Hilfe gekommen. Vor einigen Wochen hatte sie hier in der Kammer eine Botschaft gefunden, verborgen in einer kleinen Ledermappe. Der Absender hatte geschrieben, sie solle guten Mutes sein und sich keine Sorgen machen; weitere Botschaften solle sie in der hohlen Eiche am Galilee Walk hinter der Kapelle suchen. Der Wohlmeinende, wer immer es sein mochte, hatte versprochen, sie heute zu befreien, und so hatte sie ihre Gefährtinnen ersucht, sie allein zu lassen und zur Komplet zu gehen. Nur die Alten, Dame Elizabeth und Dame Martha, waren geblieben, während Lady Amelia und ihre Gefolgsfrauen bald in der Kapelle thronen und sich in ihrer Macht sonnen würden. Lady Eleanor drehte sich um, als sie hörte, wie das alte Gebäude unter ihr knarrte. Ein Spukhaus, sagten die Leute; anscheinend gingen Gespenster hier um. Es war jedenfalls kein Wohnort für eine junge Dame, die Geliebte eines der größten Männer im ganzen Land.

Eleanor setzte sich aufs Bett und nagte nervös an der Unterlippe; erregt erhob sie sich dann wieder, legte ihren Mantel um und spielte mit dem Ring an ihrem Finger; er war das letzte Geschenk des Prinzen an sie, ein großer blauer Saphir, der immer im Licht schimmerte. Sie wandte den Kopf und lauschte. Da war doch noch ein anderes Geräusch, nicht nur das Knarren der Treppe? Jemand war draußen. Sie hörte schleichende Schritte auf der Galerie. Sie näherten sich, oder? Lady Eleanor warf einen Blick zur Tür. Gut, der Schlüssel steckte im Schloß, und es war abgeschlossen. Sie befühlte ihr Haar mit der flachen Hand und schlug dann die Kapuze hoch. Wenn Dame Agatha doch hier wäre! Vielleicht war es dumm von ihr gewesen, sie wegzuschicken. Wieder dieses Geräusch. Wie gebannt stand Lady Eleanor da. Sie sah, wie die Türklinke sich senkte. Plötzlich geriet sie in Panik – doch zu spät! Sie hörte ein leises Klopfen, und sie wußte, sie würde öffnen müssen.

Lady Eleanor beschäftigte auch andere Leute an diesem Tag. Edward, der Prinz von Wales, und sein Günstling Piers Gaveston, hatten ihretwegen wieder einmal heftig gestritten und sich dann versöhnt, und sie hatten geschworen, sich mit einer Jagd Zerstreuung zu verschaffen. Sie verließen Woodstock Palace mit Soldaten, Pferdeknechten, Jägern und Gefolge, ein munterer, farbenfroh kostümierter Zug mit glatten, wohlgenährten

Pferden, prunkvoll aufgezäumt mit scharlachroten und blauen Halftern und versilberten Sätteln und Schabracken. Unter lautem Rufen, dem Schmettern von Trompeten und mit prachtvoll flatternden Brokatbannern bewegte sich die königliche Jagdgesellschaft über die staubigen Pfade von Oxfordshire, die sich um große, nirgends eingezäunte Kornfelder schlängelten, auf denen die Garben sich türmten, derweil die Bauern sich plagten, die Ernte einzubringen.

Immer noch strahlend, stand die Sonne an einem hellblauen Himmel. Das Gras zu beiden Seiten des Weges war erfüllt vom Zirpen der Grillen und dem Geraschel der Mäuse, die vor den Erntearbeitern flüchteten. Eine Lerche schwebte hoch oben am Himmel und sang aus reiner Lust, und in den fernen Bäumen trillerten Amseln und Drosseln sich das Herz aus dem Leibe.

Plötzlich trat ein dunkler Kerl wie eine Vogelscheuche, scheinbar aus dem Nichts, mitten auf den Weg; sein langes Haar war schwarz wie die Nacht und umflatterte das hagere Gesicht wie die Flügel eines Raben. Die Kleider umhüllten den ausgemergelten Leib fast wie Verbände. Prinz Edward hob eine Hand, und die Kavalkade hielt an.

Edward hatte den Mann sofort erkannt: Er war ein verrückter Prophet, der seit ein paar Tagen vor den Schloßmauern herumstreunte. Der Kerl behauptete, er komme vom Amboß des Teufels, wie man jenes brennend heiße Sandland im Süden des Mittelmeers nannte. Seine schmutzige, in Lumpen gewickelte Gestalt stand jetzt bewegungslos da, aber seine Augen glühten wie brennende Kohlen.

»Ich bringe eine Warnung!« dröhnte der Prophet. »Eine Warnung vor Tod und Schande. Eine Warnung vor dem weichen, parfümierten Fleisch der Huren, die sich in Federbetten räkeln und von ihrer Lust plärren!«

Die feurigen Augen blitzten, und ein sehniger Arm hob sich in zornigem Beben. »Ihr Kupplerinnen, die ihr Wein trinkt aus bauchigen Bechern, seid gewarnt! Der Tod selbst wird dieses Zeitalter läutern! Hört auf meine Worte: Er lauert in diesen düsteren Wäldern. Er besteigt sein fahles Pferd, und bald wird er hier sein! So seid gewarnt, ihr Dirnen und Huren!«

Die seidengewandeten Höflinge hinter dem Prinzen grinsten einfältig, und leise lachend wandten sie sich ab. Der verrückte Prophet näherte sich der großen blonden Gestalt des Prinzen, der unter dem blau-goldenen Banner Englands in nachlässiger Haltung auf seinem Pferd saß. Die Augen des Propheten wurden schmal.

»Bereuet!« zischte er. »Ihr jungen Männer, die es Euch nach dem Fleisch des anderen gelüstet und die Ihr Behagen in verbotener Liebe sucht!«

Der Prinz grinste, hob eine purpurn behandschuhte Hand und berührte seinen kleineren, dunkleren Gefährten.

»Er meint uns, Piers.«

Die Miene des jungen Gascogners verhärtete sich, doch es blieb ein Mädchengesicht mit glatten, olivfarbenen Wangen, makellosen Zügen und sauber geschnittenem, dunkelrotem Haar. Mädchenhaft und unschuldig – mit Ausnahme der Augen, überraschend hellblau wie ein Frühlingshimmel, vom Regen frisch gewaschen. Hart waren sie, und leer.

»Das glaube ich nicht, Mylord«, schnarrte Gaveston.

Prinz Edward schüttelte den Kopf und nahm eine Silbermünze aus seiner Börse.

»Laß uns wetten, Piers. Der Kerl wird zweifellos von mir reden.« Er strich sich über den Schnurrbart. »Laß uns offen sprechen. Ich bin der einzige hier, über den zu reden sich lohnt.«

Der Prophet mußte ihn gehört haben.

»Ihr, Edward, Prinz von Wales!« schrie er. »Sohn eines größeren Vaters, Träger seines Namens, aber nicht seiner Majestät. Ja, ich warne Euch, Euch und Euren krallenden Lustknaben Gaveston, den Sohn einer Hure!« Die Stimme senkte sich zu einem Zischen. »Sohn einer Hexe, vom Teufel kommst du, und zum Teufel wirst du gehen. Gebt nur acht, Prinz Edward, daß Ihr nicht mit ihm geht; die Heerscharen Satans heulen nach der sündenschweren Seele Gavestons!«

Prinz Edward nickte ernst. »Höchst interessant«, bemerkte er und streckte Gaveston die Hand entgegen. »Dein Silber, Piers.«

Der Gascogner reichte erbost knurrend ein Geldstück herüber.

»Euer Gnaden«, sagte er leise, »laßt mich den Deckskerl umbringen.«

»Nein, Piers, jetzt nicht. Du wirst nur die Falken erschrecken und uns die Jagd verderben.« Er streichelte dem Gascogner das dunkle Haar. »Sei nicht zänkisch, Piers«, raunte er. »Du wirst von Tag zu Tag mehr wie Vater und Lady Eleanor.«

Edward trieb sein Pferd voran, und der Prophet huschte an den Wegesrand. Gaveston drehte sich um und winkte dem Hauptmann der Garde mit gekrümmtem Finger zu sich heran.

»Bring den Dreckskerl um«, flüsterte er. »Nein, nicht jetzt. Aber bevor er einen Tag älter wird.«

Die Sonne war nicht viel weiter über den Himmel gezogen, als der Leichnam des verrückten Propheten, die Kehle von einem Ohr zum anderen durchgeschnitten, im tiefen Wald in einen schaumgesäumten Sumpf geworfen wurde und dort spurlos versank. Eine Stunde später stieß der Söldnerhauptmann wieder zur königlichen Jagdgesellschaft, die sich zu Pferde durch das dichte, üppige Schilf eines langsam dahinfließenden Flusses bewegte. Der Soldat nickte Gaveston zu, und dieser zwinkerte zurück, grinste und nahm dem Falken, der ruhelos auf seinem Handgelenk hockte, die Haube ab. Die Glöckchen an seinen Fußriemen klingelten eine Warnung vor dem Tod, den er in diese weiche, grüne Dunkelheit bringen würde.

»Jetzt habe ich Blut geleckt«, murmelte Gaveston bei sich. »Ich kann die Jagd genießen.«

Er wartete, bis die Treiber einen großen Reiher aufgestört hatten, der seine Deckung verließ und sich hoch über die Bäume erhob. Gaveston hob die Faust, streichelte seinen Lieblingsfalken mit seinem Handschuhfinger und ließ ihn los. Der Falke breitete die dunklen Flügel aus wie der Engel des Todes und flog dem Reiher nach; er stieg hoch in den Himmel, verharrte kurz, segelte eine Weile im Spätsommerwind und fuhr dann mit angelegten Flügeln herab wie ein Pfeil. Mit schrillem Schrei stieß er in einer Wolke von Federn auf den Reiher. Die Höflinge riefen »Oooh!« und klatschten in die Hände, aber dann schrien sie auf, als der alte Reiher den langen Hals zurückbog und seinen dolchspitzen Schnabel tief in den Körper des Falken stieß. Sprachlos schaute Gaveston zu, wie sein Falke zu Boden fiel, ein Bündel blutiger Federn, während der Reiher herabkurvte und sich im Schilf verbarg.

»Ganz außergewöhnlich«, sagte der Prinz leise. »Ich habe so etwas schon gehört, aber gesehen habe ich es zum ersten Mal.« Er stieß seinem Gefährten spielerisch in die Rippen. »Eine Warnung, Piers«, flüsterte er. »Du willst zu hoch hinaus. Die Grafschaft Cornwall *und* den Vorsitz in meinem Rat – aber nicht jetzt!« Er hob einen Finger an die Lippen. »Noch nicht, Piers. Was würde wohl mein Vater dazu sagen – von Lady Eleanor ganz zu schweigen?«

Gaveston funkelte ihn an, und wieder fragte er sich, ob er den Bann dieses Biestes Eleanor Belmont wirklich gebrochen hatte. Prinz Edward wandte sich ab. Würde Gaveston die Warnung beachten? Edward liebte Piers mehr als das Leben, aber er wagte nicht, ihn noch mehr zu bevorzugen. Er warf einen Seitenblick auf seinen Günstling: Gaveston hatte seine Gewohnheiten, aber Edward kannte auch seine dunkle Seite. Er hatte die kleinen gelben Wachsfiguren gesehen, die sein Geliebter verwahrte; eine trug eine Krone und stellte den König dar, die andere war mit einem kleinen scharlachroten Rock bekleidet, in der Farbe einer Hure: Gavestons Beschreibung der Lady Eleanor Belmont. Der Prinz starrte in die Dunkelheit zwischen den Bäumen. So viele Geheimnisse, so viel Anspannung! Wann würde sein Vater sterben? Und, vor allem, wann dieses Biest Eleanor?

Von einem Fenster hoch oben in Woodstock Palace beobachtete Sir Amaury de Craon, Spion, Meuchelmörder und Sondergesandter Seiner allerchristlichsten Majestät, Philipps IV. von Frankreich, wie die Jagdgesellschaft des Prinzen auf dem gewundenen Kiesweg zum Palast zurückkehrte. Flüchtig dachte de Craon an Lady Eleanor, als er die beiden Gestalten betrachtete, die so dicht nebeneinander ritten, vor allen anderen: Lord Edward und Gaveston. Sie plauderten wie David und Jonathan, die von des Tages Jagd zurückkehrten. De Craon schaute wütend hinunter. Lady Eleanor hatte er nicht gemocht, aber Gaveston hätte er mit Vergnügen umgebracht.

De Craon holte tief Luft und versuchte, seine Wut zu zügeln; er starrte zum Himmel hinauf. Der Tag näherte sich dem Ende. Ein ziemlich kühler Wind ließ die

Banner, die vor dem Prinzen hergetragen wurden, flattern und knattern. De Craon fröstelte, er zog den Mantel fester um die Schultern. Mit seinem scharfgeschnittenen spitzen Gesicht, dem rötlichen Haar und dem Ziegenbärtchen sah der Franzose aus wie ein neugieriger Fuchs, der seine herannahende Beute beobachtet. Großer Gott, dachte er erbost, wie war ihm Gaveston verhaßt! Der Gascogner war nichts als der Sohn eines emporgekommenen Lehnsbauern und einer Hexe aus der englischen Provinz Gascogne – jawohl, einer überführten Hexe, die bei lebendigem Leib verbrannt worden war, an ein Faß gekettet, mitten auf dem Marktplatz von Bordeaux. Was sollte er mit Gaveston anfangen? fragte de Craon sich zum x-ten Male. Vor seiner Abreise aus Paris hatte sein Herr, Philipp IV., ihn in sein samtverhangenes Geheimgemach im Louvre geholt und ihm seine Mission erläutert. Sie hatten an einem Tisch gesessen, auf dem nur eine flackernde Kerze in einem Leuchter stand.

»Denkt immer daran, de Craon«, hatte der französische König gesagt, »das Herzogtum Gascogne ist in den Händen Edwards von England. Von Rechts wegen müßte es in meiner sein!« Philipp hatte den Kerzenleuchter umklammert. »Fast wäre es auch dazu gekommen«, fuhr er fort, »aber Seine Heiligkeit der Papst intervenierte. Jetzt hat Edward die Gascogne, und ich habe einen Friedensvertrag.«

De Craon hatte Philipp aufmerksam beobachtet.

»Jedoch«, hatte sein Herr zischend hinzugefügt, »ich gedenke, die Gascogne, den Friedensvertrag und noch sehr viel mehr zu bekommen. Dem Diktat des Heiligen Vaters gemäß sollte Edward I. von England meine Schwester heiraten, und er ist ihr willkommen, aber der unfähige Prinz von Wales soll meine geliebte Tochter ehelichen, sobald sie alt genug für die Vermählung ist. Nun, wenn das geschieht, wird eines Tages mein einer Enkel auf dem englischen Thron sitzen, und ein anderer wird Herzog der Gascogne. So kann diese Provinz, und vielleicht auch England selbst, mit der Zeit von der französischen Krone übernommen werden.« Philipp hatte geschwiegen und sich die blutleeren Lippen geleckt.

»Allein«, war er fortgefahren, »all das liegt in der Zukunft, und es gibt einen direkteren Weg, dem ich folgen könnte. Ihr sollt nach England gehen, um die Verlobung meiner Tochter zu bestätigen, aber Ihr müßt darauf bestehen, daß der Prinz von Wales nicht mit Skandal behaftet ist. Er soll sich von seiner Lieblingshure, Eleanor Belmont, trennen. Andernfalls« – Philipp hatte gelächelt, wie er es nur selten tat – »und im Lichte eines solchen Skandals, werde ich an den Heiligen Vater appellieren, der Vertrag wird null und nichtig sein, und binnen einer Woche sind meine Truppen überall in der Gascogne. Es mag leicht sein, daß der Prinz damit einverstanden ist – wie ich höre, hat er die Frau satt –, und in dem Fall stände mir ein dritter Weg offen.«

Philipp hatte sich erhoben, war um den Tisch herumgekommen und hatte de Craon die allergeheimsten Instruktionen ins Ohr geflüstert. Der französische Gesandte mußte daran denken und lächelte. Vielleicht sollte er diesen Weg jetzt einschlagen. Er ballte erregt die Fäuste: Wenn er es täte, könnte er damit ein paar alte Rechnungen begleichen – nicht nur mit Edward von England, dem umnachteten Prinzen von Wales und dessen männlicher Hure Gaveston, sondern auch mit Master Hugh Corbett, seinem alten Rivalen und Feind.

ZWEI

Hugh Corbett, oberster Sekretär und Meisterspion Edwards von England, hatte einen furchtbaren Traum. Er stand unter den ausladenden Ästen einer Ulme, gleich denen, die das Gelände des Damenstifts Godstowe in Oxfordshire umsäumten. Die spätsommerliche Sonne schien, aber die Luft war still, gespenstisch, ohne jeden Vogelgesang. Neben ihm, an einem Ast des nächsten Baumes, hing ein Leichnam mit gebrochenem Genick, den Kopf zur Seite gelegt; er hing da wie ein Opfer aus alten Zeiten, oder wie die Figur des Todes aus dem Tarot. Corbett fühlte den Drang, sich umzudrehen, aber er merkte, daß er es nicht konnte. Sein Blick war starr auf die Fenster des Klosters Godstowe gerichtet, die leeren Augenhöhlen glichen. Kein Laut durchbrach die eisige Stille, abgesehen vom hohlen Kreischen grausam blickender Pfauen und den fernen Kadenzen geisterhaften Nonnengesangs.

In seinem Alptraum ging Corbett über einen saftig grünen Rasen, und die Schatten hinter ihm trieben ihn voran. Kein Lebenszeichen war zu erkennen, als er über den Kiesweg auf das große Tor des Nonnenklosters zuging. Es war unverriegelt und stand halb offen; er stieß es ganz auf und betrat das kalte, dunkle Gebäude. Eine Reihe blakender Kerzen, deren flackernde Flammen den stillen Flur mit tanzenden Schatten erfüllten, bildeten einen Weg, der ihn zum Fuße einer steilen Steintreppe führte. Dort lag wie schlafend die Gestalt einer jungen Frau, das Gesicht halb abgewandt, und eine bleiche Elfenbeinwange lugte unter der Kapuze hervor, die ihren Kopf verhüllte. Corbett ging auf leisen Sohlen auf sie zu, kniete nieder und drehte die Gestalt um; die Arme der jungen Frau fielen schlaff herab wie die Flügel eines gefallenen Vogels. Er schob die Kapuze zurück und erwartete, das Gesicht Eleanor Belmonts zu sehen, der ehemaligen Geliebten Lord Edwards, aber dann erkannte er mit einem lautlosen Entsetzensschrei: Die toten, eiskalten Züge waren die seiner Frau Maeve. Über ihm, im tiefen Dunkel des Hauses, begrüßte ein leises, spöttisches Lachen seine Entdeckung – doch als er aufsprang, erwachte Corbett schweißgebadet in seinem Bett im Landhaus zu Leighton.

Schwer atmend setzte er sich unter dem blau-goldenen Baldachin auf, der sich zwischen den geschnitzten Pfosten seines mächtigen Himmelbetts spannte. Das Fenster klapperte unter dem hartnäckigen Ansturm eines schluchzenden Windes, und Corbett fragte sich, ob er nur geträumt oder ob ihn ein dunkles Trugbild der Nacht heimgesucht hatte. Hastig blickte er nach rechts, aber seine Frau Maeve lag versunken in sanftem Schlummer, und ihr silberblondes Haar war wie ein Heiligenschein auf dem großen Kissen ausgebreitet. Er beugte sich hinüber und küßte sie sanft auf die Stirn. Der einsame Ruf einer jagenden Eule und die Todesschreie irgendeines Tieres in der schattenhaften Finsternis der Bäume draußen erregten seine düstere Stimmung von neuem.

Corbett stand auf, zog seinen Mantel an und entzündete mit Zunder und Kienspan eine Kerze. Er ging zu dem schweren, dicken Wandbehang, der die hintere Wand seines Schlafgemachs bedeckte, und zog ihn beiseite; das Flackerlicht der Kerze ließ die gestickten Figuren darauf zu gespenstischem Leben erwachen. Corbett umfaßte den sinnreich erdachten Hebel, drückte ihn herunter, und die hölzerne Wandtäfelung schwang auf geölten Angeln sanft zurück und gab den Zugang in seine Geheimkammer frei. Dieser exakt quadratische, weißgekälkte Raum war das Zentrum seiner Arbeit, der einzige Ort, an dem Corbett allein sein konnte, um nachzudenken, zu planen und alle erdenklichen Maßnahmen gegen die Feinde des Königs zu ergreifen, in England wie auch im Ausland.

Er streckte sich, und ein Schmerz durchzuckte seine Schulter, wo der wahnsinnige Priester de Luce vor Monaten seinen Dolch hineingestoßen hatte. Corbett hatte überlebt, von Maeve gepflegt, die jetzt seit sechs Wochen seine Frau und seit über zwei Monaten schwanger war. Er lächelte; sie war ein Quell des Glücks, aber nicht hier, nicht in dieser verdunkelten Kammer. Edward I. von England hatte ihm Leighton Manor, das Herrenhaus am Rande von Essex, in Anerkennung geleisteter Dienste geschenkt, aber auch zum Lohn für seine fortgesetzten Bemühungen beim Aufbau eines Netzwerkes von Spionen in England, Schottland, Frankreich und den Niederlanden. Corbett hatte den Auftrag mit Vergnügen angenommen, aber die Erkenntnisse, die er sammelte, brachten weitere Probleme mit sich: Er hatte das Gefühl, er habe Drachenzähne gesät und stehe nun im Begriff, den Wirbelwind zu ernten.

Der Sekretär zündete die Pechfackeln in ihren eisernen Wandhaltern an und trat an seinen mit verschlungenem Schnitzwerk verzierten Eichenholzschreibtisch. Die Geheimnisse, die er hier in verborgenen Fächern und Schubladen versteckt hatte, waren der Grund für seine jetzigen bangen Sorgen. Von einem Stein unter dem Schreibtisch nahm Corbett ein paar Schlüssel, zündete die beiden Kandelaber an, die rechts und links auf dem Tisch standen, setzte sich hin und schloß das Geheimfach auf.

Er zog den Brief des Königs heraus, den er am Abend zuvor erhalten hatte, als er mit Maeve in der großen dunklen Halle beim Abendessen gesessen hatte. Er war in einer Geheimschrift verfaßt, die Corbett bereits entziffert hatte. Er nahm eine Feder vom Schreibtablett, strich einen Bogen Pergament glatt und begann, seine Antwort zu entwerfen und ein Memorandum zu verfassen, eher zur Klärung seiner eigenen Gedanken als zur Unterrichtung des Königs.

Item – König Edward ist alt und verstrickt in den Kampf gegen die schottischen Rebellen, während er zugleich versucht, seinen Besitz in Frankreich zu verteidigen. Die englische Krone ist bankrott. Der König hat nur einen einzigen Ausweg, den Friedensvertrag, den der Heilige Stuhl vorgelegt hat und der die Verlobung des Prinzen von Wales mit der kleinen Tochter des französischen Königs Philipp IV. vorsieht.

Item – der Prinz von Wales ist unfähig und genußsüchtig und womöglich der Männerliebe verfallen. Er wird vom Hexenmeister Gaveston beherrscht und haßt seinen Vater. Der König möchte Gaveston gern verbannen, aber das könnte leicht zu einem Bürgerkrieg führen, der nur den Schotten helfen und sicher auch die Franzosen hereinziehen würde.

Item – Philipp IV. von Frankreich hatte verlangt, daß Eleanor Belmont entfernt werde, und Lord Edward war diesem Ersuchen nur zu gern nachgekommen. Eleanor war buchstäblich unter Hausarrest gestellt worden, und zwar im Damenstift zu Godstowe, das der Prinz von seinem nahegelegenen Palast in Woodstock im Auge behalten konnte.

Item – stimmten die Gerüchte, daß Lady Eleanor an

einem Brustleiden erkrankt war und daß der Prinz ihr Arzneien schickte? Und wenn ja, waren es wirklich Arzneien oder war es Gift?

Item – am vergangenen Sonntag war Lady Eleanor Belmont nicht mit den Nonnen in der Komplet gewesen und hatte nachher auch nicht mit ihnen im Refektorium zu Abend gegessen. Im Gegenteil, sie hatte ihren Freundinnen unter ihnen sogar gesagt, sie sollten sie allein lassen. Das Konventgebäude, in dem Lady Eleanor ihe Gemächer hatte, war während des Abendgottesdienstes leer gewesen; nur zwei alte Nonnen, Dame Elizabeth und Dame Martha, waren zurückgeblieben. Nach der Komplet gingen alle Nonnen wie üblich ins Refektorium. Nach dem Abendessen (und auch dies war üblich) hatte sich die Priorin mit ihren beiden Stellvertreterinnen, Dame Frances und Dame Catherine, auf einen Rundgang durch das Hauptgebäude begeben; sie waren durch die offene Tür gekommen und hatten Lady Eleanor, in einen Kapuzenmantel gehüllt, am Fuße der Treppe gefunden. Sie behaupteten, sie habe sich bei einem Sturz das Genick gebrochen, aber die Kapuze, die ihren Kopf bedeckte, war nicht verrutscht.

Item – war Lady Eleanor wirklich gefallen? Wenn ja, warum war ihr Gewand nicht in Unordnung? Und warum hatten die alten Nonnen kein Gepolter und kein Geschrei gehört? Und wenn sie gefallen war, wo hatte sie hingehen wollen? Oder wo war sie hergekommen? War es Selbstmord? Berichten zufolge war Lady Eleanor melancholisch, ein Opfer bösartiger Säfte.

Corbett streichelte sich mit der Schreibfeder die Wange und lauschte mit halbem Ohr auf den Wind, der wie ein umherstreifender Geist zwischen den Bäumen stöhnte; ihre Zweige raschelten, und einer klopfte beharrlich ans Fenster. Corbett tauchte die Feder in die blaugrüne Tinte. War Lady Eleanor vielleicht ermordet worden? Und wenn ja, von wem? Von Lord Edward? Er hatte sich im nahegelegenen Palast von Woodstock aufgehalten. Von Lord Gaveston, der ebenfalls dort gewesen war? Oder von beiden zusammen? Oder hatte jemand aus dem Kloster den Mord begangen? Aus Eifersucht oder auf Befehl von außen? Die Franzosen vielleicht? Zur Zeit hielt sich eine Delegation von Philipp in England auf, angeführt von Corbetts altem Widersacher Amaury de Craon.

Corbett biß auf die Knöchel seiner Hand. De Craon, sein Gegenüber im französischen Rat, war ein geschickter, verschlagener Mann, der für Edward von England und übrigens auch für seinen obersten Sekretär keinerlei Zuneigung empfand. Über einen Skandal, in den die englische Krone verwickelt wäre, hätten die Franzosen sich diebisch gefreut. Die Belmont war die Geliebte des Prinzen von Wales gewesen, aber man hatte sie vom Hofe verbannt, und so gab es hier nichts mehr auszusetzen. Natürlich war es möglich, daß Gaveston ihren Platz eingenommen hatte, aber die Franzosen konnten nicht beweisen, daß seine Beziehung zu dem jungen Prinzen etwas anderes war als ehrenhafte Freundschaft. Indes, sollte de Craon nunmehr andeuten, daß der Prinz oder Gaveston in einen Mord verwickelt seien, dann könnte Philipp leicht zu dem Entschluß kommen, die Verlobung abzusagen und den Friedensvertrag für null und nichtig zu erklären, und unversehens sähen sich die Engländer in einen kostspieligen und blutigen Krieg gestürzt. Der Sekretär ergriff seine Feder und begann zu schreiben.

Item – von einem Spitzel in Essex hatten sie erfahren, daß der Prinz von Wales insgeheim mit Lady Eleanor Belmont verheiratet gewesen sei. War dies ein weiterer Grund für den Prinzen, das arme Mädchen zu ermorden?

Corbett wurde es plötzlich kalt. Für den Prinzen – oder seinen Vater? Corbett machte sich keine Illusionen über den König oder seinen Sohn; beide waren gleichermaßen skrupellos und selbstsüchtig.

Item – eine Information von Eudo Tailler, einem englischen Spion, der sich geschäftig im Schatten des Louvre-Palastes herumtrieb; Eudo hatte sie vor Wochen herübergeschickt und war dann verschwunden. Seine Botschaft war rätselhaft genug: Ein Mitglied der Familie Montfort sei auf freiem Fuß in England.

Corbetts Angstgefühl nahm zu. Vor vierzig Jahren, acht Jahre vor Corbetts Geburt, hatte Edward I. einen gewalttätigen Aufstand niedergeschlagen, dessen Anführer Earl Simon de Montfort war. Der König, der beinahe die Krone eingebüßt hatte, besiegte die Truppen des Earl bei Evesham. De Montfort war gefallen, und Edward hatte seinen Soldaten befohlen, die Leiche zu zerhacken und den königlichen Hunden zum Fraß vorzuwerfen. Die Überlebenden der Familie de Montfort waren ins Ausland geflohen und hatten, wann immer sie konnten, Attentäter nach England geschickt, die den König und die königliche Familie ermorden sollten. Die Fehde dauerte Jahrzehnte. Ein paar Jahre zuvor hatte der König Corbett selbst dazu benutzt, einen dieser Geheimbünde aufzudecken. Corbett rieb sich das Gesicht, als er sich an die dunkle Leidenschaft Alices, der Rädelsführerin, erinnerte. Wer war dieser neue Meuchelmörder, überlegte er, und wo hielt er sich auf?

»Hugh! Hugh!«

Corbett blickte auf. Maeve stand in der Tür, in einen

seiner Mäntel gehüllt. Seinen bangen Sorgen zum Trotz war er hingerissen von ihrer Schönheit: Ihr Haar war wie Silber, ihre Haut leuchtete wie poliertes Gold im Kerzenlicht, und die blauvioletten Augen waren schwer vom Schlaf.

»Was starrst du denn so, Mann?« fragte sie.

»Du weißt, was ich anstarre«, murmelte er.

Er stand auf, drückte die Kerzen aus und führte sie zurück ins Schlafgemach.

»Hugh, was machst du denn?« Maeve entwand sich ihm und sah ihn ernst an. »Um Gottes willen, es ist mitten in der Nacht. Ich wache auf, finde das Bett kalt, und du bist nicht da.« Sie lächelte, ließ den Mantel zu Boden fallen und schlang ihm die Arme um die Taille. »Der Brief des Königs, nicht wahr? Die Sache in Godstowe?«

Er holte tief Luft.

»Ja, und morgen muß ich hin. Sobald Ranulf wieder da ist.«

Sie ließ ihn neben sich auf der Bettkante Platz nehmen.

»Die Frau wurde ermordet, nicht wahr?«

Corbett nickte. »Ich befürchte es.«

»Und man wird den König verantwortlich machen?«

Corbett rieb sich das Gesicht mit beiden Händen.

»Ich fürchte, ja. Wenn es zum Skandal kommt, weiß der Himmel, was passieren wird.«

Er nahm ihre Hand in seine.

»Seit vierzig Jahren, Maeve, gab es keinen Bürgerkrieg mehr in England. Aber Lady Eleanors Tod könnten einen hervorrufen.«

Fröstelnd rollte sie sich unter das dicke Oberbett.

»Hugh«, murmelte sie, »du wirst das Problem jetzt nicht lösen, nicht mitten in der Nacht.«

»Vielleicht wird es nie eine Lösung geben, nicht einmal am hellichten Tag.«

Ranulf-atte-Newgate, Hugh Corbetts Leibdiener, lenkte sein Pferd auf den sonnengehärteten Weg, der auf Leighton Manor zuführte, als die Glocke der Dorfkirche zum Angelus läutete. Er drehte sich um und sah, wie die Ernteknechte auf den Feldern sich bückten, um die Korngarben aufzusammeln und auf große, zweirädrige Karren zu laden. Er hörte sie lachen; eine Frau sang dem Kind an ihrer Brust ein Schlaflied, und hin und wieder wehten mit dem Wind die Schreie der Kinder heran, die am Ufer eines Baches spielten, während ihre fleißigen Eltern die Ernte einbrachten.

Ranulf war im Auftrag seines Herrn in der Staatskanzlei in London gewesen und hatte zudem gewisse Goldschmiede in der Poultry aufgesucht. Auch hatte er seinen Sohn besucht, den prachtvollen Sprößling einer seiner Affären. Ranulf sah mit Genugtuung, daß der Junge ihm täglich ähnlicher wurde: das gleiche stachelige, rötliche Haar, der großzügige Mund, das sommersprossige Gesicht, die Stupsnase und die frechen grünen Augen, scharf wie die einer Katze. Der Junge war vor Monaten, im tiefsten Winter, zur Welt gekommen, und Corbett hatte Ranulf überredet, ihn in die Obhut von Pflegeeltern in der Threadneedle Street zu geben. Ranulf war einverstanden gewesen, aber dann hatte er es sich anders überlegt, den Jungen zurückgeholt und ihn prompt in einer Taverne verloren. Eine kesse, schwerbusige Dirne erregte seine Aufmerksamkeit, und Ranulf hatte das Baby beiseite gelegt, war seinem Vergnügen nachgegangen und dann nach Hause zurückgekehrt – vergessen war das kleine Bündel, das er der Frau des Schankwirts anvertraut hatte. Auf Corbetts Rat hin brachte er das Kind danach den betrübten Pflegeeltern zurück.

»Eine gute Entscheidung«, murmelte Ranulf jetzt bei

sich. Er liebte den Jungen, aber er konnte sich nie merken, wo er ihn gelassen hatte.

Ein Eichhörnchen schnatterte, und ein Vogel flatterte aus dem Ginsterbusch auf. Ranulfs Hand fuhr zum Dolch. Er fühlte sich unbehaglich auf dem Land; die Stadt fehlte ihm, und er wünschte, Corbett würde in ihr Haus in der Bread Street zurückkehren, aber seine neue Frau, Maeve, hatte alles verändert. Ranulf stöhnte leise. Ihn gelüstete es nach den meisten Frauen, ja er fand eigentlich jede Frau, gleich welchen Ranges und Alters, anziehend – wenn nicht als Gegenstand seiner Verführungskunst, dann wenigstens als nützliche Zielscheibe für gutmütige Scherze oder Neckereien.

Mit Maeve-app-Llewellyn war es anders. Ranulf fürchtete sie. Diese eisigen blauen Augen, die anscheinend jeden seiner Gedanken lesen konnten, und die Klugheit, mit der sie die Angelegenheiten seines Herrn führte, ob es nun darum ging, ein Feld zu kaufen oder den alten, grauen, granitgesichtigen König zu besänftigen. Wenn Maeve da war, schien Hugh sich zu entspannen, ja er lächelte dann sogar. Ranulf rutschte im Sattel herum, um seine Rückenschmerzen zu lindern, während er sein Pferd durch das Tor des Herrenhauses trieb. Sie hatte Corbett verändert. Oh, sein Herr war immer noch verschlossen und zurückgezogen, aber doch gleichmütiger, kühler und berechnender. Bei früheren Gelegenheiten hatte Corbett in der Staatskanzlei gearbeitet und einzelne Aufträge für den alten König ausgeführt. Heute war das alles anders; Corbett benahm sich, als liebe er die Intrige, und baute ein System von Spionen auf, das sich wie ein riesiges Netz von Rom bis Avignon, Paris, Lille, Edinburgh und Dublin spannte.

Ranulf zügelte sein Pferd und lauschte den Geräuschen des Waldlandes, wozu Maeve ihn gedrängt hatte.

Er schüttelte den Kopf. Ein Goldstück würde er geben, wenn er den Lärm der Krämer und Obsthändler hören könnte, das lustige Geschrei der Lehrjungen und das rauhe Gebrüll der Standbesitzer. Er sah sich um. Hier war zuviel freier Platz, die Luft war zu frisch und die Aussicht auf harte Arbeit zu bedrohlich. Hier gab es keine Soldaten, die Ranulf zu einem Spielchen mit seinen präparierten Würfeln oder seinem krummen Damebrett bewegen konnte. Keine hübschen Mädchen, denen man schöne Augen machen konnte, und vor allem nicht Mistreß Sempler, die sinnenfrohe junge Frau eines alternden Wollhändlers.

Ranulf lächelte wie ein Kater, der den Rahm aufgeschleckt hat. Er hatte den vergangenen Abend angenehm verbracht, indem er die gute Dame über die Abwesenheit ihres Gatten hinwegtröstete. Er dachte an ihren weißen, seidenweichen Körper, fraulich und üppig, wie sie vor ihm gestanden hatte, mit nichts als einer Haube und einer Strumpfbandhose bekleidet. Wieder stöhnte er und fluchte leise, und er trieb sein Pferd auf den grasbewachsenen Platz vor der Tür des Herrenhauses hinauf, daß die trägen Schafe, die dort weideten, auseinanderstoben.

Aber Ranulf konnte nie lange so niedergeschlagen bleiben; schließlich war sein Vorgesetzter jetzt Herr über wohlgefüllte Scheunen und Kornspeicher und saftige Wiesen, und Ranulf konnte immer so tun, als sei er in London sehr beschäftigt gewesen, und sich so eine Belohnung verdienen. Er leckte sich die Lippen, als er abstieg und einen kummervollen Ausdruck aufsetzte. Er hatte seine Rede geprobt; er würde die Dinge in düstersten Farben schildern und die Mühen und Strapazen beschreiben, die er hatte ertragen müssen, um die Geschäfte seines Herrn zu erledigen ... aber auf das, was jetzt geschah, war er kaum vorbereitet. Corbett erwartete ihn in der eichengetäfelten Halle, in seinen Mantel gehüllt, gestiefelt und gespornt. Seine Satteltaschen waren gepackt und verschnürt und wurden eben von einem Diener hinausgetragen. Ranulf rechnete mit dem Schlimmsten, als er das Grinsen auf Corbetts Gesicht sah.

»*Benedicte*, Ranulf!« rief Corbett. »Ich habe schon gewartet. Wir müssen nach Godstowe Priory in Oxfordshire. Und dein Sohn – wie geht's dem kleinen Cherub?«

Ranulf bemerkte den Sarkasmus im Ton seines Herrn und grinste. Corbett liebte den kleinen Hugo – oder Hugolino –, aber er stellte ihn oft als Ungeheuer dar, den wahren Sohn seines Vaters, von seinem stacheligen Haarschopf bis zu seiner angeborenen Begabung, in die Patsche zu geraten.

»Nun, Herr, so gut, wie man es erwarten kann«, antwortete Ranulf, und er sah, wie Maeve aus der Kanzlei kam. Sie sah prachtvoll aus, mit ihrer schlichten weißen Haube und einem langen, dunkelbraunen Kleid, das am Halse mit silberweißen Schleifen verschlossen war und dessen Anblick durch den schweren Gürtel, den sie um den schwellenden Leib trug und an dem die Schlüssel für die meisten Räume hier im Herrenhaus hingen, ein wenig verdorben wurde. Wie gewöhnlich machte Maeve ein ernstes Gesicht, aber Ranulf sah die Boshaftigkeit, die in ihren Augen tanzte.

»Du hattest einen angenehmen Aufenthalt in London, Ranulf?«

Der Diener wollte lügen, aber Maeve sah seinen Blick.

»Ja, Herrin.«

»Keine Aufregungen oder Frivolitäten?«

»Selbstverständlich nicht«, knurrte Ranulf. »Nur harte Arbeit.«

Er wandte den Blick ab, aber Maeve setzte ihre Inquisition fort. Sie würde von Mistreß Sempler erfahren, ob ihm das gefiel oder nicht; also murmelte Ranulf irgendeine Entschuldigung und flüchtete sich in seine Kammer. Er wusch sich das Gesicht im Lavarium, packte ein neues Paar Satteltaschen, suchte an Habseligkeiten zusammen, was er in seiner gewohnt chaotischen Kammer finden konnte, und ging die Nebentreppe hinunter zur Vorderseite des Herrenhauses, wo ein Stallknecht frische Pferde und ein Packpony vorgeführt hatte. In der Halle wurde Maeve unterdessen streitsüchtig, weil Corbett ihr verbieten wollte, Ranulf aufzuziehen.

»Wirst du mich vermissen?« fragte er und wechselte unvermittelt das Thema; dabei faßte er sie bei den Händen und zog sie an sich.

»Nein«, neckte sie.

»Wirst du dich um den Zaun an der langen Wiese kümmern?«

»Nein, ich werde ihn einreißen.«

»Und die Kate mit den losen Schindeln?«

Maeve schüttelte den Kopf.

»Die werde ich niederbrennen, und die Zinsscheune dazu. Und Pater Martin mit seiner üblichen Klagelitanei über seine Gemeinde, die den Friedhof als Spielplatz benutzt, werde ich sagen, er soll sich aufhängen. Und danach« – sie schüttelte den Kopf –, »weiß der Himmel, was ich dann tun werde.«

Corbett packte sie und küßte sie leidenschaftlich.

»Dann sage ich dir adieu, Weib.«

Er zwinkerte ihr lächelnd zu und schlüpfte zur Tür hinaus, zu seinem wartenden Pferd.

Corbett und Ranulf ritten nach Norden; sie kamen durch kleine Dörfer, kaum mehr als Ansammlungen wackliger, strohgedeckter Hütten, die sich um eine Kirche oder ein Herrenhaus drängten. Bald würde die Erntezeit vorüber sein. Corbett mußte an solche Zeiten in seiner Jugend denken, als er das Korn hoch und gelb stehen sah, neben grünen Brachfeldern und den schmalen Erdstreifen, die das Land eines Dorfes von dem des nächsten trennten. Die Katen selbst waren nicht großartiger als die, die sein Vater besessen hatte, mit ihren Wänden aus Flechtwerk und Lehm und dem kleinen Gärtchen, in dem Zwiebeln, Kohl, Knoblauch und Schalotten gezogen wurden.

Sein Pferd stolperte, und Corbett fluchte; Ranulf bewunderte im stillen, wie gut sein Herr ein paar der schmutzigsten Flüche beherrschte, die er je gehört hatte. Die Straßen waren verwüstet von riesigen Schlaglöchern, behelfsweise aufgefüllt mit Reisigbergen oder Erdhaufen, die vom ersten heftigen Regenschauer weggeschwemmt werden würden. An einem Dorfgasthof machten sie halt, um eine Schüssel gewürzter Aale und ein paar Schluck vom schweren heimischen Bier zu sich zu nehmen. Die Schenke war voll von Männern und Frauen, Dörflern, Falknern, Jägern, Lakaien aus den Stallungen, Bäckern, Brauern, Köchen und Küchenjungen. Alle drängten sich auf einen Humpen Ale herein, Schulter an Schulter mit Schäfern und Schweinehirten, und sie neckten und tätschelten die Waschfrauen und Milchmädchen, die kamen, um Klatschgeschichten auszutauschen oder die Blicke ihrer Lieblingsburschen auf sich zu lenken.

Corbett saß in einer Ecke und hörte sich Ranulfs Bericht über die Londoner Angelegenheiten an, bevor er ihm leise erzählte, was sie in Godstowe Priory erwartete. Ranulf wurde blaß. Gaveston und Lord Edward waren zweimal so gefährlich wie der alte König – vor allem Gaveston, ein boshafter, mächtiger Lord, der seine Anwesenheit sowohl bei Hofe als auch in der Stadt hatte spürbar werden lassen. Zum ersten Mal seit der Christmette schloß Ranulf die Augen und betete ernstlich, sein Herr möge nicht scheitern oder die königliche Gunst verlieren. Corbett war zwischen die Fronten der tobenden Feindseligkeiten zwischen Edward und seinem grausamen Erben geraten. Wenn er die Erwartungen des Königs enttäuschte, würde Corbett jedenfalls den königlichen Mißfallen zu spüren bekommen, aber der Prinz von Wales war irrational und unberechenbar wie der Vogel im Wind – gerade noch ein heiterer Gefährte und Mensch wie jeder andere, und im nächsten Augenblick auf jedem Zoll seiner Autorität bestehend. Gaveston war noch schlimmer; er war regelrecht gefährlich. Ranulf liebte seinen Herrn, auch wenn er ihn im stillen hier und da um ein oder zwei Münzen betrog oder sich heimlich über seine ernste Art lustig machte; aber wenn Corbett stürzen sollte, würde er mit ihm stürzen. Ranulf stand auf und bestellte noch einen Krug Ale bei der Schlampe mit der fettigen Schürze, um die Panik zu ertränken, die in seinem Magen geronnen war.

»Wir alle wissen von Eleanor Belmont!« rief er. »Man sprach von ihrem Tod, im Rathaus und in St. Paul's Walk.« Fragend schaute er seinen Herrn an.

Corbett setzte sich auf und riß sich von dem Reliquienhändler los, der gerade mit einem Sack voller Ware in die Schenke gekommen war.

»Wen macht man denn dafür verantwortlich?«

»Man beschuldigt den Prinzen oder sogar den alten König.«

»Und was sagen die Leute sonst noch, Ranulf?«

»Der Prinz soll Gaveston mehr lieben als irgendein Mann seine Frau. Die Alten reden von der Rückkehr des Bürgerkriegs, und die Harnischschmiede und Pfeilmacher machen gute Geschäfte.«

Corbett nickte und lehnte sich wieder zurück. Seine Spitzel hatten ihm das gleiche berichtet; landauf, landab ließen die großen Lords ihre Burgen instand setzen, sie legten Vorräte an und wappneten sich gegen mögliche Belagerungen. Würde es Krieg geben? Vielleicht lag die Antwort in Godstowe.

Corbett schaute zur Tür hinaus und sah, daß das Tageslicht zu schwinden begann, und so setzten sie die Reise fort; wachsam hielten sie die Augen offen, derweil die Sonne unterging und sie der alten Römerstraße nordwärts nach Oxfordshire folgten. Vor einer Weile hatte hier noch reger Verkehr geherrscht; Kaufleute waren unterwegs gewesen, Studenten in ihren Lumpengewändern, Quacksalber und vereinzelt auch ein Ordensbruder, der seinen transportablen Altar von Dorf zu Dorf rollte. Aber Corbett wußte, daß die Straße jetzt, da es Abend wurde, trotz der drückenden Sommerwärme ein gefährlicher Ort war. Die Wälder und trostlosen Moore wurden bewohnt von land- und gesetzlosen Männern, dreckigen, verlausten Gestalten in zerlumpten, wettergegerbten Kleidern, entstellt von sämtlichen Geschwüren und Krankheiten unter der Sonne. Solche Leute waren eine Plage auf dieser Landstraße, und sie brüsteten sich noch mit ihren Taten und erzählten ihren rot und blau geprügelten, verwundeten Opfern, es sei »Rohkopf«, »Blutknochen« oder »Robin Übelkerl« gewesen, der sie niedergeschlagen und ausgeraubt hatte – oder was diese Gesetzlosen sich sonst für Namen gaben. Corbett tastete nach Schwert und Dolch an seinem Gürtel und fühlte sich gleich wohler; er spornte sein müdes Pferd noch einmal zum Trab an.

Spätabends erreichten sie das Dorf Woodstock, das zwischen dem Schloß und dem Kloster lag. Sie bezogen ein Zimmer im Wirtshaus »The Bull« am anderen Ende des Ortes, nahe dem Wald. Corbett, stets umsichtig, gab sein Geld mit Bedacht aus; das Zimmer, das sie bekamen, war eigentlich nur eine Dachkammer mit einem aufgebockten Strohlager, das er und Ranulf teilen würden, einer Wolldecke, einer Truhe, einem Tisch und zwei Stühlen. Man versprach ihnen einen Topf verdünntes Ale, eine Hafergrütze zum Frühstück und ein Abendbrot. Der blatternarbige Wirt war überdies bereit, Stall und Futter für ihre Pferde zur Verfügung zu stellen.

Nachdem sein Herr zur Ruhe gegangen war, stieg Ranulf in den Schankraum hinunter und nahm eine kleine Tasche mit allerlei Dingen mit, die er in ländlichen Gegenden immer bei sich hatte: ein paar Gläser mit gefärbtem Wasser und zermahlenen Blütenblättern, Haare von einem gekochten roten Hund, zerstoßene Haut vom Kopf eines Toten, mit Fett vermischt. Diese und andere Köstlichkeiten verkaufte Ranulf dem Wirt und seinen Gästen als Heilmittel gegen jedes bekannte Leiden unter der Sonne. Als er sicher war, daß er wenigstens einen Teil der Ausgaben seines Herrn wiedergewonnen hatte, steckte er das Geld in die Tasche und stahl sich nach oben; er legte sich auf den Rand des Bettes und schlief den Schlaf des Gerechten.

Indessen hatte in Godstowe Priory der Mord noch einmal sein Lager aufgeschlagen. Die alte Dame Martha war damit beschäftigt, sich in ihrer geräumigen Kammer ein ungewohntes Bad zu bereiten. Ein Wandschirm war ringsum aufgestellt worden, und die Köche hatten große irdene Krüge aus der Küche heraufgeschleppt und füllten den Holzzuber mit kochendheißem Wasser. Dame Martha wollte sich von ihrer besten Seite zeigen. Sie war sicher, daß die Priorin an dem, was sie wußte, höchst interessiert sein würde.

Dame Martha hatte ihr braunes, blau gefüttertes Wollgewand, die Tracht ihres Ordens, der Töchter von Syon, abgelegt, und hantierte, nur mit einem weißen Leinenhemd bekleidet, geschäftig mit dem Wandschirm, um ihn näher an ihr Bad zu rücken. Sie vergewisserte sich, daß die Kammertür verschlossen und verriegelt war, griff nach ihrem Weinbecher und trank gierig.

Gern hätte sie Seife gehabt, von der parfümierten Sorte, duftend und süß, die das Kloster aus Kastilien importieren ließ. Vor fünf Monaten hatte sie auch welche benutzt, als sie vor den Osterfeiertagen das letzte Mal gebadet hatte.

Dame Martha berührte ihr Haar und fühlte, wie fettig ihre grauen Locken waren. Sie saugte an ihrem Zahnfleisch, und ihre kleinen schwarzen Augen verhärteten sich. Ja, sie mußte so gut aussehen, wie sie nur konnte, wenn Lady Amelia sie sähe; Dame Martha wollte scharfsinnig und klug auf sie wirken und sich nicht als schwatzhafte alte Nonne abtun lassen, die sich in törichten Tagträumen verlor. Und sie wollte nicht, daß eines von diesen Biestern, Dame Frances oder Dame Catherine, sich über das, was sie zu berichten hatte, lustig machte und es als Fiebertraum eines alternden Verstandes verlachte. Nein, Dame Martha hatte etwas gesehen in der Nacht, als die königliche Hure gestorben war, etwas, das einfach nicht ins Bild paßte, und sie würde dieses Wissen nutzen, um Vorteile für sich herauszuschlagen – Süßigkeiten, oder vielleicht Leinenlaken oder größere Portionen aus dem Refektorium. Das alles hatte sie verdient; sie hatte dem Orden schließlich lange Jahre gedient.

Dame Martha streifte das Leinenhemd ab, kletterte in den Zuber und ließ ihren blaugeäderten, verfallenden Leib in das heiße, entspannende Wasser sinken. Sie legte den Kopf zurück und richtete sich gleich wieder auf, denn der Mord klopfte an ihre Tür.

DREI

Corbett und Ranulf kamen am späten Vormittag in Godstowe an; soeben hatte man Dame Marthas ertrunkenen Leichnam in Tücher gewickelt und ins Totenhaus gebracht, ein kleines Backsteingebäude hinter der Prioratskirche. Die beiden Reiter betrachteten die Kostergebäude, die sich in ein flaches, bewaldetes Tal schmiegten. Vor ihnen erhob sich das hohe Doppeltor, und weiter hinten, in der steilen Kurtinenmauer, sahen sie die Seitenpforte, Galilee Gate genannt, die in den Wald führte.

Corbett tätschelte seinem Pferd den Hals; es scharrte unruhig beim fernen Klang der Klosterglocke, die die Klosterknechte auf den Feldern jenseits der Mauern zum Mittagessen rief. Das Priorat war ein großartiges Gebäude, errichtet mit dem gelben Stein der nahen Steinbrüche. Das zweistöckige Haupthaus umgab den Kreuzgang wie ein Viereck. Dahinter stand die Kirche mit dem roten Schindeldach und den hochaufragenden Türmen. Corbett erkannte auch die anderen Gebäude: die Krankenstube, das Noviziat, das Kapitelhaus oberhalb des Refektoriums, das Haus der Priorin auf der anderen Seite der Kirche und dann, an die Mauern geschmiegt, die Mälzerei, den Trockenofen und andere Außengebäude. Ein Ort der demonstrativen Heiterkeit, der Beschaulichkeit und des Gebets, dachte Corbett. Und er mußte sich zwingen, ihn als einen Ort zu sehen, der von Blut und Intrige durchtränkt war. »Ranulf.« Er drehte sich im Sattel um und schaute zu seinem Diener hinüber. »Godstowe ist ein Nonnenkloster, und die Frauen sind gottgeweiht. Sei klug und denke an meinen Rat – nichts wird sein, was es zu sein scheint. Ach, übrigens, was war eigentlich in der Tasche, die du gestern abend mit in die Schankstube genommen hast?«

»Nichts, Herr.« Ranulf machte unschuldige runde Augen.

Corbett grunzte, und sie trabten den Hang hinunter, den Weg zum Haupttor entlang. Ranulf zog an dem Glockenstrang, der dort hing, und trat mit dem Stiefel gegen die kleine Torpforte. Ein langer, spindeldürrer Kerl mit einem Gesicht, so weiß wie Schnee, trüben Augen und einer Nase, so rot, daß sie glühte wie ein Signalfeuer, öffnete die kleine Tür, trat heraus und schloß sie halb wieder hinter sich.

»Was wollt ihr?« kläffte er. Er betrachtete das dunkle Gesicht des Sekretärs und bemerkte das teure gesteppte Wams, die Wollhose und die kostbaren spanischen Reitstiefel. »Ich meine«, fügte er höflicher hinzu, »in welchen Angelegenheiten kommt Ihr her?«

Zwei Soldaten traten zu ihm; sie trugen die blau-goldene Livree des Prinzen von Wales und waren mit Schwert und Dolch bewaffnet. Ihre Gesichter waren halb verdeckt vom Nasenschutz der kegelförmigen Helme.

»Verpißt euch!« schrie der eine.

Er schwankte ein wenig, und noch hinter Corbett konnte Ranulf den Biergestank riechen.

Corbett trieb sein Pferd heran, nahm den Fuß aus dem Steigbügel, stieß den Soldaten gegen das Tor und stemmte ihm den Stiefel fest auf die Brust.

»Mein Name ist Corbett«, erklärte er ruhig. »Hugh Corbett, Obersekretär in der Staatskanzlei des Königs, als dessen Sonderbeauftragter ich nach Godstowe Priory komme. Ich behandle Euch höflich, und deshalb ärgern mich Eure schlechten Manieren.« Er wandte sich wieder an den Pförtner. »Und jetzt werdet Ihr uns das Tor öffnen, oder ich bringe einen von Euch um.« Er grinste. »Schließlich ist es Hochverrat, sich einem königlichen Sonderbeauftragten in den Weg zu stellen.«

Corbett nahm den Fuß weg, und die beiden Soldaten huschten davon wie zwei Kaninchen, während Rotnase hastig einen der beiden großen Torflügel entriegelte und sie hereinließ. Er nahm sich nicht einmal die Zeit, hinter ihnen wieder abzuschließen, so eifrig war er darauf bedacht, sie zu den Stallungen zu führen. Von dort brachte sie einer der Soldaten, endlose Entschuldigungen murmelnd, zum Wohnhaus der Priorin. Die Nachricht von dem Debakel am Tor mußte ihnen vorausgeeilt sein, denn Lady Amelia erwartete sie bereits im oberen Stockwerk in einem kühlen Gemach mit blau gestrichenen Wänden, blanken Holzdielen und ovalen Fenstern mit kostbarem bunten Glas. Die Priorin saß in der Mitte des Raumes auf ihrem thronartigen Lieblingsstuhl. Sie erhob sich, als Corbett eintrat, und reichte ihm eine elegante Hand zum Kuß.

»Ihr seid mir überaus willkommen, Master Corbett. Wir haben gehört, daß Ihr kommt. Ich muß mich für die Begrüßung entschuldigen.« Sie lächelte gekünstelt. »Aber wir haben es mit so vielen Neugierigen zu tun. Lady Eleanors Tod lockt ständig neue Besucher her. Jedenfalls, Ihr seid willkommen, Master Corbett. Ich dachte allerdings, Seine Gnaden schickt uns ...« Sie ließ den Satz unvollendet.

»Jemanden Wichtigeres als einen Sekretär, Mylady?«

Sie nickte.

»Dann seid Ihr enttäuscht, Mylady!«

Corbett schaute in das hochmütige Antlitz, das von einer gestärkten weißen Haube umrahmt war. Bohrende Augen, eine herrische Nase, ein Mund, der kaum mehr war als ein Strich. Lady Amelia roch nach Parfüm, zerstoßenen Kräutern – und nach etwas Tieferem, Stickigerem. Diese Lady, dachte Corbett, würde töten, wenn ihre Ehre oder ihr Stolz auf dem Spiel ständen. Lady Amelia indessen ging über seine Bemerkung hinweg und stellte huldvoll ihre beiden Vertreterinnen und Unterpriorinnen vor, die wie zwei Kaminhunde rechts und links von ihr saßen: Dame Frances, groß, dünn und trocken, mit harten Augen, saurer Miene und verkniffenen Lippen, und Dame Catherine, hübsch, rund und keck, mit einem fröhlichen, großzügigen Mund, wenngleich die Augen wie zwei schwarze Kieselsteine in dem rosigen Gesicht saßen.

Lady Amelia deutete auf einen Stuhl für Corbett. Sie klatschte in die Hände, und eine Dienerin brachte Becher mit Malvasier und ein paar Süßigkeiten herein. Ranulf blieb unbeachtet hinter seinem Herrn stehen. Er schluckte seinen Stolz herunter und betrachtete die Nonnen. Bei den Zähnen der Hölle – eine überaus unheilige Dreifaltigkeit! Aber Dame Catherine fesselte seinen Blick; sie musterte Corbett aufmerksam und fuhr sich dabei ständig mit der kleinen rosigen Zunge über die Lippen. Ranulf grinste bei sich. Ein liederliches Frauenzimmer haben wir da, dachte er, und still begann er, davon zu träumen, was passieren würde, wenn er und die gute Dame allein in einer kleinen, gemütlichen Kammer wären.

Die Priorin lehnte sich zurück und ließ zu, daß ein kleines Lächeln ihr Gesicht verschönerte. Sie knabberte an dem Zuckerwerk.

»Was befiehlt Seine Gnaden, der König?« fragte sie.

»Seine Gnaden verlangt nichts außer einer umfassenden Erklärung für den Tod Lady Eleanors.«

Lady Amelia zog ein Gesicht. »Wir bedauern Lady

Eleanors Tod wie auch den Lady Marthas. Eine unserer Schwestern«, fügte sie rasch hinzu, als sie Corbetts verblüfftes Gesicht sah. »Sie wurde heute morgen ertrunken in ihrem Badezuber gefunden. Bedenkt, Master Corbett, mitten im Leben sind wir vom Tod umfangen.«

»Ja, aber es ist nicht gleichgültig, *wie* der Tod zu uns kommt.«

»Zu Lady Eleanor kam er durch einen Unfall.«

Corbett rückte seinen Gürtel zurecht und setzte sich ein wenig bequemer hin.

»War sie melancholisch?« fragte er.

»Ein bißchen. Man hörte sie oft um Erlösung von ihrer Krankheit beten. Sie hatte ein Brustleiden. Dame Catherine?« Sie wandte sich an ihre fröhlich blickende Vertreterin.

Die dicke Nonne zuckte die Achseln, als müsse sie sich aus einem Tagtraum lösen. »Lady Eleanor«, begann sie mit hoher Stimme, »hatte ein bösartiges Leiden in der Brust. Der Prinz hat ihr Arzneien geschickt.«

»Hat er sie selbst gebracht?« fragte Corbett.

»O nein.«

»Sind Besucher gekommen?«

»Selbstverständlich nicht!« fauchte Lady Amelia. »Wir sind ein Konvent, kein Gästehaus.«

»Diese Arzneien – weshalb könnte der Prinz so besorgt gewesen sein?«

»Der Prinz ist ein fürsorglicher Mann.«

»Woher wißt Ihr das?«

»Mein Vater war Verwalter in seinem Haushalt.«

»Habt Ihr deshalb die Bestallung hier bekommen?«

»Natürlich.« Lady Amelias Lächeln verschwand. »Allerdings mit Billigung des Bischofs und der Klostergemeinschaft.«

Corbett sah, wie Dame Frances die Lippen schürzte, ein stummer, aber beredter Widerspruch gegen die beanspruchten Verdienste ihrer Herrin.

»Und diese Arzneien ...?«

»Oh.« Dame Catherine ergriff noch einmal das Wort. »Gekauft bei einem Arzt in London. Destilliert vom besten Apotheker.«

Lady Amelia sah, wie Zweifel in den Augen des Sekretärs aufflackerten, und zwang sich zu einem freundlicheren Lächeln. Sie mußte sich vor solchen schnellen Antworten hüten. Man hatte sie gewarnt vor diesem wißbegierigen Sekretär mit seinen unvermittelten Fragen und seinem ehrlichen Ruf. Sie betrachtete ihn aufmerksamer. Ja, er war mehr als ein kleiner Beamter mit seinem nachtschwarzen Haar, dem sardonischen Gesicht und den klugen Augen, die nichts von dem, was sie sagte, zu glauben schienen. Vielleicht war der Angriff die beste Verteidigung. Sie konnte genauso unvermittelt sein wie er.

»Seht Euch vor, Master Corbett«, sagte sie. »Mag sein, daß der Prinz sein Verhältnis mit Lady Eleanor beendet hat, aber er war ihr wohlgesonnen. Es waren Arzneien, kein Gift.«

Die Priorin schnippte mit den Fingern, und Dame Catherine stand auf und ging zu einer kleinen, eisenbeschlagenen Truhe. Sie klappte den Deckel auf, nahm einen Beutel heraus und reichte ihn Lady Amelia. Die Priorin wandte den Blick nicht von Corbett, als sie den Beutel öffnete und sich ein wenig von dem weißen Pulver darin in die flache Hand rieseln ließ; sie leckte es mit der Zungenspitze auf und spülte dann den Mund mit einem Schluck Wein.

»Seht Ihr, Master Corbett, nun habe ich das Pulver eingenommen, das der Prinz für Lady Eleanor geschickt hat, und ich sterbe nicht.«

Corbett zog eine Grimasse. »Nun gut. Ihr wart es, die den Leichnam gefunden hat?«

»Ja, nach der Komplet. Die Schwestern und ich gingen ins Refektorium, um wie üblich das Nachtmahl einzunehmen, ehe wir uns zur Ruhe legten. Wie wir es immer zu tun pflegen, betraten meine beiden Vertreterinnen und ich den Konvent durch den Haupteingang. Im Flur war es dunkel; es brannte nur eine Fackel. Wir fanden Lady Eleanor am Fuße der Treppe.« Die Priorin starrte Ranulf an, als sähe sie ihn jetzt zum ersten Mal. »Sie sah aus, als ob sie schliefe«, fuhr sie leise fort.

»Aber wie könnte eine Frau die Treppe herunterfallen, ohne daß ihr die Kapuze auf dem Kopf verrutscht?« fragte Corbett.

»Oh, darüber habe ich schon eine Menge nutzlose Spekulationen gehört«, antwortete Lady Amelia munter. »Die Kapuze war festgebunden.«

»Und niemand hat sie fallen hören?«

»Es war ja niemand da.«

»Außer den Damen Martha und Elizabeth. Und die eine der beiden ist jetzt tot.«

»Und beide waren ziemlich taub!« fauchte Lady Amelia.

»Was geschah dann?«

»Wir schickten unseren Pförtner nach Woodstock, damit er den Prinzen unterrichtete.«

»Und was tat der?«

»Lord Gaveston kam her, um sicherzustellen, daß alles den Umständen entsprechend in Ordnung war. Er hinterließ etwas Silber für das Begräbnis und die Anweisung des Prinzen, Lady Eleanor hier zu bestatten.« Sie zuckte die Achseln. »Das war alles.«

»Hat ein Arzt den Leichnam untersucht?«

»Nein, warum? Lady Eleanor war ja tot.«

»Und wer war die engste Gefährtin der Toten?«

Lady Amelia lächelte triumphierend, als habe sie den Sekretär ertappt. »Ich habe mich gefragt, wann Ihr mir diese Frage stellen würdet.«

Sie nickte Dame Frances zu, und die ging hinaus und kam gleich wieder mit einer anderen Schwester zurück. Die Neuangekommene blieb in der Tür stehen, so daß Corbett nur ihre Größe erkennen konnte; Gesicht und Gestalt waren von Schleier und Tracht verhüllt.

»Master Corbett, darf ich Euch unsere Sakristanin und Cellerarin vorstellen: Dame Agatha.«

Die Nonne trat vor, und Corbett besann sich auf seine Manieren und erhob sich. Er hörte, wie Ranulf hinter ihm nach Luft schnappte. Dame Agatha war schön. Ihr Gesicht hatte eine kräftige, frische Farbe, ihre Augen waren wohlgesetzt, ruhig und heiter, und im Blick lagen Lachen und Gutmütigkeit. Ihr Mund war honigsüß und gewinnend. Ihre Hand fühlte sich kühl und trocken an, und als Corbett sie zum Kuß ergriff, roch er ihren Duft – frisch, angenehm und duftig wie eine Frühlingsrose. Lady Amelia schien Corbetts Verblüffung zu genießen.

»Was hattet Ihr erwartet, Master Corbett?«

»Ich hatte gar nichts erwartet, Mylady.«

Dame Agatha musterte ihn aufmerksam. Lachte sie über ihn? fragte sich Corbett. Dame Frances hatte anscheinend von irgendwoher einen Schemel beschafft, und auf Lady Amelias Beharren hin setzte Dame Agatha sich und bedeutete Corbett, ebenfalls wieder Platz zu nehmen.

»Ihr wolltet mich befragen, Monsieur?« Ihre Stimme war dunkel und von einem französischen Akzent gefärbt.

»Ja, Mylady. Ihr wart eine Gesellschafterin der Lady Eleanor?«

»Ja.«

»Habt Ihr die Gemächer geteilt?«

»Nein. Lady Eleanor bewohnte einen Korridor des Konventgebäudes; sie verfügte dort über sämtliche Gemächer. Lady Amelia hat mich zu ihrer Gesellschafterin bestellt, aber ich schlief mit den anderen Schwestern im Dormitorium.«

»Ihr wart zur Gesellschafterin bestellt?«

»Lady Eleanor hatte um Dame Agatha gebeten«, warf die Priorin ein.

»Und wie wirkte Lady Eleanor am Tag vor ihrem Tod?« fragte Corbett die junge Nonne.

»Oh, ganz glücklich, aber ziemlich geheimnisvoll. Sie bestand darauf, daß ich zur Komplet ginge, wollte mich aber nicht begleiten.«

»Ging sie sonst immer hin?«

»O ja.«

»Und als Ihr sie verließt, war sie noch am Leben?«

Die junge Nonne blickte zur Seite, und der warnende Ausdruck ihrer Augen verriet Corbett, daß sie etwas sagen wollte, es aber hier nicht auszusprechen wagte.

»Natürlich«, sagte sie. »Als Sakristanin ging ich schon zeitig in die Kirche, um den Altar herzurichten. Dame Frances, Ihr habt mich dort gesehen, bevor die Komplet begann.«

Die hochgewachsene, asketische Nonne nickte. Corbett begriff, was diese Frage zu bedeuten hatte.

»Lady Amelia, wann wurde Eleanor Belmont zuletzt lebend gesehen?«

Die Priorin dachte nach und legte die Finger an die Lippen.

»Kurz vor der Komplet wurde sie gesehen. Ja, von den Alten – das heißt, von Dame Elizabeth und Dame Martha. Sie tratschten in einer ihrer Kammern, von denen aus man den Gang zur Kapelle übersehen kann. Sie sahen, wie Lady Eleanor den Weg hinunterging; anscheinend wollte sie zum Galilee Gate.«

Corbett hob die Hand, um sie für einen Moment zum Schweigen zu bringen, damit er sich die Anlage des Klosters vor Augen führen konnte. Da war das Konventsgebäude, zur Rechten die Prioratskirche, dahinter ein paar Bäume und Außengebäude, und dann kam die Mauer und die kleine Pforte, das »Galilee Gate«. Er lächelte.

»Ich erinnere mich gerade an das, was ich gesehen habe. Bitte, fahrt jetzt fort. Die beiden alten Schwestern haben Lady Eleanor gesehen?«

Die Priorin zuckte die Achseln.

»Dame Elizabeth öffnete das Fenster und rief sie an, um sich zu erkundigen, ob alles in Ordnung sei. Lady Eleanor drehte sich um, lächelte, winkte und rief, sie wolle einen kurzen Spaziergang machen. Das war das letzte Mal, daß jemand sie lebend sah.«

»Dame Agatha, was, glaubt Ihr, ist passiert?« fragte Corbett.

Sie verzog das Gesicht, hob zierlich die Schultern und warf Corbett erneut einen warnenden Blick zu.

»Ich glaube, sie machte einen Spaziergang, kehrte während der Komplet zurück, ging die Treppe hinauf, stolperte, fiel hinunter und brach sich das Genick. Das arme Ding!«

»Aber könnte ein solcher Sturz den unverzüglichen Tod bedeuten?«

Corbett hörte, wie Ranulf hinter ihm unruhig scharrte, und plötzlich merkte er, daß sein Diener sich langsam durch das Zimmer auf ein paar kleine Silberfiguren zubewegte, die auf einem goldenen Tablett auf einer Truhe standen. O Gott! betete Corbett bei sich. Bitte, Ranulf, nicht hier, nicht jetzt!

»Es ist durchaus möglich.« Dame Frances sprach jetzt zum ersten Mal; ihre Stimme klang barsch und entschlossen. »Ich verstehe ein wenig von Medizin. Wenn eine Frau an einer bösartigen Brustkrankheit leidet, werden ihre Knochen spröde, da die Säfte des Körpers eintrocknen. In einem solchen Zustand kann ein Sturz höchst folgenschwer sein.«

Corbett kam jetzt zu seiner wichtigsten Frage – wie ein guter Bogenschütze, der sich den tödlichen Pfeil bis zuletzt aufhebt.

»Also«, sagte er, »wurde Lady Eleanor das letzte Mal gesehen, als sie am Sonntag vor der Komplet in der Nähe der Kirche vorbeiging. Dame Agatha, als Ihr sie verließt, war sie guter Dinge?« Die junge Nonne nickte. »Und sie wurde von den Damen Elizabeth und Martha gesehen?«

»O ja«, bestätigte Lady Amelia. »Und vom Pförtner. Auch er sah sie vor der Komplet in der Nähe der Kirche, als er durch das Galilee Gate kam.«

Corbett räusperte sich. »Lady Amelia, ich muß Euch diese Frage stellen, und ich stelle sie mit der ganzen Autorität des königlichen Gesetzes: Habt Ihr oder eine Eurer Schwestern die Kirche während oder nach der Komplet verlassen oder Euch aus dem Refektorium entfernt?«

»Nein!«

»Dame Agatha, Ihr vielleicht?«

»Nein, sie auf keinen Fall!« erklärte Dame Frances prompt. »Sie war vor der Komplet in der Sakristei. Ich war bei ihr.« Sie warf der jungen Nonne einen boshaften Blick zu. »Auf Schwester Agatha muß ich immer ein Auge haben. Ich bin verantwortlich für die Vorräte und das Geschirr, und« – Corbett sah, daß die junge Nonne errötete – »Dame Agatha kann ziemlich vergeßlich sein. Nicht wahr, meine Teure?«

Die junge Nonne schlug die Augen nieder.

»Darf ich die Leiche sehen?« fragte Corbett und erhob sich abrupt. »Lady Prior, ich muß den Leichnam sehen. Der König besteht darauf.«

Lady Amelia legte entsetzt den Kopf in den Nacken.

»Was immer Lady Eleanor vielleicht einmal gewesen sein mag, als sie starb, war sie ein Mitglied unseres Ordens«, erklärte sie.

»Mylady« – Corbett erkannte, daß Ranulf inzwischen sehr nah an die Silberfiguren herangekommen war –, »sie war aber auch eine Untertanin des Königs, und sie starb unter mysteriösen Umständen. Wollt Ihr, daß ich Vollmachten und Ermächtigungen vorlege?«

Die Priorin seufzte.

»Ihr Leichnam liegt im Totenhaus«, sagte sie leise. »In der Leichenkammer bei der Kirche. Dame Frances, Schwester Agatha, führt unseren Gast dorthin.«

Hinter Corbetts Rücken tat Ranulf einen erleichterten Seufzer. Er hatte gerade noch rechtzeitig zugeschlagen, und zwei der Silberfiguren waren jetzt sorgfältig unter seiner Jacke versteckt. Er trottete hinter seinem Herrn her, als Corbett den Damen Frances und Agatha hinausfolgte, nachdem er der Priorin höflich zugenickt hatte. Sie traten hinaus in die blendende Sonne; Ranulf stapfte über den harten Boden, während Frances und Agatha sich still und leise wie Schatten vorwärtsbewegten.

Die Nonnen führten die beiden Männer um schöne Sandsteingebäude herum, über die Wiese zur Kirche hinauf und zu dem kleinen, aus Backsteinen erbauten Torhaus dahinter, das am Ende eines staubigen Weges nahe der Mauer stand.

Hier und da blieb Corbett stehen, um Dame Frances die eine oder andere Frage über Godstowe zu stellen.

Sie antwortete höflich murmelnd und wollte weitergehen, aber der Sekretär blieb beharrlich stehen und plauderte müßig, während er sich umschaute. Klosterbedienstete huschten vorüber, und in der Nähe waren ein paar Laienschwestern damit beschäftigt, die Gartenbeete aufzuhacken und die dunkle Erde an den Rosenbüschen und auf den ordentlichen, viereckigen Kräuterrabatten zu säubern.

Corbett atmete tief und genoß die Wärme der Sonne; mit halbem Ohr lauschte er den Ringeltauben, die im Wald gurrten. Hinter ihm, unter dem Dachrand der Kirche, zwitscherten die Schwalben musikalisch an den Mauern. Dame Frances indessen zeigte sich gleichermaßen beherrscht; sie hielt ihm stand und war durchaus bereit, alles zu beantworten, was er sie fragte. Die ganze Zeit über beobachtete sie die schweigsame Dame Agatha. Corbett sah den warnenden Ausdruck in den Augen der alten Frau; sie gab der jungen Nonne zu verstehen, daß sie über das hinaus, was die Höflichkeit gebot, nichts sagen und von sich aus keinerlei Informationen preisgeben sollte. Corbett warf noch einmal einen Blick hinauf zum blauen Himmel und trat dann zwei Schritte näher an Dame Frances heran.

»Das war ein Haufen Lügen, nicht wahr?« fragte er unvermittelt. »Vorhin dort oben. Irgend etwas stimmt hier nicht. Was ist es, Frau?« Er achtete nicht auf Dame Agatha, die nach Luft schnappte, und genoß im stillen die Verwirrung, mit der Dame Frances auf diese jähe Herausforderung reagierte. »Ich bin des Königs Gerichtsbeauftragter in diesen Dingen. Lady Eleanor ist nicht gefallen, nicht wahr?«

Dame Frances wich zurück. Ihr Gesicht verzog sich säuerlich, und die Augenlider flatterten, als sie versuchte, ihre Fassung wiederzugewinnen.

»Vielleicht habt Ihr recht, Sir«, murmelte sie. »Ich denke, daß Lady Eleanor vielleicht Selbstmord begangen hat. Die Priorin versucht, das zu verbergen. Irgend etwas fraß Lady Eleanor an der Seele, aber Lady Amelia will nicht akzeptieren, daß es Selbstmord war. Überdies«, murmelte sie, »würde Lady Eleanor ... Ihr wißt, was passieren könnte, wenn man nachweist, daß es Selbstmord war?«

Corbett starrte sie mit versteinerter Miene an.

Dame Frances hob die Stimme. »Man würde Lady Eleanor das Begräbnis in geweihter Erde verweigern. Wollt Ihr das, Schreiber? Daß man ihren Leichnam an einem Kreuzweg in eine flache Grube wirft und ihr einen Pfahl durch das Herz treibt, auf daß ihre arme Seele niemals Ruhe finde? So bestimmt es das Gesetz der Kirche!«

Corbett deutete den Weg hinunter. »Das dort ist das Totenhaus?«

»Ja«, fauchte sie. »Tut, was Ihr tun müßt.«

Corbett befahl Ranulf, zurückzubleiben, ging hinunter und öffnete die unverschlossene Tür. Drinnen war es kühl und feucht; es roch nach Erde und nach etwas anderem, Verdorbenem. Der Sekretär schloß die Tür hinter sich. Er spürte, wie die Drohung des Todes seinen eigenen Geist bedrängte, und er zuckte zusammen, als eine Fledermaus, von dem Geräusch erschreckt, oben über den Deckenbalken die dunklen Flügel spreizte und verärgert kreischte.

Durch ein kleines Fenster hoch oben in der Wand fiel etwas Licht. Kurioserweise waren zwei Kerzen angezündet worden, schlanke Bienenwachskerzen, die auf den Kopfenden der beiden schmucklosen, auf Holzböcken aufgebahrten Ulmenholzsärgen standen. Corbett trat an den nächststehenden heran, hob den Gazeschleier und wich zurück, als er das runzlige alte Gesicht sah, das ihm entgegenstarrte. Die Augen waren halb offen, und auch die Lippen waren geöffnet, so daß man in den schwarzroten Mund schauen konnte. Im flackernden Kerzenschein sah es aus, als sei die Alte, die hier lag, im Begriff, sich zu erheben. Corbett erinnerte sich, daß die Priorin von der alten Nonne gesprochen hatte, die heute morgen gestorben war. Er atmete tief durch, ließ den Schleier wieder sinken und ging hinüber zu dem zweiten Sarg.

Wie üblich war der Deckel noch nicht aufgelegt; das würde erst vor der Totenmesse geschehen. Der Schleier hier war bereits zurückgeschlagen, und Corbett hielt den Atem an, als er die eiskalte Schönheit der jungen Frau erblickte, die dort lag. Sie hatte das gleiche silberblonde Haar wie Maeve und auch ihre makellosen Züge. Corbett überlegte: Da Lady Eleanor schon sechs Tage tot war, hatte das Priorat offenbar keine Kosten gescheut, die besten Einbalsamierer zu beschaffen, um die Tote für das Begräbnis vorzubereiten. Er sprach ein kurzes Gebet zur Madonna und hoffte, der Geist der Toten werde begreifen, daß er keine Blasphemie im Sinn hatte. Er zog den Schleier weiter herunter, griff nach der Kerze und untersuchte die Kehle der Toten. Unten an der Gurgel, zu beiden Seiten, befanden sich zwei kleine gelbliche Blutergüsse. Corbett nahm den Schleier ganz weg und hätte vor Schrecken fast laut aufgeschrien, als plötzlich eine dröhnende Stimme ertönte.

»Mann, was macht Ihr da?«

Corbett fuhr herum. Am Fuße des Sarges stand ein Ordensbruder, der dort die ganze Zeit gekniet hatte. Mit beiden Händen umklammerte er den Rand von Lady Eleanors Sarg. Das Gesicht des Bruders, eine Maske des Zorns, sah im Flackerlicht gespenstisch aus. Seinen Schädel zierte eine Tonsur, und seine Augen lagen tief unter gefurchten Brauen. Sein Mund war zusammengepreßt, das Kinn entschlossen vorgeschoben. Er funkelte Corbett an.

»Ich habe Euch gefragt, was Ihr da macht?«

Corbetts Hand fuhr zum Dolch, als der Priester um den Sarg herumkam.

»Laßt Euren Dolch nur stecken!« schnarrte er. »Oder ich gebe Euch einen Schlag auf den Kopf, den Ihr so schnell nicht wieder vergeßt.«

Corbett behielt die Hand auf dem Messergriff. »Ich bin hier im Dienste des Königs. Mein Name ist Hugh Corbett.«

»Ich gebe einen Teufelsfurz auf das, was Ihr seid und warum Ihr hier seid!« Der Bruder deutete auf die Tote. »Sie mag eine Hure gewesen sein, und ihre Sünden scharlachrot wie die der großen Hure Babylon, aber Ihr werdet sie mit Respekt behandeln.«

Der Bruder hielt inne, als Corbett seinen Dolch zog. Hinter ihnen wurde die Tür aufgerissen, und Ranulf stürzte atemlos herein.

»Nur ruhig, Ranulf!« rief Corbett, als der Ordensbruder herumwirbelte. »Der Pater und ich haben hier Geschäfte zu erledigen.«

Sein Gehilfe schloß widerstrebend die Tür.

»Pater«, redete Corbett ruhig weiter, »meine Absichten sind nicht respektlos. Ich bin hier in amtlicher Eigenschaft, um den Leichnam zu untersuchen. Wer seid Ihr?«

»Pater Reynard, der Pfarrer der Kirche im Dorf und durch bischöfliche Vollmacht auch Kaplan dieses umnachteten Ortes.« Er nickte, aber er ließ Corbett nicht aus den Augen. »Ich denke, Ihr tut besser Eure Arbeit zu Ende.«

Corbett kehrte zum Kopfende des Sarges zurück, hob den Schleier, zog ihn noch einmal herunter und achtete besonders auf die beidseitigen Druckstellen an der Kehle der Frau. Er sah auch das Mal am Finger der rechten Hand, wo ein Ring abgezogen worden war. Er trat an das Fußende des Sarges, hob nun dort den Schleier und schob das dunkle Gewand hoch, mit dem die Tote bekleidet war. Am rechten Bein, auf halber Höhe der Wade, fand sich ein weiterer gelblicher Bluterguß. Der Ordensbruder hinter Corbett atmete schwer. So taktvoll wie möglich untersuchte der Sekretär den Rest des Leichnams, und trotz aller Öle und Salben der Einbalsamierer drang ihm jetzt ein Hauch von Verwesung in die Nase. Leise sprach er das Requiem und kehrte dann zurück zum Leichnam der alten Nonne. Mit gesenktem Blick, und immer noch von dem Ordensbruder beobachtet, blieb er davor stehen; schließlich zog er sorgfältig den Schleier zurecht und ging wortlos zur Tür. Der Bruder löschte hinter ihm die Kerzen aus und folgte ihm nach draußen. Trotz des goldenen Sonnenscheins lief Corbett angesichts dessen, was er gesehen hatte, ein kalter Schauer über den Rücken.

»Aye, es ist das Tal des Todes«, hob Pater Reynard an und beobachtete ihn aufmerksam.

Corbett starrte ihn an. Reynard sah jetzt nicht mehr so wild aus. Er war mittelgroß und vermittelte den Eindruck von einer Kraft, die aus Eichenholz und schwerer, dunkler Erde zu kommen schien. Ein Mann des Volkes, geradlinig und ehrlich in Wort und Tat. Sein Gesicht war asketisch, aber Corbett sah auch die Falten des Humors, die einen Kontrast zum Fanatismus der brütenden Augen bildeten.

»Ihr habt Lady Eleanor gekannt?« fragte Corbett.

»Aye. Eine feine Dame, auch wenn sie eine Hure war.«

Der Priester schaute sich um, und seine Augen wurden schmal, als er Dame Frances neben Ranulf oben am Weg stehen sah.

»Ein Ort des Bösen«, murmelte er aus dem Mundwinkel. »Vertut Euch nicht, Schreiber. Der Satan streift umher und verschlingt die Seelen, deren Körper in Ewigkeit in seinem Bauche schmoren werden.«

»Und Lady Eleanor?«

»Ein armes, vernichtetes Spielzeug der Fürsten. Jetzt, da sie tot ist, erbarme sich Christus ihrer Seele.«

»Wie, glaubt Ihr, ist sie gestorben?«

»Von eigener Hand natürlich.« Der Bruder wischte sich die Hände ab und fuhr fort: »Die dunklen Mächte, die hier zugegen sind, haben vielleicht ihren Geist verwirrt.« Er deutete auf die ferne Klostermauer, wo sich ein blanker Steinpfeiler fünf Fuß hoch über den Boden erhob. »Seht Euch das an, Schreiber – das Zeichen des Priapus. Es heißt, in alten Zeiten war hier ein Schrein, ein Altar für irgendeinen uralten Gott mit blutigem Munde.«

Corbett folgte seinem Blick. Der Stein war blank poliert und glänzte im Sonnenlicht. Er lächelte bei sich. Die Form war unzweideutig, und er fragte sich, wie die Nonnen so ein heidnisches Objekt auf ihrem Klostergelände dulden konnten. Er sah den Ordensbruder an.

»Pater, Ihr habt mir noch gar nicht gesagt, was Ihr eigentlich im Totenhaus suchtet.«

»Ich habe gebetet, Mann. Ich habe zu Christus gebetet, er möge sich der Seelen dieser beiden unglücklichen Frauen erbarmen, wie ich auch für Euch beten werde.« Er warf dem Sekretär einen finsteren Blick zu. »Glaubt mir: Ehe Ihr hier fertig seid, werdet Ihr meine Gebete noch nötig haben.«

VIER

Corbett kehrte zu Ranulf und Dame Agatha zurück.

»Ihr seid also Pater Reynard begegnet?« fragte sie. »Ein guter Mann, wenngleich ein wenig extrem. Ich vermute, er hat gegen unseren Pfeiler gewettert.«

Corbett nickte.

»Die Schwestern betrachten ihn lediglich als harmlose Magie, aber wie alle Männer hält Pater Reynard die Frauen für schwache Geschöpfe, die von einem Steinbrocken leicht ins Wanken zu bringen sind.«

»Wo ist Dame Frances hin?« fragte Corbett schroffer als beabsichtigt.

Die junge Nonne nickte boshaft. »Sie sagte, sie habe Besseres zu tun, als hier von einem Fuß auf den anderen zu hüpfen und auf einen Schreiber zu warten.« Ernster fuhr sie fort: »Die Unterpriorin meint es nicht böse. Sie hat Euch eingeladen zu bleiben und ist fortgegangen, um eine Gästekammer bereitzumachen. Ihr werdet doch bleiben, oder?«

Corbett sah Ranulf an.

»Da wir gerade davon reden, von einem Fuß auf den anderen zu hüpfen, Ranulf – wenn du um das Konventsgebäude herumgehst, dorthin, wo die Stallungen sind, dann wirst du das benötigte Haus finden.«

Sein Diener errötete verlegen. »Ich dachte, Ihr wart noch nie in Godstowe, Herr?«

»War ich auch nicht, aber als wir hereinkamen, sah ich, wie ein Stallknecht eilig dort hineinlief und kurz darauf mit erleichterter Miene wieder herauskam. Also lauf. Und danach kümmerst du dich um unser Gepäck.«

Er wartete, bis Ranulf außer Hörweite war.

»Dame Agatha«, sagte er dann, »ich will nicht meine Autorität herauskehren, aber ich würde doch gern die andere Nonne, Dame Elizabeth, befragen.« Er deutete hinter sich zum Totenhaus. »Ich habe eben den Leichnam ihrer Freundin gesehen.«

»Natürlich.« Dame Agatha lächelte. »Die Priorin wäre sicher einverstanden.«

Sie führte ihn hinten herum am Haus der Priorin vorbei zur Vorderseite des Hauptgebäudes, die breite Treppe hinauf und in den Flur – einen großen, abweisenden Raum, beherrscht von einer Holztreppe mit dunkel überschatteten Nischen zu beiden Seiten.

»Hier ist Lady Eleanor gestorben«, sagte Dame Agatha leise und deutete auf eine Stelle am Fuße der Treppe.

»Wie wurde sie gefunden?« fragte Corbett. »Ich meine, in welcher Position lag die Leiche?«

»Das weiß ich nicht genau. Die Priorin hat sie entdeckt und mich von Dame Catherine aus dem Refektorium holen lassen. Als ich herkam, war Lady Eleanors Leichnam bereits schicklicher zurechtgelegt.«

»Was dachtet Ihr, als Ihr sie saht?«

»Ich dachte erst, sie wäre in Ohnmacht gefallen.«

Corbett sah, daß die junge Nonne den Blick abwandte und eine weißleinene Manschette an die Augen hob. Sanft legte er ihr die Hand auf die Schulter.

»Es tut mir leid«, sagte er. »Wenn ich nur helfen könnte ...«

Dame Agatha wandte sich ihm zu, und ihre Augen hoben sich wie zwei dunkle Schmetterlinge und blickten ihn an. Sie murmelte einen Dank, dann hob sie den Saum ihres Gewandes und führte Corbett die Treppe hinauf; dabei gewährte sie ihm einen unverstellten Blick auf ihre sich verführerisch wiegenden Hüften und ihre eleganten, schmalen Fesseln. Oben an der Treppe wandte sie sich nach links in eine langgestreckte, dunkle Galerie. Vor einer großen, eisenbeschlagenen Tür auf der rechten Seite blieb sie stehen.

»Dame Elizabeth!« rief sie drängend. »Ihr habt Besuch – ein Master Corbett!«

»Herein, herein.«

Die Stimme klang durchdringend und rauh. Dame Agatha stieß die Tür auf, und Corbett betrat ein geräumiges, aber düsteres Gemach, erhellt nur vom matten Sonnenlicht, das durch das zweigeteilte Glasfenster am hinteren Ende hereinfiel; von dort aus konnte man über das Klostergelände blicken. Corbett hörte die leisen Geräusche des Klosterlebens: Knechte kehrten von Feldern und Gärten zurück, Pferde wieherten in den Ställen, und die Nonnen schwatzten, während sie vor dem Abendchoral die Sonne genossen.

Das Gemach war luxuriös eingerichtet, und obwohl es draußen noch warm war, hatte man Holzkohlebecken voll knisternder Kohle hereingerollt. In den Schränken an den Wänden standen Becher und Teller aus Gold- und Silberfiligran offen zur Schau. Corbett dankte Gott, daß Ranulf nicht hier war; in der Nähe solchen Reichtums hätte es seinem Diener sicher in den Fingern gejuckt. Ein Kleiderschrank stand in einer Ecke; seine raffiniert konstruierten Türen standen halb offen, und man sah Gewänder, Mäntel und andere Kleidungsstücke, die erkennen ließen, daß Dame Elizabeth eine Frau war, die dieser Welt ebenso treu ergeben war wie der kommenden. In der anderen Ecke stand ein Bett, ein großes, vierpfostiges Himmelbett, dessen pelzgesäumte Vorhänge zurückgezogen waren und ein holzgeschnitztes Kopfteil, dicke weiße Kissen und eine braun-silberne Decke sehen ließen. Corbett hatte von dem Luxus gehört, der in manchen frommen Häusern herrschte, aber mit eigenen Augen hatte er derlei noch nie gesehen. Er war so sehr damit beschäftigt, den Reichtum in diesem Gemach abzuschätzen, daß ihm die winzige Gestalt entging, die in einer Nische vor einem Kohlebecken saß.

»Sir, wer seid Ihr?« Das kleine, runde, weiße Gesicht unter dem braunen Kopftuch war erbost und erschrocken zugleich.

Corbett ging auf Dame Elizabeth zu und schaute auf sie hinunter. Funkelnd blickte sie zu ihm auf; ihre winzigen Augen steckten wie zwei Korinthen in einer Schüssel Teig, und ihr Gesicht sah verkniffen und säuerlich aus, als röche sie die ganze Zeit etwas Unangenehmes. Corbett lächelte, und in einer prachtvollen Demonstration der Höflichkeit vollführte er eine Verbeugung, die selbst den professionellsten Höfling vor Neid hätte erblassen lassen.

»Madam«, begann er leise, »dieses Gemach, Eure erhabene Person ... wüßte ich es nicht besser, hätte ich mich bei einer Königin geglaubt.«

Dame Elizabeth strahlte vor Freude; sie legte ihre Handarbeit nieder und bedeutete Corbett, er solle sich neben sie auf einen kleinen gesteppten Schemel setzen. Angesichts solcher Schmeicheleien zeigte sie sich biegsam wie ein Stück Ton in Corbetts Händen. Der Sekretär umriß in knappen Zügen sein Leben und erzählte wahrheitswidrig, eine entfernte Verwandte spreche stets in den höchsten Tönen von Godstowe und erwäge, bei der Priorin ihre Aufnahme zu beantragen. Dame Elizabeth, in Wahrheit eine schwatzhafte alte Frau, sog das alles in sich auf wie eine Verdurstende reines Wasser. Sie unterhielten sich über die Vergangenheit, und mit seinem flinken Verstand lenkte Corbett das Gespräch in die Richtung, in die er wollte.

Natürlich interessierte Dame Elizabeth sich vor allem für ihre Gesundheit, und die Litanei ihrer Schmerzen und Beschwerden war so lang wie ein Psalm. Sie unterhielten sich über die verschiedenen Elixiere; das Blut eines Pferdes, mit Wieselhaaren vermischt, sei ein sicheres Heilmittel für Rheuma, und mit einem Elchhuf, sofern man ihn bekommen könnte, ließen sich die schwersten Fieberkrankheiten kurieren. Schließlich lenkte Corbett das Gespräch auf das Schicksal der Lady Eleanor. Dame Elizabeth schürzte die Lippen, als sei sie der Quell allen Wissens, und tat nach und nach ihre bedeutungsvollen Ansichten kund.

»O ja«, rief sie. »Lady Eleanor litt an einer so schweren Entzündung der Brust, daß Lord Edward ihr besondere Pulver schickte.«

»Man munkelt«, sagte Corbett, »daß es sich bei diesen Pulvern um Gift gehandelt habe.«

»Unfug!« versetzte die alte Nonne mit ihrer zitternden Stimme. »Die Priorin und auch Dame Agatha haben davon gekostet. Nichts ist ihnen geschehen«, fügte sie wehmütig hinzu, als hätte es ihr gut gefallen, wenn doch etwas geschehen wäre.

»Aber die Seele der Lady«, meinte Corbett beharrlich. »Sie war melancholisch?«

»O ja, das arme Ding. Ihr Geliebter hatte sie verlassen, und sie verzehrte sich nach ihm.«

»Glaubt Ihr, daß ihr Tod ein Unfall war?«

»Das kann gut sein. Es war dunkel im Flur, und Ihr habt ja gesehen, wie steil die Treppe ist. Ich beschwere mich ständig darüber.«

»Habt Ihr den Leichnam gesehen?«

»Ja, ja. Sie sah aus, als schliefe sie – abgesehen von dem Bluterguß an ihrem Hals und der schrecklichen Verrenkung des Kopfes.«

»Aber Ihr glaubt nicht, daß es ein Unfall war, nicht wahr? Wie hätte sie die Treppe hinunterfallen können? Selbst im Dunkeln mußte sie sie doch gut kennen.«

Die alte Nonne befeuchtete sich die Lippen und beugte sich zu ihm.

»Ihr habt recht. Es kann nur eine Schlußfolgerung geben«, flüsterte sie, und sie beugte sich so dicht zu ihm, daß ihre Köpfe einander fast berührten. »Selbstmord!« zischelte sie.

Corbetts Herz zog sich verzweifelt zusammen. Nicht schon wieder die gleiche Theorie!

»Weshalb trug sie dann Mantel und Kapuze?« fragte er. »Sicher hätte doch jemand einen Aufschrei oder das Gepolter ihres Treppensturzes gehört. Ihr und die verstorbene Schwester Martha, Ihr wart doch beide hier.«

»O ja.« Triumphierend lehnte die Nonne sich zurück. »Aber wir waren schlafen gegangen. Das tun wir immer. Eine der Laienschwestern bringt uns etwas zu essen. Und dieses Gebäude ist alt; es stöhnt und ächzt und knarrt die ganze Zeit.«

Corbett nagte verzweifelt an der Lippe. Wenn sie Lady Eleanor nicht fallen hören konnten, wie konnten sie dann so sicher sein, daß niemand das Konventsgebäude betreten hatte? Aber kam es darauf an? Lady Eleanor hätte kaum jemandem gestattet, sich in ihr Zimmer zu schleichen.

»Aber die Kapuze auf ihrem Kopf war nicht verrutscht«, gab er verzweifelt zu bedenken.

Die Augen der Nonne wurden schmal, und Corbett spürte, daß jede eingehendere Befragung ihr Mißtrauen wecken würde.

»Ach«, fauchte Dame Elizabeth, »ich weiß nicht, wieso die Leute unablässig darüber tratschen. Hier ist es feucht und kalt. An einem Herbstabend ist es durchaus üblich, daß eine Lady sich gegen die Kälte warm anzieht.«

»Und Ihr habt sie gesehen?« fragte er lächelnd. »Ihr und Schwester Martha, Gott schenke ihrer Seele die ewige Ruhe?«

»Das stimmt. Dame Martha war hier in diesem Zimmer. Das war sie immer, Gott hab sie selig. Wir saßen immer da und schauten zu, wie die Schwestern sich zur Komplet bereitmachten.« Sie deutete zum Fenster. »Da drüben. Also« – Dame Elizabeth drehte sich auf ihrem Stuhl um und steckte sich eine Süßigkeit in den Mund; es geschah so schnell, daß Corbett es kaum sah –, »wir saßen dort und sahen Lady Eleanor vorübergehen. Sie trug Mantel und Kapuze, und es sah aus, als wollte sie hinter die Kirche. Wir riefen sie an, und sie drehte sich um, winkte uns zu und sagte, sie wolle einen Spaziergang machen.«

»Da seid Ihr sicher?«

»Freilich. Sie drehte sich um und winkte.«

»Und Dame Martha hat es gesehen?«

»O ja.«

»Und Dame Martha war Eure Freundin?«

»Nun, ich habe der Armen geholfen. Sie war die Tochter eines Freisassen, wißt Ihr«, ergänzte sie herablassend.

»Wer?«

»Martha. Ihre Erziehung war unvollkommen, und so habe ich ihr oft geholfen. Sie hatte über das geistliche Leben immer noch eine Menge zu lernen, und ich war nur zu gern bereit, sie dabei zu unterstützen.« Die alte Nonne schüttelte den Kopf. »Ich habe ihr immer gesagt, sie müsse sich kasteien und mehr beten.«

»Und jetzt ist sie tot.«

»Ja, Gott gebe ihr die ewige Ruhe. Ich habe den Leichnam gefunden.«

Corbett beugte sich vor.

»Wie kam es dazu?«

»Nun, die liebe Alte hatte den Verstand verloren. Sie wollte zur Priorin, behauptete, sie wisse etwas über Lady Eleanors Tod. Ich sagte ihr, dann solle sie baden und sich gut vorbereiten.« Sie lächelte schmal. »Dame Martha war nicht besonders penibel in ihren persönlichen Gewohnheiten.«

»Was wußte sie denn über Lady Eleanors Tod?«

»Oh, sie redete von etwas, das sie gesehen hatte. ›*Sinistra non dextra*‹, sang sie dauernd. ›Die Linke, nicht die Rechte.‹ Törichtes altes Ding! Ich weiß nicht, was sie damit meinte – also fragt mich gar nicht erst. Jedenfalls fand ich, ihr Bad dauerte ziemlich lange, und so ging ich hinüber. Ihre Tür war nicht abgeschlossen, und so ging ich hinein.« Die alte Nonne hielt in gespielter Trauer inne. »Dame Martha lag in ihrem Bottich, die Beine ragte heraus wie zwei dünne Stöcke, und ihr Gesicht war unter Wasser.«

»Habt Ihr sonst etwas Auffälliges bemerkt?«

»Nein, nichts, nur daß ich fast ausgerutscht wäre, als ich hinauslaufen wollte. Eine Wasserspur führte bis zur Tür.«

»Sonst noch etwas?«

»Nein!« fauchte sie. »Was soll denn noch gewesen sein?«

Corbett schüttelte mitfühlend den Kopf und lenkte die Unterhaltung geschickt wieder auf Elchhufe und Wieselblut, bevor er aufstand, sich verabschiedete und auf das feierlichste versicherte, wenn Dame Elizabeth so gnädig sein wolle, ihn zu empfangen, werde er sie ganz sicher demnächst wieder einmal besuchen.

Als die alte Nonne sein Angebot dankbar angenommen hatte, schloß er die Kammertür hinter sich und begab sich zur Treppe; er brauchte nur einen Blick hinunterzuwerfen, um ihre inhaltslosen Ergüsse zu verwerfen. Wenn Lady Eleanor Selbstmord hätte begehen wollen, so hätte sie sich nicht die Treppe hinunterstürzen müssen. Der Sprung aus dem Fenster oder auch über die Balustrade hier an der Galerie wäre ebenso wirkungsvoll gewesen. Corbett ging die dunklen Galerien entlang zu Lady Eleanors Gemächern; es waren große, aneinandergrenzende Räume, die eine Seite des Konventsgebäudes ausfüllten. Sie waren nicht abgeschlossen, aber er fand nichts von Interesse, denn man hatte bereits alle Möbel und Behänge hinausgeschafft. Er seufzte und ging auf Zehenspitzen nach unten. Er hatte gehofft, Dame Agatha werde ihn erwarten, aber er sah nur eine graugewandete Schwester, die unten an der Treppe vorüberhuschte. Corbett ging langsam auf den Ausgang zu.

»Master Corbett!«

Corbett gestattete sich ein kurzes Lächeln, ehe er sich umdrehte.

»Was gibt's, Dame Agatha?«

»Ihr habt Dame Elizabeth wohlauf gefunden?«

»Ja.«

»Gut.«

Corbett sah, daß die Wangen der Frau gerötet waren.

»Es ist nur, daß wir so wenig Besuch bekommen«, flüsterte sie.

Corbett kehrte um. »Ihr dauert mich, Madam, so eingesperrt in Anwesenheit des Todes. Ich kann nur ahnen, wie große Eure Trauer und Eure Einsamkeit sein müssen.«

»Morgen finden Feiern statt«, unterbrach sie ihn kühn. »In der Kirche im Dorf. Es ist Erntezeit. Ich muß Pater Reynard wegen der Altarbrote besuchen –

er besteht immer darauf, daß wir die ungesäuerten Hostien verwenden, die er selbst backt. Die Straßen sind...«

»Madam«, fiel Corbett ihr geschmeidig ins Wort. »Es wäre mir eine Ehre, Euch begleiten zu dürfen.«

Dame Agatha führte ihn schweigend zurück zum Gästehaus auf der anderen Seite des Nonnenklosters und brachte ihn in ein angenehmes, behagliches Gemach mit wenigen Möbeln. Ranulf war bereits dabei, ihre Satteltaschen auszupacken. Dame Agatha ließ sie allein; ein Küchenbursche, sagte sie, werde ihnen etwas zu essen herüberbringen, denn die Klosterregeln erlaubten nicht, daß Gäste im Refektorium speisten. Corbett setzte sich auf seine Pritsche und zog die Stiefel aus. Er sprach erst, als die leisen Schritte der Nonne sich entfernt hatten.

»Nun, Ranulf, was denkst du?«

Sein Diener ließ sich auf das andere Bett fallen. »Für Damen, denen es um das Jenseits zu tun ist«, meinte er spitz, »scheinen sie mir ein ziemlich großes Interesse am Diesseits zu haben. Bei allen Zähnen der Hölle, Master! Die leben großartig wie Fürstinnen!«

»Und Lady Eleanors Tod?«

»Ich glaube, sie lügen alle, und sie wissen es. Die Priorin mag eine arrogante Kuh sein, aber sie hat auch ziemlich viel Angst.«

»Sonst noch was?«

»Die beiden Unterpriorinnen – die Damen Frances und Catherine – können einander nicht ausstehen. Habt Ihr gemerkt, daß sie kaum einen Blick gewechselt haben?« Ranulf zog eine Grimasse. »Und Ihr, Master?«

»Ich glaube, daß Lady Eleanor nicht die Treppe hinuntergefallen ist. Hätte sie es getan, wäre sie am ganzen Körper voll blauer Flecken gewesen, aber abgesehen von ihrer Kehle, habe ich nur am Bein einen Bluterguß gefunden. Sie wurde woanders ermordet, und dann legte man ihren Leichnam unten an die Treppe, um es wie einen Unfall aussehen zu lassen. Ich glaube außerdem«, fuhr er leise fort, »daß die alte Nonne in ihrer Badewanne ermordet wurde, weil sie etwas wußte – aber nur der Himmel weiß, wie ich beweisen soll, was in Wirklichkeit geschehen ist.«

Corbett legte sich auf das Bett und bemühte sich, das Gewirr der Fakten in seinem Kopf zu ordnen. Ein Diener brachte ihnen Schüsseln mit heißer Brühe herauf, kleine weiße Brote und einen Teller kalten Fasan, garniert mit Kräutern und einem Gemüsebrei. Nach dem Essen machte Ranulf einen Spaziergang, und als er zurückkam, pries er von neuem all den Reichtum und Luxus, den er hier gesehen habe. Corbett starrte zur Decke. Er fragte sich, wie es Maeve gehen mochte. Würde sie auf sich achtgeben? Kam sie mit dem Verwalter und dem Vogt zurecht? Morgen würde das Gutsgericht zusammentreten: John the Heywood bat um die Erlaubnis, seine Tochter mit einem Mann aus dem Nachbardorf zu verheiraten. William Atwood wollte seinen Sohn auf eine Schule schicken. Hik, der Tierzüchter, hatten gegen die Anweisung zur Benutzung der Gutsmühle verstoßen und sein eigenes Korn zu Hause gemahlen. Robert Arundel hatte seinem Nachbarn einen Yard Boden gestohlen. Ob Maeve mit all diesen Problemen fertig werden würde? Draußen dunkelte es. Corbett wurden die Lider schwer. Er hörte das Kläffen eines jagenden Fuchses und das Rumoren Ranulfs, der sich allmählich anschickte, schlafen zu gehen.

»Ranulf!« murmelte er.

»Ja, Master?«

»Sieh zu, daß du der Priorin irgendwie die silbernen Figuren zurückgibst.«

»Ja, Master.«

Am nächsten Morgen stand Corbett früh auf; die Klosterglocke hatte ihn geweckt. Er wusch sich Gesicht und Hände in einer tiefen Messingschüssel, die auf dem hölzernen Lavarium stand, und dann zog er sich an und weckte Ranulf zur Frühmesse. Dichter Nebel lastete über dem Boden, als Corbett sich einem kleinen Bauernhof auf dem Klostergelände näherte. Er hörte das grunzende Schlingen gieriger Schweine. Der Bauer rief seinen Söhnen über die dämmerige Wiese zu, sie sollten Hacken und Schaufeln weglegen und sich auf die Messe vorbereiten. Eine der Nonnen, schlaftrunken und blaß wie ein Käse, redete mit einer der Laienschwestern, die ein Tragjoch mit scheppernden Eimern schleppte; sie kam vom Melken der Kühe zurück. Eine andere Laienschwester – sie hatte ihren Kittel hochgesteckt und die Ärmel aufgekrempelt, so daß man ihre schlanken, braunen, muskulösen Arme sah – kam langsam vom Brunnen herauf und trug einen randvollen Eimer an jeder Hand. Neben ihr trieb ein barfüßiges, staubiges Mädchen eine Schar zischender Gänse in den Stall.

Corbett ging außen herum, durch das jetzt offenstehende Galilee Gate und dann den staubigen, trockenen Pfad hinunter, der sich an dem Kloster vorbeischlängelte. Er atmete tief und genoß die süß duftende Luft. Im Wald jenseits des Weges tropfte noch der Tau von den Zweigen; Kuckuck, Ringeltaube und Drossel sangen in tiefgrüner Dunkelheit ihren Morgenchor. Die Klosterglocke läutete wieder und rief ihn zurück aus jenem Teil des Tages, den er am liebsten hatte. Der Sekretär holte tief Luft und sog die frische Morgenluft in sich hinein. Ein schöner Morgen, der Erinnerungen an Leighton Manor und andere, ältere Bilder in sein Herz zurückströmen ließ. Er schloß die Augen und schwelgte in diesem Frieden, während er sich für die Mühen des Tages wappnete: Er durfte nicht vergessen, daß sich unter der heiteren Gelassenheit von Godstowe düstere, ja mörderische Geheimnisse verbargen, die eine Bedrohung für die Krone selbst darstellten.

Corbett öffnete die Augen, betastete die Stoppeln an seinem Kinn und nahm sich vor, sich so bald wie möglich zu rasieren. Er kehrte zurück, um den schlaftrunkenen Ranulf abzuholen.

Wenn das Kloster schon luxuriös war, hätte die Kirche jedem großen Earl oder Edelmann Ehre gemacht. Die Wände waren von einem Gemälde in strahlenden Farben bedeckt: Christus fiel in die Hölle ein und befreite die Seelen aus den Klauen schwarzgesichtiger Dämonen, die um so grausiger aussahen, da ihre scharlachroten Körper von dunklen Fellbüscheln überzogen waren. Die Kirche war durch einen schweren, hölzernen Lettner unterteilt; jeder Zoll davon war verziert mit den verschlungensten Schnitzereien: Engel, Heilige und Szenen aus dem Alten und dem Neuen Testament. Als sie dort hindurch zum Hochaltar zogen, rauschte die Priorin majestätisch wie ein Bischof auf ihren Kirchenstuhl zu und deutete auf die Bank, auf der sie Platz nehmen sollten, Corbett verbeugte sich und ermahnte Ranulf knurrend, er möge sich seine gemurmelten Bemerkungen über die Arroganz gewisser Weiber verkneifen.

Der Sekretär setzte sich und schaute sich um. Zu beiden Seiten befanden sich die Betstühle der Nonnen, ein jeder in einer eichenholzgeschnitzten Nische für sich, mit Sitz und Kniebank. Dahinter dann das Altargitter und die marmorweiße Reinheit des Chores. Der mächtige elfenbeinweiße Altar war mit kostbaren Tüchern bedeckt; Kerzen aus reinem Bienenwachs in schweren silbernen Haltern standen zu beiden Seiten. Die Sonne schien durch eine kleine Fensterrosette und ließ die kostbaren Becher und Kelche, die dort standen, in beinahe blendendem Licht glitzern und funkeln.

Corbett hörte Geräusche; er drehte sich um und schaute hinter den Lettner. Die Bauern vom Klosterhof kamen jetzt herein. Dem Brauch gemäß durften sie nur ins Kirchenschiff, und so hockten sie dort in ihren staubig grünen oder braunen Kitteln auf den Steinplatten des Bodens.

Corbett betrachtete sie, und seine Gedanken wanderten rückwärts durch die Zeit, als wären sie Geister aus seiner Vergangenheit. Seine Eltern hatten einmal so dagehockt, auch nur Bauern und deshalb nach des Königs Gesetz und durch göttliche Verfügung nicht würdig, jenseits des Lettners zu sitzen. Sie konnten den Priester von Ferne sehen, seiner Predigt lauschen und die Gemälde betrachten, die dort zu ihrer geistlichen Erbauung angebracht waren.

Ein Glöckchen läutete, und Pater Reynard kam in feurig roten und goldenen Gewändern aus der Sakristei gerauscht und trat an den Hochaltar. Am Fuße der Altarstufen blieb er stehen und machte ein Kreuzzeichen, und mit mächtiger Stimme intonierte er den Eingangspsalm.

»Zum Altare Gottes will ich treten, zu Gott, der meine Jugend erfreut!«

Corbett musterte die Nonnen zu beiden Seiten und betrachtete jedes Gesicht aufmerksam. Überwiegend waren sie dick, wohlgenährt und zufrieden; Dame Elizabeth in ihrer kargen Strenge stellte eine bemerkenswerte Ausnahme dar. Lady Amelia in seidenem Habit mit feinleinener Haube blickte mit dem Hochmut einer Edelfrau in die Runde; Dame Agathas Gesicht war heiter und gefaßt im Gebet, obgleich Corbett wohl sah, daß ihre dunklen Rehaugen rasch zu ihm herüberblickten, und die Andeutung von Boshaftigkeit in ihrem Blick entging ihm nicht. Pater Reynard war inzwischen die Altarstufen hinaufgeschritten und stand unter dem blaugoldenen Baldachin, der an samtenen Kordeln von der aufwendigen Stichbalkendecke herabhing. Die geistliche Magie hatte gewirkt, Christus herabgerufen in Gestalt von Brot und Wein; aber am Ende der Messe wurde Corbett unruhig, als Pater Reynard die hölzerne Kanzel erklomm, um seine Predigt zu halten. Seine Hände ruhten auf einem mächtigen Adler, der die geschnitzten Schwingen ausbreitete.

»Weh euch!« begann der Franziskaner. »Ihr Reichen und Verzärtelten, die ihr die Bedürftigen mißachtet, die Armen, die Gefangenen in Verliesen, geschaffen durch euren Reichtum. Was sie durch Spinnen ergattern können, zahlen sie an euch für Miete und Zins, und so bleibt ihnen nur wäßriger Haferbrei, ihre Kinder zu speisen, die laut nach Nahrung weinen.« Er zog die Ärmel seines Gewandes zurück und entblößte starke braune Handgelenke. Mit halb geschlossenen Augen wiegte er sich vor und zurück. »Wehe euch, ihr Reichen und Verzärtelten, die ihr die Bauern mißachtet, die sich schämen zu betteln, die aufwachen des Nachts, um das Kind zu wiegen, um zu flicken und zu waschen.«

Corbett schaute an der Reihe der Nonnen entlang. Selbst die Schlaftrunkensten begannen sich jetzt zu regen.

»Wehe euch, ihr Verzärtelten mit euren geheimen Lüsten, die ihr nicht die Muttergottes anbetet, sondern lechzt nach den Mysterien der Feenkönigin Frau Mab und den Hurereien, zu denen Kobolde euch verlocken, seien sie menschlicher oder dämonischer Natur. Seht ihr nicht die Zeichen? Satan wandelt umher und hat sein Mal bereits gesetzt!«

Corbett richtete sich auf; die Wut im Gesicht der Lady Amelia war so unübersehbar, daß er dachte, die Priorin werde sich erheben und zur Kirchentür hinausmarschieren, derweil Pater Reynards »Wehe euch«-Litanei immer kraftvoller wurde. Die Augen des Priesters glänzten fanatisch, und seine Zunge geißelte die Reichen mit unverhüllten Warnungen gegen das Kloster Godstowe. Hinter sich hörte Corbett die Bauern, wie sie rumorten und beifällig murmelten. Ranulf grinste ganz unverhohlen. Nach eigenem Eingeständnis ein Sünder aus der Gosse von Southwark, hatte er doch eine Tugend: Er war völlig frei von Heuchelei. Corbett hoffte nur, daß die Predigt auch ihm zugute kommen und daß er etwas davon zurück nach London mitnehmen werde.

Endlich war Pater Reynard fertig; er gab den Schlußsegen und verschwand schwungvoll in der Sakristei. Lady Amelia erhob sich, machte eine Kniebeuge vor den Altarstufen und führte ihre Schwestern hinaus. Ihre hochmütige Arroganz hatte einen Dämpfer bekommen. Keine der Nonnen wagte, den Blick zu erheben, als sie hintereinander durch das Kirchenschiff schritten. Nur Dame Agatha zwinkerte Ranulf schelmisch zu und gab zu erkennen, daß die Worte des Franziskaners ihren Beifall fanden. Corbett blieb sitzen. Was der Bruder gesagt hatte, betraf ihn auch. War er, der er so eifrig für das königliche Recht eintrat, auch bereit, das gleiche seinen Pächtern zu gewähren? Oder hatte er seine eigenen Wurzeln vergessen? Er entsann sich der Worte seines alten Kameraden de Couville, der jetzt in der Königlichen Aktenregistratur in Westminster arbeitete.

»Was nutzt es einem, Hugh«, hatte sein Mentor gekrächzt, »wenn der Sekretär seinem König gefällt, dabei aber seine Seele verliert?«

Corbett lächelte und rutschte auf seiner Bank hin und her. Bis jetzt dürfte sein König kaum Gefallen an ihm finden. Sein scharfer, mißtrauischer Verstand stocherte nach dem, was sich hinter den Worten von Pater Reynards Predigt verbarg. Glaubte der Franziskaner, Lady Eleanor sei von Gott niedergestreckt worden? Wenn ja, war Reynard etwa einer von der Sorte, die leidenschaftlich daran glaubten, daß man der göttlichen Gerechtigkeit hin und wieder zur Hand gehen müsse? Corbett dachte an die kräftigen Handgelenke des Ordensmannes. Wenn Lady Eleanor ermordet, wenn ihr kundig der Hals gebrochen und ihr Leichnam unten an die Treppe gelegt worden war, so wäre ein Mann wie Pater Reynard durchaus als Mörder geeignet gewesen.

»Was weißt du über den Ordensbruder, Ranulf?« fragt er.

Sein Gehilfe, der inzwischen halb döste, schüttelte sich, stand auf und streckte sich.

»Nicht viel«, flüsterte er; er wußte, daß seine Worte in dem weiten Gewölbe des Chorraums widerhallen würden. »Aber habt Ihr gesehen, wie er geht, Master? Schultern zurück, Kopf hoch. Ich glaube, unser Franziskaner hat Erfahrung im militärischen Dienst. Und sein kleiner Finger – das habe ich gesehen, als er sich auf die Kanzel stützte – ist abgehackt worden; da ist nur noch ein Stumpf. Und an den Handgelenken hat er purpurne Schwellungen.« Ranulf lächelte und sonnte sich im Beifall seines Herrn. »Pater Reynard hat zweifellos einmal ein Schwert geführt. Ich möchte wetten, er konnte damit ebenso gut umgehen wie mit seiner Zunge. Es ist lange her, daß ich eine solche Predigt hörte.«

»Du hast scharfe Augen, Ranulf. Hör zu: Sattle unsere Pferde und suche die Dame Agatha auf. Sag ihr, ich erwarte sie und dich am Galilee Gate. Wir gehen hinunter ins Dorf Woodstock.«

Ranulf warf einen letzten hungrigen Blick auf die Reichtümer im Chorraum und stolzierte dann davon.

Corbett starrte in das Licht, das durch die bunten Fenster hereinströmte. Was haben wir hier, überlegte er... Ein Kloster voller Luxus, Heim einer ehemals mächtigen Kurtisane, die der Prinz von Wales inzwischen verstoßen hatte. Die Frau unter mysteriösen Umständen zu Tode gekommen. Sie war nicht die Treppe hinuntergefallen, sondern anderswo gestorben, und dann hatte man ihre Leiche dort hingelegt. Gerüchten zufolge hatte sie an einer Brustkrankheit gelitten.

Corbett dachte über das nach, was er bei der Untersuchung des Leichnams gesehen hatte. Sicher, es war nur eine oberflächliche Untersuchung gewesen, aber er hatte keinen Tumor, keinen Abszeß und auch sonst kein Zeichen für eine bösartige Erkrankung gefunden. Er verstand nicht viel von Medizin, aber Maeve hatte ihm gesagt, eine solche Krankheit sei für gewöhnlich tödlich und werde in der Austrocknung der Haut spürbar, weil das Opfer sich von aller Nahrung abwende. Aber Lady Eleanor war eine wohlgeformte, gut proportionierte Frau gewesen – überdies die letzten zwei Jahre in Godstowe eingesperrt. Maeve hatte ihm aber auch gesagt, daß die Krankheit der Brust das Opfer normalerweise innerhalb von zwei Monaten töte; Lady Eleanor aber hatte essen, trinken und spazierengehen können. Es hatte keine Berichte oder Hinweise darüber gegeben, daß sie ernsthaft krank gewesen sei oder gar an der Schwelle des Todes gestanden habe.

Corbett rieb sich müde das Gesicht. Wie war sie also gestorben? Nicht von eigener Hand. Der Leichnam hätte deutlichere Spuren getragen, und gewiß hätte eine Frau wie Lady Eleanor sich auch einen kürzeren Weg ins Jenseits ausgesucht.

Corbett blickte auf und starrte das große Holzkruzifix an, das über dem Altar hing. Es mußte also Mord gewesen sein. Aber wenn – wer war der Täter? Als Lady Eleanor das letzte Mal gesehen worden war, hatte sie vor der Komplet einen Spaziergang auf dem Klostergelände gemacht. Sämtliche Schwestern, einschließlich der Priorin, ihrer beiden Stellvertreterinnen und Schwester Agatha, waren in der Kirche gewesen. Niemand war mitten im Gottesdienst hinausgegangen oder hatte sich unter einem Vorwand zum Konventsgebäude zurückbegeben, bevor die Schwestern ins Refektorium hinübergegangen waren. Natürlich konnte es sein, daß die Priorin log, aber Dame Elizabeth hatte erwähnt, daß sie niemanden habe die Treppe heraufkommen hören, jedenfalls nicht, während die Komplet gesungen wurde. Gleichwohl, selbst wenn die alte Dame taub war, schloß Corbett, müsse der Mörder von außerhalb des Priorats gekommen sein.

Er nagte an seiner Lippe. Wer konnte ihren Tod wollen? Der König wäre nur zu gern dieser Peinlichkeit entledigt, während er die delikaten Verhandlungen über die Verlobung seines Sohnes mit einer französischen Prinzessin zu führen hatte. Der Liebling des Prinzen, Gaveston, verabscheute Lady Eleanor und betrachtete sie als potentielle Rivalin. Er war bösartig wie auch bemittelt genug, um schleichende Attentäter zu dingen. Und der Prinz von Wales? Ein unfähiger Jüngling – war auch er seiner früheren Geliebten müde geworden? Seufzend blies Corbett die Wangen auf. Hatte der Prinz Lady Eleanor loswerden wollen, weil sie irgendein Geheimnis kannte? Hatte gar eine heimliche Vermählung zwischen ihnen stattgefunden? Noch drei Jahre zuvor war der Hof von dem köstlichen Skandal der Liebe des jungen Prinzen zur Lady Eleanor fasziniert gewesen.

Corbett stand auf und setzte sich in einen der Nonnenstühle. Wenn sich beweisen ließe, daß entweder der König oder sein Sohn in einen Mordfall verwickelt waren, dann würde dieser Skandal den englischen Thron ins Wanken bringen, im Ausland Bestürzung hervorrufen und Edward von England an Philipp von Frankreich ausliefern. Corbett lächelte ohne Heiterkeit. Er kannte Philipp mit seiner öffentlichen Moralität und privaten Lasterhaftigkeit. Er wäre nicht darüber erhaben, die schlammigen Wasser am englischen Hofe aufzurühren, und sein Beauftragter und Meistermörder Amaury de Craon war jetzt in England. Aber könnte de Craon einen Mörder hier einschleusen, oder hatte er bereits einen Agenten an Ort und Stelle? Oder war der Mörder einer, der mit der zwielichtigen Welt des englischen Hofes gar nichts zu tun hatte? Jemand wie Pater Reynard, ein Priester, der sich vielleicht für die Verkörperung des göttlichen Zorns hielt ...

»Master Corbett, wünscht Ihr, in unseren Orden einzutreten?«

Der Sekretär stand auf. Lady Amelia stand in der Tür des Lettners.

»Mylady.« Er erhob sich. »Ich bitte um Entschuldigung.« Er schaute sich um. »Aber dies ist ein stiller und schöner Ort zum Nachdenken.«

Die Priorin kam langsam näher, sie spielte mit der silbern befransten Kordel um ihre Taille.

»Setzt Euch, Mann«, sagte sie müde.

Corbett sah sie scharf an, als sie sich neben ihn in den Betstuhl fallen ließ.

»Wie fandet Ihr Pater Reynards Predigt?« fragte sie.

Corbett zuckte die Achseln. »Ich nahm sie als das, was sie war: eine barsche Warnung an die Reichen.«

»Er meinte uns, Corbett«, antwortete Lady Amelia. »Und er war ein bißchen ungerecht.«

»Wie meint Ihr das?«

»Wir sind kein Orden mit einem Armutsgelübde. Wir sind eine Zuflucht für Frauen, die in der rauhen Welt der Männer nicht überleben können. Wißt Ihr, wie das ist, Corbett, wenn man eine Frau ist, verheiratet mit irgendeinem Mann, den man haßt, oder auf sich selbst gestellt im täglichen Kampf ums Überleben? Ihr kennt den Hof. Dort sind wir Fasanen gleich, die unter einem Falkenhorst spielen dürfen. Die Kirche ist beherrscht von Männern; Männer ziehen in den Krieg, bauen Schiffe und befahren die Meere.« Sie seufzte. »Die Töchter Syons sind ein Zufluchtsort, und deshalb wurde Lady Eleanor zu uns geschickt.«

»Mochtet Ihr sie?«

»Sie blieb für sich, borgte sich Bücher, ging spazieren ..., paßte sich unserer üblichen Ordnung und unserem Alltag an. Eine traurige junge Frau, die sich nie mit dem jähen Schrecken abfinden konnte, nachdem sie in Ungnade gefallen war. Ich wollte sie hier nicht haben, aber des Königs Verfügung war ganz unmißverständlich. Anfangs protestierte sie, aber in den zwei Jahren, die sie hier verbrachte«, sagte die Priorin und verzog das Gesicht, »wurde sie eine von uns.«

»Warum erzählt Ihr mir dann nicht die Wahrheit über ihren Tod?«

Die Priorin sah Corbett kurz an. Dem Sekretär fiel

auf, wie anziehend sie wirkte, wenn sie ihre hochmütige und arrogante Haltung abgelegt hatte. Sie beugte sich vor und wischte eine dünne Staubschicht von der Oberkante des Betstuhls.

»Ihr seid scharfsinnig, Corbett. Ich habe mich schon gefragt, wann Ihr zurückkehren und mich zur Rede stellen würdet.«

»Mylady, ich bin ein Sekretär des Königs. Die Fragen, die ich stelle, sind die Fragen Seiner Gnaden. Ihr müßt sie beantworten.«

»Am besten, Ihr kommt mit.«

Sie faßte den überraschten Corbett zart beim Handgelenk und führte ihn aus der Reihe der Betstühle und hinauf zum Altar. Das rotgoldene Evangeliar lag noch immer in der Mitte. Sie legte ihre langen, schlanken Finger auf den Deckel.

»Stellt mir Eure Fragen, Sekretär. Ich will helfen. Ich habe ja nichts zu verbergen, und mit der Hand auf dem Evangelium schwöre ich, daß ich die Wahrheit sagen will. Wenn diese Sache beendet ist, will ich nicht abgesetzt werden, weil der König unzufrieden ist – auch wenn es gut sein kann, daß er über die Antworten, die ich zu geben habe, nicht erfreut ist.«

Corbett lehnte sich an den Altar. »Litt Lady Eleanor an einer Krankheit der Brust?«

»Das sagte sie.«

»Sandte der Prinz ihr Arzneien?«

»Ja. Und wir haben davon gekostet und keine üblen Wirkungen verspürt.«

»Empfing Lady Eleanor Besucher?«

»Nein. Der Prinz kam nie, aber natürlich schickte er Boten mit Briefen und Geschenken. Die Briefe verbrannte sie stets, und die Geschenke überließ sie der Klostergemeinschaft.«

»Warum ging sie am Abend ihres Todes nicht zur Komplet?«

»Das weiß ich nicht. Sie war in der Woche zuvor sehr geheimnisvoll, aber wir dachten, der Grund sei einfach schlechte Laune.«

»Ihr seid sicher, daß mit Ausnahme von Dame Elizabeth und Dame Martha die ganze Klostergemeinschaft in der Komplet war und hernach ins Refektorium ging?«

»Ja. Ihr habt mich heute morgen gesehen. Ich überprüfe jeden Betstuhl selbst. Einige der Schwestern, Dame Agatha etwa und Dame Frances, waren erst kurz vor der Komplet hier. Nach der Andacht begaben wir uns ins Refektorium. Auch hier fehlte niemand. Ich bemerkte vor allem Dame Agatha, denn sie las an jenem Abend aus den Kanzelreden des heiligen Hieronymus, während die Schwestern aßen.«

»Und danach? Ihr und die beiden Unterpriorinnen, Ihr kehrtet ins Haus zurück und fandet Lady Eleanor?«

»Ja und nein.«

Corbett sah sie scharf an.

Die Priorin erwiderte seinen Blick gleichmütig; ihre Hand lag noch immer auf dem Evangeliar.

»Das soll heißen«, erklärte sie langsam, »wir gingen wohl zurück ins Konventsgebäude. Ich war sehr besorgt über Lady Eleanors lange Abwesenheit. Der Flur war dunkel und verlassen. Wir gingen die Treppe hinauf. Die Damen Martha und Elizabeth schliefen wie üblich tief und fest. Eilends begaben wir uns in Lady Eleanors Gemach. Die Tür war nicht verschlossen, die Kammer dunkel. Lady Eleanor lag auf dem Boden. Sie trug einen Mantel. Die Kapuze war weit über den Kopf gezogen. Ich dachte, sie wäre ohnmächtig, aber Schwester Frances erklärte, sie sei tot.« Die Priorin schlug die

Augen nieder. »Ich geriet in Panik. Der König hatte mir Lady Eleanors Sicherheit und Unversehrtheit anvertraut, und ich hatte versagt. Deshalb trugen wir die Tote die Treppe hinunter und legten sie unten hin, damit es aussähe, als wäre sie gefallen oder hätte Selbstmord begangen. Ich schickte nach Dame Agatha und sandte auch einen Boten zu Pater Reynard. Das ist alles«, endete sie flüsternd.

Corbett spürte, daß die Frau nicht log, aber was sie sagte, war auch nicht die volle Wahrheit.

»Lady Eleanor wurde also ermordet?«

Die Priorin nickte.

»Von wem?«

»Das weiß ich nicht«, murmelte sie. »Jeder hätte einen Mörder über die Mauer schicken können, der dann auf eine günstige Gelegenheit wartete.«

Corbett überdachte, was sie ihm erzählt hatte. Ein Mord würde die Blutergüsse zu beiden Seiten des Halses erklären, und auch den an ihrem Schienbein, mit dem Lady Eleanor wahrscheinlich im Todeskampf irgendwo angestoßen war. Corbett zweifelte nicht daran, daß ein berufsmäßiger Meuchelmörder die arme Frau ermordet hatte.

»Wißt Ihr, weshalb die alte Dame Martha mit Euch sprechen wollte?«

Lady Amelia schüttelte den Kopf.

»Oder was dieser Satz bedeutet, den sie immer sagte – *Sinistra non dextra*?«

»Nein«, sagte die Priorin leise. »Aber Dame Martha war etwas wunderlich. Sie hat oft Unsinn gebrabbelt.«

»Und was geschah dann?«

»Pater Reynard versah Lady Eleanors Leichnam mit der Letzten Ölung, und der Prinz schickte Diener, die allen Schmuck abholen mußten. Er beharrte durchaus darauf; es war ziemlich erbärmlich mitanzusehen, wie der Leichnam allen Schmucks entblößt wurde, nicht zuletzt des großen Saphirrings, den er ihr geschenkt hatte. Ein Symbol«, fügte sie bissig hinzu, »seiner angeblich unsterblichen Liebe! Mehr kann ich Euch nicht sagen, Schreiber.«

Sie ging um den Altar herum.

»Mylady«, sagte Corbett leise, »ist in den zwei Jahren, die Lady Eleanor bei Euch verbracht hat, in Godstowe oder in der Umgebung irgend etwas Merkwürdiges geschehen?«

Lady Amelia runzelte die Stirn und schaute durch die Kirche.

»Ja, zweimal.« Sie drehte sich rasch um. »Einmal, vor ungefähr achtzehn Monaten, wurden zwei Leichen gefunden – ein junger Mann und eine junge Frau. Beiden hatte man die Kehle durchgeschnitten, und die nackten Leichen lagen in einem flachen Morast tief im Wald. Niemand aus der Gegend kannte sie, und es meldete sich auch keiner, der die Leichen beansprucht hätte. Man fand weder Kleider noch Habseligkeiten. Ich glaube, man hat ihnen auf dem Dorffriedhof ein Armenbegräbnis gegeben. Es hat damals einiges Aufsehen erregt.«

»Und man hat nie erfahren, wer sie waren? Oder warum sie ermordet wurden?«

»Ganz recht.«

»Und was war der zweite Vorfall?«

»Ein Franzose«, sagte Lady Amelia. »Ein Gesandter des Königs aus Paris. Er wollte herkommen, um seine Reverenz zu erweisen, aber er hatte keine Erlaubnis oder Genehmigung dazu. König Edward war darin sehr hartnäckig, und so wies ich ihn am Tor ab.«

»Wann war das?«

»Warum? Kenn Ihr ihn?«

Corbett schüttelte den Kopf und sah der Priorin nach, als sie sich abwandte und majestätisch ins Kirchenschiff hinunterging. Erst dann lächelte er. Natürlich wußte er, wer das gewesen war. Sein alter Feind, dieser Mistkerl Seigneur Amaury de Craon, hatte seine Nase in Angelegenheiten gesteckt, die ihn nichts angingen.

»Ach, Master Corbett?«

Er sah auf. Die Priorin war noch einmal zurückgekommen und stand im Eingang des Lettners.

»Ja, Lady Amelia?«

»Pater Reynard«, sagte sie. »Er war in der Nähe des Priorats, als Lady Eleanor starb. Jeden Sonntag abend geht er zur Buße barfuß vom Dorf bis zum Galilee Gate.« Sie lächelte. »Ihr könnte ihn ja fragen, ob er etwas Verdächtiges gesehen hat, während er seine Psalmen murmelte.«

Und bevor Corbett noch etwas erwidern konnte, machte sie auf dem Absatz kehrt und stolzierte zur Kirche hinaus.

FÜNF

Ranulf und Dame Agatha erwarteten ihn beim Galilee Gate. Die junge Nonne hörte anscheinend soeben mit Vergnügen den Bericht seines Dieners über eine seiner zahllosen Eskapaden in London.

»Ranulf, sind wir soweit? Dame Agatha?«

Sein Gehilfe nickte stirnrunzelnd. Fürsorglich half er der jungen Nonne in den Sattel und murrte vor sich hin, wie doch gewisse Sekretäre immer dann aufzukreuzen pflegten, wenn sie überhaupt nicht erwartet oder erwünscht waren. Corbett blickte nur grinsend über seine Schulter und führte sie dann auf den ausgetretenen Fußweg, der hinunter zum Dorf Woodstock führte. Er fühlte sich versucht, durch das Dorf hindurch weiterzureiten und den jungen Prinzen in Woodstock Palace zu besuchen; aber in Anbetracht dessen, was er eben erfahren hatte, hielt er es für besser, noch ein Weilchen zu warten.

Es war ein angenehmer Tag, und mit Ranulf im Schlepptau, der irgendeinen unanständigen Gassenhauer vor sich hin summte, genoß Corbett den geruhsamen Ritt auf der gewundenen Landstraße. Die Bäume zu beiden Seiten bildeten einen grünen Baldachin über ihren Köpfen; das Land lag friedlich in der Herbstsonne, und in der Stille hörte man nur den perlenden Gesang eines Vogels, das Zirpen der Insekten und das laute Summen der honigsuchenden Bienen.

Dame Agatha saß in einem eleganten, hellbraunen Reitkleid auf dem Damensattel; sie ritt ein kleines, sanftes Pferd aus dem Stall des Priorats. Corbett achtete darauf, daß die Unterhaltung so oberflächlich wie möglich blieb; seine Begleiterin sollte sich entspannen und sich in seiner Anwesenheit sicher fühlen.

Schließlich erreichten sie das Dorf und gesellten sich der Menschenmenge zu, die der Wiese vor der Pfarrkirche zustrebte. Sie hielten an und schauten den Landleuten zu, die, mit Tüchern, Bändern und Schleiern bedeckt, zum ausgelassenen Lärm von Pfeifern, Trommlern und anderen Musikanten um ihre zusammengehämmerten Steckenpferde tanzten und tollten. Corbett half Dame Agatha beim Absteigen. Sie deutete auf ein großes, zweistöckiges Gebäude auf der anderen Seite der Wiese.

»Ich habe geschäftlich mit dem Kaufmann zu reden, der unseren Wein importiert«, sagte sie. »Danach gehe ich in die Kirche und warte dort auf Euch.«

Corbett war einverstanden und ließ Ranulf als Begleiter mit ihr gehen, während er die Pferde im Wirtshaus »The Bull« in den Stall stellte. Für eine Weile setzte er sich dann draußen auf eine der Bänke; er bestellte einen Krug Ale und entspannte sich. Sein Blick wanderte zur Kirche, und er dachte an Pater Reynards Predigt. Durch eine kleine Pforte gelangte er auf den Friedhof, einen stillen, überraschend gut gepflegten Garten. Das Gras war gemäht, die Ulmen wohlgestutzt und kräftig im Wuchs. Corbett ging an der Kirche vorbei zum Haus des Priesters und klopfte leise an die halb offene Tür. Er hörte Stimmen, und plötzlich erschien Pater Reynard.

»Kommt herein! Kommt herein!«

Das Lächeln des Ordensbruders war herzlich und echt. Er ließ Corbett auf einer Bank Platz nehmen und kehrte zu einem großen, in Leder gebundenen Buch zurück, das aufgeschlagen auf dem Tisch lag; er hatte mit einem jungen Mann, einem Burschen aus dem

Dorf, darüber gebrütet. Corbett schaute sich um; das Haus wirkte bescheiden: zwei Zimmer unten und vielleicht noch zwei Kämmerchen im Obergeschoß. Der Boden war aus gestampftem Lehm, die Wände weiß gekälkt, um die Fliegen fernzuhalten. Ein roher Steinherd, ein paar Möbel, Kisten und Koffer und ein Regal voller Küchengeräte, das machte anscheinend den ganzen Besitz des Bruders aus. Corbett war beeindruckt. Viele Dorfpriester bestanden auf einem Leben in Luxus; sie kleideten sich in beste Gewänder, Wämse und farbenfrohe Hosen und unternahmen jeden erdenklichen Versuch, die Härten ihres Lebens ein wenig genießbarer zu machen. Einige wurden dabei regelrecht kriminell; Corbett hatte vor dem Oberhofgericht Fälle von Priestern erlebt, die ihre Kirchen als Bierbrauereien, als Spielstuben oder noch Schlimmeres benutzt hatten.

Am Tisch äußerte der junge Mann murmelnd seine Freude über etwas, worauf Pater Reynard ihn aufmerksam gemacht hatte; er schüttelte dem Priester die Hand und ging eilig hinaus. Pater Reynard klappte das ledergebundene Buch zu und legte es ehrfürchtig in eine große, eisenbeschlagene Truhe zurück.

»Das Buch des Blutes«, erklärte er und richtete sich auf. »Es legt fest, wer hier im Dorf wen heiratet. Die Verlobte dieses jungen Mannes ist mit ihm verwandt, aber nur im siebenten Grad.« Er lächelte. »Ich bin froh, daß ich jemanden glücklich gemacht habe. Kann ich Euch nun den gleichen Dienst erweisen?«

»Eine machtvolle Predigt, Pater. Den Schwestern wurde es ungemütlich.«

Der Priester runzelte die Stirn.

»Man muß sie manchmal daran erinnern«, antwortete er in scharfem Ton. »Was werden sie sagen, wenn Christus kommt und ihnen seinen blutroten, geschundenen Leib zeigt? Wir sind die Wunden Christi«, fuhr er fort, »die Armen und die Besitzlosen, derweil die Reichen sich in ihren behaglichen Koben suhlen.«

»Glaubt Ihr, Lady Eleanor gehörte zu diesen Reichen?«

»Das habe ich Euch schon gesagt.«

»Ihr wart Soldat, Pater?«

Der Priester setzte sich neben ihn auf die Bank.

»Aye«, antwortete er müde. »Ein meisterlicher Bogenschütze und königlicher Gardist. Ich habe meinen Anteil Blut in Schottland, Wales und der Gascogne gegeben.« Er blickte auf. »Ich habe die Feinde des Königs zu Lande und zu Wasser gejagt, aber inzwischen habe ich verstanden, daß Töten keine Lösung ist.«

»Aber sicher ist es das manchmal doch, Pater?«

Der Priester stützte die Ellbogen auf die Knie und schaute zu Boden. »Vielleicht«, murmelte er. »Wenn Gott es so will, vielleicht. Er befahl David, die Philister zu töten, und ließ Helden wachsen, sein Volk zu verteidigen.«

»Findet Ihr, daß Lady Eleanor den Tod verdient hat?«

»Vielleicht. Ihre Sünden haben sie verfolgt. Aber ich war nicht ihr Richter.«

»Ihr wart in der Nähe von Godstowe, als sie starb. Ich höre, Ihr wandert zur Buße barfuß von Eurer Kirche hier bis zum Galilee Gate, betet den Rosenkranz und singt auf dem Rückweg die Psalmen. Eine merkwürdige Übung, Pater.«

Der Priester rieb sich das Gesicht. »Meine Sünden«, sagte er leise, »stehen mir immer vor Augen. Meine Wollust, mein Trinken, mein Töten. Wie soll ich mich vor Christus dafür verantworten, Schreiber?«

Er schaute Corbett an, und der Sekretär erblickte Wahnsinn in seinen Augen. Ein gepeinigter Mann, folgerte Corbett, der sich bemühte, sich aus dem Klammergriff seiner eigenen machtvollen Gefühle zu befreien.

»Ihr wart in Godstowe, Pater? Wann an jenem Sonntag?«

»Die Nonnen waren in der Komplet.« Pater Reynard rückte näher, und Corbett roch den Weindunst in seinem Atem. »Aber ich habe das Kloster nicht betreten, wenn es das ist, was Ihr wissen wollt, Schreiber. Ich hätte Lady Eleanor nicht angerührt, selbst wenn meine Augen ...« Er sprach nicht zu Ende.

»Selbst wenn Eure Augen ... was, Pater? Ihr, ein Priester, fühltet Euch zu Lady Eleanor hingezogen?«

Der Priester grinste, reckte seinen mächtigen Körper und streckte die Finger. »Wunderschön«, murmelte er. »Von allen Frauen, die Gott schuf ...« Er schüttelte gedankenverloren den Kopf. »Eine der liebreizendsten, die ich je sah.«

Corbett betrachtete seine Hände. Stark, schwielig, sonnenverbrannt – mühelos hätten sie Lady Eleanors weißen Schwanenhals wie ein Reisig brechen können. Der Ordensbruder holte tief Luft.

»Wißt Ihr, Corbett, wenn Ihr angedeutet hättet, was Ihr jetzt andeutet, ehe ich ein Ordensmann wurde, dann hätte ich Euch umgebracht. Ich bin bis zum Galilee Gate gegangen. Dort habe ich kehrtgemacht und bin zu meiner Kirche zurückgelaufen. Dann bin ich in meinem Haus geblieben, bis Lady Arrogantia, die Priorin, mich rufen ließ. Ich ging nach Godstowe, sprach ein Gebet für die Seele der armen Frau, spendete ihr die Letzte Ölung und ging wieder. Aber jetzt kommt, Ihr könnt Eure Fragen anderswo stellen. Ich habe in der Kirche zu tun.«

Corbett folgte ihm hinaus. Die Drohungen des Priesters beunruhigten ihn nicht. Pater Reynard strebte nach Heiligkeit; aber er spürte doch, daß der Priester etwas verbarg – als wollte er ihn aus dem Haus schaffen, ehe Corbett merkte, daß hier etwas nicht stimmte.

In der Kirche herrschte reges Treiben, wie in einem Bienenkorb. Ein paar Dörfler hatten einen großen Karren ins Kirchenschiff geschoben. Darauf standen ein vergoldeter Greif und ein grob gemaltes Bild vom Rachen der Hölle. Die beiden Seiten waren mit buntem Steifleinen verhangen, und so bildete das Ganze eine behelfsmäßige Bühne für ein Mirakelspiel. Die Dörfler, die hier bei der Arbeit waren, begrüßten Pater Reynard herzlich, und Corbett sah, daß sie ihren Priester bewunderten, ja liebten. Er sah sich in der einfachen Kirche um; sie war frisch ausgeschmückt. Ein Maler beendete soeben ein kraftvolles Gemälde, auf dem der Engel der Apokalypse aus der aufgehenden Sonne kam. Einige der Kirchenbänke waren neu, und sowohl der Lettner als auch die Chorempore waren restauriert worden. Corbett wartete, bis Pater Reynard seine Angelegenheiten mit den Dörflern erledigt hatte.

»Ihr bewundert unsere Kirche, Schreiber?« fragte er stolz.

»Ja. Hier ist viel gearbeitet worden. Ihr müßt einen großzügigen Wohltäter kennen.«

Der Priester wandte sich ab.

»Gott war gut zu uns«, murmelte er. »Und seine Wege sind unergründlich.«

»Zu den Unglücklichen, die auf Eurem Friedhof begraben sind, war er nicht gut«, bemerkte Corbett.

Der Priester machte schmale Augen. »Was meint Ihr damit?«

»Vor ungefähr achtzehn Monaten«, sagte Corbett, »wurden hier zwei Leichen gefunden – ein junger

Mann, eine junge Frau. Fremde. Man entdeckte sie im Wald, ohne Kleidung, ohne Habseligkeiten.«

»Ach ja.« Pater Reynard starrte auf einen Punkt über Corbetts Kopf. »Das stimmt«, brummte er. »Sie haben Armengräber unter der alten Ulme in einer Ecke des Friedhofes. Warum erkundigt Ihr Euch danach?«

»Ohne besonderen Grund. Ich habe mich gefragt, ob Ihr wohl etwas über sie wißt.«

»Wenn ich etwas wüßte, hätte ich es den Richtern des Königs gesagt. Aber man hat nie etwas über sie oder ihren furchtbaren Tod herausfinden können.«

Pater Reynard wandte sich einem der Dörfler zu, als Dame Agatha und Ranulf zur Kirchentür hereinkamen. Ranulfs Gesicht war gerötet, und Corbett vermutete, daß er in der Schenke dem schweren Ale zugesprochen hatte. Finster schaute er seinen Diener an, aber Ranulf grinste nur. Leise schwankend schaute er sich um und bewunderte die Kirche. Dame Agatha nahm Pater Reynard beim Ärmel und ging mit ihm davon; die junge Nonne entschuldigte sich laut für ihre Verspätung und bat den Pater, ihr gleich die Altarbrote zu geben, denn sie müsse zum Kloster zurück. Corbett führte Ranulf hinaus auf die Vortreppe.

»Wacker getrunken heute, Ranulf?«

Ranulf tippte sich mit gerissener Miene seitlich an die Nase. »Ich habe meine Bekanntschaft mit der Dirne im ›Bull‹ erneuert. Ich habe vieles erfahren, Master – und zwar nicht nur im fleischlichen Sinn.« Er leckte sich die Lippen. »Nichts ist hier so, wie es zu sein scheint.«

»Das habe ich schon gemerkt«, antwortete Corbett trocken. »Was weißt du?«

Ranulf wollte eben antworten, als Dame Agatha mit einem kleinen Kasten Altarbrot herauskam, und sie gingen zusammen über die Wiese, um ihre Pferde zu holen. Die Herbstsonne würde bald untergehen. Die Dorfbewohner wurden allmählich müde; ihr festliches Treiben ging zu Ende, und sie strömten über die Wiese zur Schenke oder nach Hause, um sich anderen Freuden zuzuwenden. Corbett ließ Ranulf schläfrig im Sattel hängen und wartete, bis Dame Agatha neben ihm ritt.

»Wie ich höre, soll Lady Eleanor morgen beerdigt werden?«

Die junge Nonne schaute ihn seelenvoll an, und Corbett verschlug es den Atem. Außer bei Maeve hatte er noch nie ein so schönes Gesicht gesehen. Die Herbstsonne schien ihm Glanz zu verleihen; die Augen waren größer, dunkler, die halb geöffneten Lippen voll und süß wie Honig. Er hüstelte und räusperte sich.

»Ein trauriger Tag für Euch.«

»Ja.« Sie lächelte matt. »Ein trauriger Tag für mich und das Kloster.«

Corbett sah sich um. Ranulf war fest eingeschlafen, und der Sekretär betete bei sich, daß sein Diener nicht aus dem Sattel fallen und sich den Hals brechen möge. Er hoffte überdies, Dame Agatha könnte ein wenig Licht in das Dunkel um den Mord in Godstowe werfen.

»Macht Ihr Euch Vorwürfe?« fragte er leise. »Weil Ihr Lady Eleanor so allein gelassen habt? Ich meine«, fuhr er stammelnd fort, »als ich Euch nach der Beerdigung fragte, machtet Ihr ein erschrockenes und schmerzerfülltes Gesicht. Es ist alles so geheimnisvoll«, sagte er. »Ich glaube, Lady Eleanor hat Euch gemocht.«

Dame Agatha nickte.

»Aber an diesem Tag schickte sie Euch weg. War sie so melancholisch?«

Dame Agatha raffte die Zügel zusammen und trieb ihr Pferd dichter an Corbetts heran. »Das sagen alle«, flüsterte sie. »Ihr wißt, daß die Priorin Euch belogen hat, als Ihr das erste Mal in Godstowe mit ihr spracht?«

»Ja, das habe ich an Eurem Gesicht erkannt.«

Dame Agatha lächelte bei sich. »Ja, die Priorin ist eine schlechte Lügnerin. Ich meine, würde denn eine melancholische Frau allen befehlen, sie allein zu lassen? Ich sage Euch, Master Corbett, in den Wochen vor ihrem Tod hatte sich Lady Eleanors Stimmung gebessert. Sie war glücklich und wach. Wäre sie wirklich melancholisch gewesen, hätte ich sie niemals allein gelassen.«

»Was, glaubt Ihr, hat diese Veränderung bewirkt?«

Dame Agatha lachte spöttisch. »Ich weiß es nicht. Manchmal glaube ich, sie hatte einen heimlichen Geliebten.«

»Wie kommt Ihr darauf?«

Dame Agatha nagte an ihrer Lippe und maß die Worte sorgsam ab. »Eine Woche vor ihrem Tod«, begann sie langsam, »schrieb sie einen ihrer seltenen Briefe an den Prinzen. Einen kurzen. Ich konnte einen Blick auf das Geschriebene werfen – nichts Außergewöhnliches, außer daß sie hoffe, sie werde bald Erlösung aus ihrer Not finden. Ich glaube, Lady Eleanor hegte irgendein Geheimnis, aber das wollte sie niemandem verraten.«

»Ihr glaubt, sie hatte einen Geliebten?« Corbett blieb hartnäckig. »Ich meine, abgesehen vom Prinzen?«

»Vielleicht. Aber öffentlich würde ich das niemals sagen. Der Prinz ist ein gefährlicher Mann. Ich möchte es nicht auf mich nehmen, ihn zum Hahnrei zu erklären und dem Gespött der Welt auszusetzen.«

»An jenem Sonntagabend«, sagte Corbett, »glaubt Ihr, Lady Eleanor wartete da auf ihren Geliebten? Man hat sie gesehen, wie sie an der Kirche vorbeiging. Vielleicht hatte sie eine geheime Verabredung.«

Dame Agatha sah ihn schalkhaft an, und Corbett wurde nervös. Wollte die Nonne sich weigern, zu antworten?

»Schwört Ihr, daß Ihr es niemandem weitersagt?« fragte sie.

Corbett hob eine Hand. »Ich schwöre!«

»Ich glaube«, sagte Dame Agatha in gedämpftem Flüsterton, als lauerten Lauscher hinter jedem Baum, »daß Lady Eleanor sich darauf vorbereitete, aus Godstowe Priory zu fliehen.«

»Wie kommt Ihr darauf?«

»Sie bekam Botschaften. Es gibt eine hohle Eiche hinter der Kirche. Lady Eleanor zog mich ins Vertrauen und erzählte mir, sie gehe jeden Tag spätabends hin, um nachzusehen, ob wieder ein Brief dort liege.«

»Wie oft kamen solche Botschaften?«

»In dem Monat vor ihrem Tod kamen zwei oder drei. Sie befanden sich in einem kleinen Lederbeutel.«

»Ihr seid nie neugierig geworden und habt sie geöffnet?«

»Nein. Der Beutel war versiegelt, und Lady Eleanor hätte es bald bemerkt, wenn ich mir daran zu schaffen gemacht hätte. Aber ich weiß, daß die Botschaften ihr gefielen. Sie wurde glücklicher, ruhiger. Ein- oder zweimal deutete sie sogar an, daß sie fortgehen würde.«

»Aber wer könnte ihr die Botschaften geschickt haben?«

Die junge Nonne hob die Schultern. »Das weiß ich nicht, aber in der Nacht, da sie starb, bat die Priorin mich, ihr zu helfen, den Leichnam wieder in ihr Gemach zurückzutragen. Es war dunkel, und in der Hast zündeten wir nur eine Kerze an. Ich half ihr, Lady

Eleanor auf das Bett zu legen, und wir zogen die Bettvorhänge zu. Erst da sah ich in einer Ecke zwei gepackte Satteltaschen voller Kleider und kleiner Schmuckkassetten. Ich habe später alles wieder ausgepackt und bis heute niemandem davon erzählt.«

»Warum nicht?«

»Möchtet Ihr es auf Euch nehmen, anzudeuten, daß Lady Eleanor sich auf die Flucht aus Godstowe und vor dem Prinzen vorbereitet hat? Wißt Ihr«, fuhr Dame Agatha aufgeregt fort, »ich glaube, daß Lady Eleanor auf der Treppe zu Tode gestürzt ist, weil sie es so eilig hatte, wegzukommen.«

Corbett schüttelte den Kopf. »Sie hat ihre Gemächer doch ohne die Satteltaschen verlassen, oder?« fragte er und verschwieg, daß die Priorin bereits widerlegt hatte, daß Lady Eleanor die Treppe hinuntergefallen sein könnte.

Dame Agatha schürzte die Lippen. »Darauf weiß ich keine Antwort.«

»Sonst habt Ihr nichts entdeckt?«

Dame Agatha lächelte und schüttelte den Kopf.

»Und die alte Schwester, die in ihrem Badezuber ertrunken ist? Wißt Ihr, was sie mit ›*Sinistra non dextra*‹ meinte?«

»Die Linke, nicht die Rechte«, sagte Dame Agatha. »Nein, das weiß ich nicht.«

»Wie lange wart Ihr Lady Eleanors Gesellschafterin?« fragte er.

»Mein Name ist Savigny«, antwortete die Nonne. »Ich wurde als Tochter eines gascognischen Vaters und einer englischen Mutter in der Stadt Béarn geboren, nahe bei Bordeaux. Schon früh war ich Waise und wurde ein Mündel des Hofes. Ich äußerte den Wunsch, ein frommes Leben zu führen, und beschloß, nach England zu gehen.« Ihre Augen wurden schmal. »Das war vor ungefähr achtzehn Monaten. Lady Eleanor war bereits in Godstowe. Ich fing an, mich mit ihr zu unterhalten, und sie fragte die Priorin, ob ich ihre Gesellschafterin werden könne.«

Corbett beruhigte sein Pferd, das nervös zu tänzeln begann, weil im Unterholz am Wegrand irgendein Tier geraschelt hatte. Er und Dame Agatha lachten, weil die Unruhe Ranulf aus dem Schlaf riß; mit einem gemurmelten Fluch wachte er auf und schmatzte. Anscheinend hatte der kurze Schlummer ihn ein wenig erfrischt. Er trieb sein Pferd neben die beiden, als sie um eine Wegbiegung kamen und der dunkelgrüne Turm von Godstowe Priory vor ihnen auftauchte.

Corbett schwieg, als Ranulf ein scherzhaftes Geplänkel mit Dame Agatha anfing. Als sie durch das Galilee Gate geritten waren, wünschte er der Nonne eine gute Nacht und ersuchte Ranulf, die Pferde in den Stall zu bringen. Er sah seinem Diener nach, wie er die Pferde davonführte und dabei mit seinen gutmütigen Neckereien fortfuhr, indem er die Nonne unschuldsvoll fragte, ob sie die Geschichte von dem unanständigen Mönch von Ludlow kenne. Corbett schüttelte den Kopf und ging zum Haus. Er fragte die Gästemeisterin, ob irgendein Bote für ihn gekommen sei.

»O nein!« rief sie. »Brote? Gibt es erst morgen früh.«

Corbett stöhnte und ging hinauf in seine Kammer; dort warf er sich auf die kleine Pritsche und überdachte, was er erfahren hatte. Erstens: Pater Reynard hatte Lady Eleanor insgeheim angebetet, und er war am Abend ihres Todes am Galilee Gate gewesen. Zweitens: Lady Eleanor war in ihrem Gemach ermordet worden, als sie zu einem geheimen Liebhaber oder Freund hatte fliehen wollen. Aber wer war das? Corbett ließ seine Gedanken schweifen, und er bekam Gewissensbisse, denn immer wenn er an Maeve dachte, fiel ihm auch Dame Agathas Engelsgesicht ein.

Er stand auf, ging die Treppe hinunter und trat hinaus in die herabsinkende Dunkelheit, und er wanderte über das Klostergelände hinter die Kirche, wo er den süßen, melodiösen Gesang der Nonnen hörte, die den ersten Psalm der Komplet sangen. Der alte, abgestorbene Eichenbaum winkte wie ein großer Finger, der aus dem grünen Gras aufragte. Er ging hin und untersuchte den ausgehölten Stamm sorgfältig. Aber er fand nichts außer einer Handvoll trockener Blätter und verrottetem Holz.

»Wer immer die Botschaften hergebracht hat, er muß über die Mauer gekommen sein«, murmelte Corbett vor sich hin.

Er maß dreißig Schritte ab und schaute dann an der zinnengekrönten Grenzmauer hinauf, die etwa zwanzig Fuß hoch war. Der geheimnisvolle Bote, mutmaßte Corbett, mußte ein behender junger Mann gewesen sein, wenn er diese Mauer überklettern, seine Botschaften ablegen und wieder verschwinden konnte. Es gab keinen anderen Weg als den durch das Priorat, aber jeden Fremden hätte der Pförtner angehalten, und Nonnen oder Laien aus der Klostergemeinschaft hätten ihn gesehen. Corbett rieb sich das Gesicht. Irgend etwas stimmte hier nicht, aber er war zu müde, um noch zu einer Schlußfolgerung zu gelangen, und so kehrte er zurück in seine Kammer, wo ihn Ranulf erwartete, einen Becher Wein in der Hand.

»Sind die Pferde im Stall, und ist Dame Agatha sicher wieder im Schoß der Klostergemeinschaft?« fragte er.

Ranulf grinste nur.

»Und was hast du im Dorf in Erfahrung gebracht?«

»Nun«, sagte Ranulf und kratzte sich am Kopf, »wie ich schon sagte, nichts ist so, wie es zu sein scheint. Pater Reynard mag ein wilder Prediger sein, aber für seine Gemeindekinder ist er ein Quell des geistigen und materiellen Trostes.«

»Was willst du damit sagen?«

»Nun, nicht nur, daß er den Zehnten zurückweist, er scheint auch über einen Ursprung von Reichtum zu verfügen, der es ihm ermöglicht, Almosen zu verteilen, die Kirche zu reparieren und sie neu anstreichen und einrichten zu lassen.«

»Und kein ersichtlicher Wohltäter?«

Ranulf schüttelte den Kopf.

»Was sonst noch?«

»Die Wirtshausdirne sagt, sie habe das junge Paar gesehen, das später ermordet im Wald gefunden wurde. Sie seien an der Schenke vorbeigekommen und hätten die Straße nach Godstowe genommen.«

»Und wurden nie wieder lebend gesehen?« fragte Corbett.

»Das Mädel glaubt außerdem, daß der Wirt des ›Bull‹ ein Wilderer ist.«

»Und?«

Ranulf grinste. »Sie sagt, er habe sich in der Nacht, als Lady Eleanor starb, mit jemandem aus dem Konvent getroffen, und Pater Reynard sei in der Tat nach Godstowe gegangen und dann bis zum nächsten Morgen verschwunden.«

Corbett lehnte sich gegen sein Kissen und starrte zur Decke.

»Einer, den wir noch nicht befragt haben«, sagte er, »ist unser betrunkener Pförtner. Vielleicht könnte er ein wenig mehr Licht in unser Geheimnis bringen?« Er schaute zu Ranulf hinüber. »Willst du heute nacht noch zechen gehen?«

Ranulf nickte, stellte seinen Weinbecher hin, zog den Mantel an und ging die Treppe hinunter. Er seufzte erleichtert, als er hörte, wie Corbett sanft auf der Laute zu spielen begann, die er stets mit sich führte; es war ein Zeichen dafür, daß sein Herr zufrieden war und seinen eigenen geheimen Gedanken nachhing, statt ein wachsames Auge auf ihn zu haben. Auch Ranulf war zufrieden. Die Schenkendirne schien eine vielversprechende junge Dame zu sein, und er machte einen stattlichen Haufen Silber mit dem Verkauf seiner exotischen Heilmittel an die Dorfbewohner und Gäste im »Bull«.

Draußen war es dunkel und ziemlich kalt geworden, als Ranulf an der Mauer entlang zum Pförtnerhäuschen beim Tor trottete. Er klopfte leise, und Rotnase öffnete die Tür. Ranulf spähte über seine Schulter. Drinnen saßen zwei Gardisten aus dem Gefolge des Prinzen an einem Tisch; sie waren ziemlich betrunken. Ranulf sah die Würfel und lächelte.

»Guten Abend, Ihr Herren!« rief er. »Ich habe Langeweile und kann nicht schlafen.« Er klimperte mit den Münzen in seiner Börse. »Ich würde für einen Becher Wein bezahlen, und Würfel habe ich auch; allerdings möchte ich zu gern die Feinheiten dieses Spiels kennenlernen!«

Der Pförtner und die Soldaten begrüßten ihn wie einen lange verloren geglaubten Bruder. Ranulf ließ sich auf die Bank fallen und schob ein Silberstück über den Tisch.

»Meine Spende für den Wein.« Er grinste. »Und hier sind meine Würfel. Ich habe sie in London gekauft, aber mein Herr ...«

Er sprach nicht zu Ende, und seine Gastgeber beeilten sich, ihn zu beruhigen. Und so begann Ranulfs »Ausbildung«. Er benahm sich wie ein Trottel und verlor zunächst, um ihnen Appetit zu machen, aber binnen einer Stunde hatte er seinen drei Opfern die Börsen geleert. Die Soldaten waren zu betrunken, um noch zu merken, daß sie betrogen worden waren, und schlichen sich zu ihren Strohsäcken. Der Pförtner aber war aus härterem Holz, und Ranulf gefiel der mißtrauische Ausdruck in seinen benebelten Augen nicht.

»Hör zu, Mann«, sagte er, »ich teile mit dir. Das ist nur anständig. Ich hatte Anfängerglück.«

Der Pförtner streckte die Hand aus.

»Noch nicht! Erst ein paar Informationen zum Tode Lady Eleanors.«

Der Pförtner zog die Hand zurück und rieb sich mit dem Handrücken den Mund. Ranulf füllte ihre Becher neu. Draußen war Wind aufgekommen; sanft seufzend strich er durch die Bäume und trug die fernen Schreie der Nachttiere aus dem dunklen Wald jenseits der Mauern heran. Das Strohdach der Pförtnerhütte ächzte, als trauere es über die furchtbaren Geheimnisse des Priorats. Ranulf wurden die Augen schwer. Seufzend stand er auf und begann, seinen Gewinn in eine kleine Lederbörse zu schaufeln.

»Warte!« Schwankend kam der Pförtner auf die Beine. »Ich will dir mein Geheimnis verraten. Du mußt mitkommen.«

Ranulf willigte ein, und mit dem betrunkenen Pförtner an der einen und einem Laternenhorn in der anderen Hand ging er hinaus in die Dunkelheit. Die Tür fiel dröhnend wie ein Donnerschlag hinter ihnen zu. Ranulf blickte zum Himmel und stöhnte. Offensichtlich braute sich ein Unwetter zusammen. Wolken zogen vor dem Vollmond auf, und ein Schauer überlief Ranulf, als er die Eule schreien hörte und andere Nachtvögel bedrohlich riefen. Der Wind wehte mit leisem Summen, und die Bäume schwankten und raschelten gespenstisch wie Schatten, die im Dunkeln lauerten. Ranulf zog den Mantel fester um sich, blieb stehen und schaute sich nach Godstowe Priory um, einem mächtigen Berg von Mauerwerk, der sich schwarz vom Himmel abhob. Kein Licht brannte mehr. Er ließ sich von der frischen Luft den Weindunst aus dem Kopf blasen, und dann gab er alle Verstellung auf und begann, den Pförtner nach dem zu fragen, was er zuvor angedeutet hatte. Der Kerl sträubte sich eine Weile, aber Ranulf ließ sich nicht beirren. Schließlich riß sich der Pförtner los.

»Ich werd's dir ja sagen«, lallte er.

Ranulf ließ ihn vorausgehen, um das Kloster herum zum Galilee Gate. Eine Zeitlang blieb der Mann dort murrend und maulend stehen und klirrte mit seinem schweren Schlüsselbund, aber endlich hatte er den richtigen Schlüssel gefunden, und sie traten hinaus auf den mondbeschienenen Weg, der sich wie ein Silberstreif unter den überhängenden Bäumen hindurchschlängelte. Sie gingen ein Stück weit, bis der Pförtner abbog und einem Pfad in den dichten, dunklen Wald folgte. Eine einsame Gegend, wenngleich der Pförtner mit seinem Getaumel und seinen betrunkenen Flüchen ein wenig Anlaß zur Heiterkeit bot; immer wieder blieb er stehen, winkte Ranulf weiter und drängte ihn, das Laternenhorn höher zu halten. Sie mußten mindestens drei Meilen weit gegangen sein, als sie den Wald hinter sich ließen und auf einen Pfad gelangten, der zu einem Kreuzweg führte.

Ranulf hob sein Licht, und das Blut gefror ihm in

den Adern, als er einen Galgen erblickte. Eine halbverweste Gestalt in einem Eisenkäfig hing daran und schaukelte und drehte sich in der eisernen Jacke. Der Pförtner winkte ihn herüber.

»Du willst meine Geheimnisse erfahren?« fragte er mit schwerer Zunge.

»Ja«, zischte Ranulf.

»Dann schwöre, daß du sie auch bewahren wirst!«

Ranulf hob die rechte Hand.

»Nein«, knurrte der Pförtner. »Hier!«

Er nahm Ranulf bei der Hand, führte ihn zum Galgen und schob seine Hand durch die Gitter des Eisenkäfigs, bis seine Fingerspitzen das verwesende Fleisch des Gehenkten berührten, dicht oberhalb der Stelle, wo das Herz gewesen war. Ranulf spürte, wie sich ihm der Magen umdrehte und all den Wein, den er getrunken hatte, hervorzuwürgen drohte. Der Pförtner, der schwankend an seiner Seite stand, ließ den Eisenkäfig ächzen und knarren, bis es schien, als tanzten sie alle drei einen Totentanz. Ranulf hatte Stillschweigen schwören müssen, aber es sollte noch schlimmer kommen. Der Pförtner zog sein Messer, schlitzte die Leiche auf und ritzte dann Ranulfs Handgelenk ein wenig. Dann drückte er Ranulfs Hand an die des Toten. Ranulf fühlte feuchte Schuppigkeit an seiner Haut, als glitte eine tödliche Schlange über seinen Arm. Ohne sich seiner Worte bewußt zu sein, verfluchte er Corbett und wäre vor Grauen beinahe ohnmächtig geworden, als er nun schwor, das Geheimnis weder in diesem noch im nächsten Leben jemals zu enthüllen. Als das makabre Possenspiel vorüber war, trat Ranulf zurück. Seine gewohnte gute Laune war dahin, und seine Hand fiel auf den Dolch in seinem Gürtel. Der Pförtner vor ihm taumelte.

»Hör zu, Mann«, fauchte Ranulf. »Ich habe den Eid geschworen – was hast du mir nun zu sagen? Was ist so grausig und so geheim an Lady Eleanors Tod?«

»Ich habe nichts von Lady Eleanor gesagt!« johlte der Kerl. »Ich habe nichts von Lady Eleanor gesagt. Mein Geheimnis, habe ich gesagt. Du hast versprochen, den Eid abzulegen und deinen Gewinn mit mir zu teilen, wenn ich dir mein Geheimnis verrate.«

Er blieb starr stehen, und sein verquollenes Gesicht wurde lang, als Ranulfs Dolchspitze sich unter sein Kinn bohrte.

»Aber, aber«, stammelte er.

»Das Geheimnis, du Mistkerl!«

Der Pförtner fiel auf die Knie und fing an, in der weichen Erde unter dem Galgenpfosten zu scharren. Steine und loser Lehm flogen beiseite, und schließlich zog er einen verschlissenen Lederbeutel hervor.

»Das ist mein Geheimnis«, sagte er.

Ranulf kniete neben ihm nieder, schnitt die Tasche auf und schüttelte den Inhalt in den Lichtkreis der Laterne. Es war nicht viel. Eine Sammlung dünner, gelblicher Knochen und ein kleines Lederhalsband.

»Was ist das?« fragte Ranulf.

»Nun, du hast doch von dem Mord gehört«, antwortete der Pförtner. »Der junge Mann und die Frau, deren nackte Leichen im Morast gefunden wurden? Eine Woche danach war ich ganz in der Nähe der Stelle beim Wildern und fand den Kadaver eines kleinen Schoßhündchens. Das arme Tier war wahrscheinlich an Vernachlässigung gestorben oder an der Sehnsucht nach seiner Herrin. Nur Damen haben ja Schoßhündchen. Im Dorf gab es niemanden, dem ein solches Tier gehört hätte, und die Priorin ist sehr streng in diesem

Punkt; ich wußte also, daß es der jungen Frau gehört haben mußte, die ermordet worden war.«

Der Bursche grinste, und seine gelben Zahnstummel leuchteten grell im trüben Licht. Er deutete auf das zerfetzte Stück Leder.

»Diese Tasche war das einzige, was irgendeinen Hinweis auf sie gab.«

»Warum hast du sie nicht dem Sheriff oder den Richtern gegeben?«

»Weil eine goldene Schließe dran war«, brummte der Kerl. »Ich habe sie an einen Hausierer verkauft. Deshalb dachte ich, ich sollte das arme Ding lieber vergraben.« Er sah den Zorn in Ranulfs Augen. »Nimm das Halsband!« drängelte er. »Es steht ein Motto drin. Untersuche es gründlich. So, das ist mein Geheimnis«, winselte er. »Ich weiß nichts über Lady Eleanor. Ich war betrunken wie ein Bischof, als sie starb. Die Priorin mußte mich ausnüchtern, um mich nach Woodstock zu schicken. Gott weiß, wie ich dort hinkam. Ich gab meine Botschaft irgendeinem Kammerherrn und taumelte zurück.«

»Du bist nicht geritten?«

»Nein, es gibt einen kürzeren Weg über die Felder. Bei Tageslicht ist er leicht zu erkennen. Geh an der anderen Seite des Klosters hinaus, hinter dem Bauernhof. Da wirst du den Pfad sehen. Es dauert keine Stunde.«

Seufzend steckte Ranulf das Lederband ein, wartete, bis der Pförtner die Knochen wieder vergraben hatte, und trug ihn halb zum Priorat zurück, während der Kerl sich unablässig selbst beglückwünschte.

»Niemand würde auf die Idee kommen«, lallte er, »unter einem Galgen nachzuschauen.«

Ranulf gab ihm recht, und als sie durch das Galilee Gate gekommen waren, reichte er ihm die versprochenen Münzen und kehrte zurück zum Gästehaus.

Corbett war noch auf. Er saß auf dem Boden, umgeben von Pergamenten. Ranulf wußte, daß sein Herr seine eigenen Memoranden niedergekritzelt hatte, um das Geheimnis, dem sie gegenüberstanden, mit Sinn zu erfüllen. Ranulf erstattete kurz Bericht über das, was geschehen war. Corbett grunzte; er drängte ihn ungeduldig weiter und stürzte sich auf den zerrissenen Lederriemen. Er bat Ranulf, die Kerze hochzuhalten, und untersuchte aufmerksam die Inschrift auf dem verblichenen Lederhalsband. »*Noli me tangere.*« Rühr mich nicht an.

»Was hältst du davon, Ranulf?«

»Ein Familienmotto?«

»Vielleicht ...«

Corbett rieb den Riemen zwischen den Fingern, trat ans Fenster und schaute hinaus; mit halbem Ohr lauschte er den Geräuschen der Nacht draußen. Im Innern seines Herzens wußte er, daß der Mord an Lady Eleanor und das furchtbare, lautlose Gemetzel an jener geheimnisvollen jungen Frau und ihrem männlichen Begleiter im nahen Wald unentwirrbar miteinander verwoben waren.

Die Kellergewölbe des Louvre-Palastes waren der Vorraum zur Hölle; aber wenige von denen, die die dunklen Steintreppen hinunterstiegen, kamen je wieder herauf, um von ihren Erlebnissen zu berichten. Die Foltermeister Philipps IV., eine bunt zusammengewürfelte Bande von Italienern und seltsamen, wilden Kreaturen aus der Wallachei, verstanden sich bestens darauf, die Knochen und die Seelen ihrer Gefangenen zu zerstören. Eudo Tailler indessen hatte sich als eines ihrer stärksten Opfer erwiesen. Dem Armbrustbolzen in seinem Schenkel zum Trotz hatte er das Streckbett, die

Spanischen Stiefel und die Wippe überlebt; jeder einzelne Knochen war gebrochen, aber er klammerte sich verbissen ans Leben. Er hatte gesehen, wie der junge französische Schreiber, den Célèste verführt hatte, binnen weniger Tage soweit war, daß er alles gestand, was man ihm vorgelegt hatte. Eudo war anders. Er hatte keine Angst, denn sein Haß auf die Franzosen war größer als seine Furcht vor dem Tod. Fünfzehn Jahre zuvor hatten Philipps Truppen sein Heimatdorf überfallen und dem Erdboden gleichgemacht, in einer einzigen Nacht waren Eudos Geschwister, seine junge Frau und sein Kind ausgelöscht worden.

Eudo weigerte sich, irgend etwas zu sagen. Oh, er hatte sie belogen, und sie hatten ihm Fallen gestellt, indem sie nach den Namen anderer englischer Agenten in Paris gefragt hatten. Er hatte ihnen manches Märchen erzählt, und wenn sie es nachgeprüft hatten, waren sie um so wütender zurückgekommen und hatten ihn aus seinem schmutzigen, stinkenden Loch zurück in die große, gewölbte Folterkammer gezerrt, um ihn von neuem zu verhören. Ein paarmal hatte Eudo einen Blick auf den französischen König erhaschen können; sein blondes Haar hatte im Schein der blakenden Fackeln geglänzt. Philipp stand hinter den schwarz maskierten Folterknechten und wartete, daß Eudo redete. Jetzt aber war alles vorüber. Eudo wußte, daß er sterben würde. Er hatte begriffen, was die Franzosen von ihm wissen wollten: Die Wahrheit über die ehemalige Geliebte des Prinzen von Wales, die jetzt in Godstowe eingesperrt war.

Was hatte Corbett ihm über sie gesagt? fragten sie. War sie mit dem Prinzen verheiratet? Waren unter den Nonnen Agentinnen des Königs? Sagte ihm der Name de Courcy irgend etwas?

Eudo hatte mit geschwollenen, blutigen Lippen erwidert, er wisse nichts, und da wechselten die Befrager das Thema.

Wer war der Meuchelmörder aus dem Hause de Montfort, der es auf Edward von England abgesehen hatte? War er in Godstowe oder in London?

Er hätte es ihnen gar nicht sagen können. Alles, was er wußte, stammte aus einem Gespräch, das er aus zweiter Hand in einer Herberge in Bordeaux mitbekommen hatte – wenngleich Eudo, ein Gascogner, durchaus eine Ahnung hatte, wer der Attentäter sein könnte. Jetzt, am letzten Tag seines Lebens, bedeutete er ihnen, daß er die Schmerzen nicht länger aushalten könne. Die Folterknechte hatten ihn an die Wand gekettet und drückten glühende Eisen auf die zartesten und empfindlichsten Teile seines Körpers. Eudo öffnete die blutigen Lippen zu einem lautlosen Schrei.

»Der Attentäter, Master Tailler?«

Eudo schüttelte den Kopf. Wieder der sengend heiße Schmerz.

»Der Attentäter, Master Eudo? Nennt uns seinen Namen, dann könnt Ihr schlafen.«

Eudo fühlte, wie das Leben aus ihm hinaussickerte. Er fühlte sich losgelöst, als schwebe er hoch über ihnen, als spielten die Henker mit einem nutzlosen Klumpen Fleisch, der einmal sein Körper gewesen war. Leise murmelte er ein letztes Mal das Reuebekenntnis. Sicher würde Gott nicht vergessen, daß er seinem König treu geblieben war. Die Folterknechte wurden von einem Oberschreiber zurückgewinkt, der mit dem französischen König in das Gewölbe herabgekommen war. Er mußte seinen Abscheu unterdrücken, um das Ohr vor die Lippen des Sterbenden zu halten.

»Was habt Ihr gesagt, Monsieur Tailler? Der Name des Attentäters?«

Eudo nahm all seine Kraft zusammen, als könne er die Schmerzen nicht länger ertragen, und wisperte einen Namen. Der Schreiber trat zurück und lächelte seinem königlichen Herrn triumphierend zu.

»Er hat es uns gesagt, Euer Gnaden. Wir haben unseren Mann.«

Philipp blieb ungerührt. »Fragt ihn noch einmal!« befahl er.

Der Schreiber trat vor, warf nur einen Blick auf Eudo und wich hastig zurück. »Er ist tot, Euer Gnaden.«

Philipp nickte. »Schneidet ihn ab!« befahl er. Dann wandte er sich an den Schreiber. »Schickt folgende Depesche verschlüsselt an Seigneur de Craon. Er muß sie so schnell wie möglich bekommen.«

SECHS

Als Corbett am nächsten Morgen Ranulf weckte, schaute dieser ihn aus verquollenen Augen an.

»Um der Liebe unseres Herrn willen, Master!«

»Du stehst schon zu lange im Dienst des Teufels«, versetzte Corbett scherzhaft. »Du trinkst zuviel und schläfst zu lange.«

»Ich stehe zu lange in Eurem Dienst«, murrte Ranulf. Er stand auf, putzte sich die Zähne, indem er den Finger in etwas Salz tauchte, wusch sich das Gesicht in einer Schüssel Rosenwasser, zog die Stiefel an und ging, angeführt von einem immer noch scherzenden Corbett, die Stiege hinunter, um in der kleinen Küche sein Frühstück einzunehmen.

»Was für Geschäfte stehen heute an, Master?«

Corbett kaute nachdenklich auf einem kleinen Weißbrotlaib aus einem mit weißem Linnen bedeckten Korb.

»Glaubst du an die Hölle, Ranulf?« fragte er plötzlich.

»Natürlich, Master. Warum?«

Corbett deutete auf das bunte Glasfenster, das der Künstler mit einer drastischen Vision von Dämonen bemalt hatte. Ihre Augen funkelten wild, und aus ihren Mündern und Nüstern kam stinkender Atem, während sie mit rotglühenden Zangen das Fleisch ihrer Opfer zerrissen und ihre Leiber mit brennenden Eisennägeln durchbohrten, andere schlugen die Unglücklichen mit Dornen und Geißeln. Ranulf betrachtete das Bild neugierig, und Furcht ließ ihn schaudern, als er sah, wie die Sünder in heiße Öfen und Kessel mit kochendem

Öl gestoßen oder auf große Karrenräder gebunden wurden, die ihnen rollend die Glieder brachen. Unten auf dem Bild sammelten sich Schlangen, Drachen, Nattern, Frettchen, scheußliche Kröten und grausige Würmer, um die Verdammten zu fressen.

»Wenn Ihr dieses Bild lange genug anschaut, Master, werdet Ihr glauben, Ihr wärt selbst in der Hölle«, sagte Ranulf leise. »Warum fragt Ihr?«

Corbett trank nachdenklich aus seinem Becher. »Ein stiller Ort, dieses Godstowe«, sagte er. »Lausche einmal, Ranulf.«

Sein Diener drehte sich um, schaute zur Tür hinaus und hörte die Geräusche der Klostergemeinschaft, die ihrer alltäglichen Arbeit nachging: Milcheimer schepperten, Karrenräder rumpelten, und durch den perlenden Vogelgesang hörte man auch das sanfte Singen der Nonnen in der Klosterkirche.

»Friedlich«, fuhr Corbett gleich darauf fort. »Aber ich glaube, daß Satan selbst, der Fürst der Finsternis, sich aus seinem Höllenkessel erhoben hat und diesen sonnenbetupften Ort heimsucht.«

Den Diener fröstelte es.

»Weißt du, Ranulf« – Corbett wischte sich mit einem Mundtuch die Lippen ab –, »als ich klein war, nahm meine Mutter mich mit zu einem berühmten Prediger. Er sprach davon, daß die Hölle ein kochendheißer See voll giftiger Schlangen sei. Darin standen Verleumder bis zu den Knien. Unzüchtige« – er warf Ranulf einen verschlagenen Blick zu – »standen bis zum Hals darin, und Ehebrecher und Verräter bis zu den Augen.« Corbett grinste. »Ich erinnere mich an diese Predigt, weil mein Vater, der niemals lachte, sondern immer ein unbewegtes Gesicht behielt, auch wenn er scherzte, sich herüberbeugte und leise sagte, wenn dieser Prediger so beredt von der Hölle erzählen könne, dann müsse er ja selbst schon dagewesen sein.«

Ranulf grinste und entspannte sich.

»Aber«, fuhr Corbett fort und schnallte sich dabei den Schwertgurt um den Leib, »eines weiß ich noch: Dieser Prediger war eigentlich ein sanfter Mann. Er sagte meiner Mutter, die Heilige Mutter Kirche wolle ihre Kinder lediglich ein bißchen erschrecken ...« Corbett spähte mit schmalen Augen durch die Tür. »Nur nicht die Mörder, die Totschläger, vor allem die Söhne Kains, die mit eiskalter Bosheit die Vernichtung dessen planen, den sie hassen.« Corbett schwieg einen Augenblick lang. »Folgendes ist in Godstowe geschehen, Ranulf. Erstens.« Er zählte die einzelnen Punkte an seinen Fingern ab. »Lady Eleanor Belmont wurde ermordet. Glaub mir, es war kein Unfall, sondern kühl geplant und sorgfältig berechnet. Zweitens: Die alte Nonne, Dame Martha, wurde ebenfalls ermordet, weil sie etwas wußte. Und irgendwie, glaube ich, sind diese Morde verknüpft mit den beiden Leichen, die im nahen Wald gefunden wurden.« Er starrte Ranulf mit ernster Miene an. »Ich glaube, es wird Zeit, daß wir uns noch einmal mit deinem Freund, dem Pförtner, unterhalten.«

»Master!«

»Ja?«

»Ich habe doch meinen Wein noch nicht ausgetrunken!« Ranulf machte ein vorwurfsvolles Gesicht.

Corbett lächelte und lehnte sich an den Türpfosten. »Ich werde warten, Ranulf. Aber das ist nicht dein wirkliches Problem, oder?«

Ranulf trank gierig seinen Becher leer. »Nein, Master Corbett, das stimmt. Wer ist denn der Mörder?«

»Das weiß der Himmel, Ranulf. Der König? Der

Prinz? Gaveston? Dieser königliche Lustknabe ist zu allem imstande.« Corbett seufzte. »Auch eine der Nonnen könnte es getan haben, und selbst der gute Gemeindepriester.« Er wartete. »Bist du bereit?«

»Wie immer, Master.«

Corbett grinste, und zusammen gingen sie zum Pförtnerhäuschen neben dem Haupttor. Überraschenderweise war der Kerl bereits auf; er hockte auf einer Bank vor der Tür, sonnte sich und hielt einen Krug Ale in beiden Händen.

»Guten Morgen, Master Corbett.« Der Kerl guckte mit schmalen Augen hoch und grinste Ranulf verschwörerisch zu. »Ihr wollt hinaus?«

»Auch dir einen guten Morgen.« Corbett stieß mit der Fußspitze gegen die Stiefel des Pförtners. »Ja, ich möchte hinaus, und ich möchte, daß du mitkommst und uns zeigst, wo die beiden Leichen gefunden wurden.«

»Welche Leichen?« Der Kerl funkelte Ranulf wütend an.

Corbett beugte sich herunter und packte den Burschen fest bei der Schulter. »Spiel keine Spielchen mit mir«, zischte er. »Vor ungefähr achtzehn Monaten wurden ein junger Mann und eine junge Frau nackt und mit durchgeschnittener Kehle im Wald gefunden. Später hast du in der Nähe den Kadaver eines kleinen Schoßhundes entdeckt. Du hast das Halsband genommen, hast das Gold, das daran war, verkauft und den Rest unter einem Galgen vergraben.« Corbett sah, daß der Mann Angst bekam. »Vielleicht bist du kein Mörder«, sagte er, »aber ein Dieb bist du wohl. Du hast die Toten bestohlen, und du hast den königlichen Richtern oder dem Sheriff wichtige Dinge verschwiegen. Ich bin bereit, das alles zu vergessen, wenn du bereit bist, an diesem schönen Herbsttag einen Spaziergang mit uns zu machen.«

Der Pförtner warf Ranulf einen giftigen Blick zu, stellte seinen Bierkrug dröhnend auf die Bank, schloß murrend die Torpforte auf und führte sie hinaus auf den weißen, staubigen Waldweg, der sich zwischen den Bäumen zum Dorfe Godstowe schlängelte. Er ging voraus, und Corbett und Ranulf folgten ihm. Der Sekretär streckte sich und sog die klare Morgenluft in seine Lunge.

»Warum müssen wir diesen Ort aufsuchen?« maulte Ranulf.

»Aus Neugier«, antwortete Corbett. Sie kamen um eine Wegbiegung, und plötzlich blieb der Sekretär stehen und packte Ranulf beim Arm. »Hör mal«, flüsterte er, während der Pförtner weiterging, ohne zu merken, was hinter ihm geschah. Ranulf spitzte die Ohren und versuchte, nicht auf die Laute des Waldes zu achten, auf das Zwitschern der Vögel und das Rascheln der kleinen Tiere unter dem dichten grünen Farnkraut. Dann hörte er es auch: schleichende Schritte auf dem losen Schiefer des Weges. Der Pförtner blieb stehen und drehte sich um. Corbett bedeutete ihm mit einer Handbewegung, er solle stillstehen und schweigen. Die Schritte kamen näher.

»Ich glaube, ich weiß, wer das ist«, raunte Corbett.

Sie hörten jemanden schwer atmen, und dann kam eine Gestalt um die Wegbiegung, bekleidet mit dem braunen Gewand des Klosters Godstowe. Corbett sah rote Wangen und funkelnde Augen unter der Haube.

»Dame Catherine!« rief er aus.

Die Nonne blieb erschrocken stehen, stieß einen leisen Schrei aus, und ihre flatternden Finger fuhren zum Mund.

»Dame Catherine, guten Morgen.«

»Guten Morgen, Master Corbett«, antwortete die aufgeregte Nonne. »Ich wollte ...«

Corbett trat unter den Bäumen hervor. »Lügt jetzt nicht, Schwester. Lady Amelia würde Euch niemals erlauben, allein umherzuwandern. Ich bin sicher, Ihr habt im Dorf nichts verloren.«

Das Gesicht der Nonne wurde noch röter. Beifällig sah Ranulf, wie die runden Brüste der Frau sich unter dem braunen Wollgewand hoben und senkten.

»Ihr seid uns gefolgt«, erklärte Corbett. »Ich habe Euch aus dem Augenwinkel gesehen, als ich mit dem Pförtner sprach.«

»Ich ...« Die Nonne schaute zu Boden. »Ja, ich bin Euch gefolgt«, gestand sie dann. »Ich habe gesehen, wie Ihr mit dem Pförtner spracht und dann plötzlich hinausgingt. Da wurde ich neugierig.«

»Warum?« wollte Corbett wissen.

Dame Catherines Gesicht verhärtete sich. »Ihr seid in unser Kloster gekommen und habt angedeutet, daß gottlose Taten begangen worden seien«, fauchte sie.

»Weil es so ist, Schwester.« Corbett drehte sich um und winkte dem Pförtner verärgert, er möge bleiben, wo er war. »Ich glaube nicht, daß Lady Eleanor die Treppe hinuntergefallen ist. Es macht mich mißtrauisch, daß die alte Martha in ihrer Badewanne ertrunken sein soll, und Ihr könnt Lady Amelia ausrichten, daß ich jetzt auch neugierig bin, was es mit den beiden Leichen auf sich hat, die hier in der Nähe im Wald gefunden wurden.«

»Oh!«

Corbett kam näher.

»Davon habt Ihr gehört?« fragte Ranulf.

»Ja, wir haben es alle gehört. Ich glaube, Lady Amelia hat Euch schon alles erzählt, was wir wissen.«

Corbett fuhr sich mit den Fingern durchs Haar. »Was hat Lady Amelia uns denn wirklich erzählt, Schwester?« Er schaute in den klaren blauen Himmel hinauf. »Nun kommt schon«, drängte er sanft. »Ihr habt das Kloster auf ihren Befehl hin verlassen; also erzählt mir jetzt, was Ihr und Lady Amelia über die beiden Toten im Wald wißt. Damit erspart Ihr Euch weitere Verhöre.«

Die Nonne zuckte die Achseln. »Vor ungefähr achtzehn Monaten«, antwortete sie, »wurden zwei Tote gefunden. Man steckte sie in Segeltuchsäcke und brachte sie zur Kirche nach Godstowe, um sie dort zu bestatten. Der Sheriff und der Coroner kamen ins Dorf und hielten die *Inquisitio Post Mortem*, aber sie erfuhren nichts außer dem Umstand, daß zwei Reisende, auf die die Beschreibung der Toten paßte, an diesem Tag durch das Dorf gekommen waren.« Dame Catherine verzog das Gesicht. »Wie gesagt, sie wurden nackt gefunden, ermordet, und niemand kam und erhob Anspruch auf die beiden Leichname.«

»Wohin waren sie unterwegs?«

»Das wissen wir nicht.«

»Wurden zwei solche Besucher in Godstowe erwartet?«

»Nein. Wir bekommen zwar oft Besuch, aber meistens sind es Leute, die mit Erlaubnis der Priorin Verwandte besuchen möchten. Solche Gäste wurden nicht erwartet. Ich ...« Dame Catherine hielt inne und rückte ihre Haube zurecht. »Ich bin dafür zuständig, die nötigen Vorbereitungen für derartige Gäste zu treffen. Der Sheriff hat mir die gleichen Fragen gestellt, und ich habe ihm die gleiche Antwort gegeben wie Euch.«

»Nämlich?«

Dame Catherine fuhr sich mit der Zunge über die

trockenen Lippen. »Der Sheriff kam zu dem gleichen Schluß wie wir: daß die beiden Unglücklichen Reisende waren, die von Strauchdieben überfallen wurden.« Sie spähte ins grüne Dunkel des Waldes. »Es gibt so viele Schurken hier.« Sie sah Corbett mit falschem Lächeln an. »Ihr wollt zu der Stelle, wo die beiden Leichen gefunden wurden?«

»Ja, der Pförtner war bereit, uns hinzuführen«, log Corbett.

»Ich sollte dann lieber ...« stammelte Dame Catherine. »Ich sollte dann lieber zurückgehen.«

»Dame Catherine?«

»Ja, Master Corbett?«

»Mochtet Ihr Lady Eleanor?«

»Sie war eine königliche Hure!« Die Nonne spuckte die Worte aus. »Ihr mögt davon halten, was Ihr wollt, Schreiber – aber man hätte sie nicht nach Godstowe schicken dürfen.«

»Aber die Priorin war doch einverstanden?«

»Die Priorin ist ihr eigenes Gesetz«, erwiderte Dame Catherine trotzig. »Sie hat ihre eigenen Regeln. Sie verdankt ihre Stellung den Diensten, die ihr Vater dem Prinzen vor vielen Jahren geleistet hat.«

»Ihr könnt die Priorin nicht leiden?« fragte Ranulf neugierig.

»Lady Amelia kann sehr streng sein«, antwortete Dame Catherine vorsichtig. »Sie verbietet Haustiere und Feste im Kloster. Sie achtet äußerst streng darauf, wohin wir gehen, und beschränkt die Zahl der Besucher, die wir empfangen dürfen. Sie hat die Jagd, auch die mit Falken, verboten, und dann ...«

»Und dann«, ergänzte Corbett geschmeidig, »erlaubt sie der königlichen Hure, ins Kloster zu kommen und in Eurer Mitte zu weilen?«

»Ja.«

»Aber mochtet Ihr sie?« fragte Ranulf beharrlich. »Ich meine die Lady Eleanor?«

Dame Catherine schürzte die Lippen. »Wir haben sie in Ruhe gelassen. Sie war hochfahrend und distanziert. Die einzigen Menschen, mit denen sie sprach, waren die Priorin und Dame Agatha.«

Corbett nickte und schlug Ranulf auf die Schulter. »In diesem Fall, Schwester, ist es nicht weiter notwendig, daß Ihr uns begleitet. Ihr könnt Lady Amelia sagen, wohin wir gehen und daß wir bald zurückkommen.«

Sie blieben stehen und sahen zu, wie die Nonne auf dem Absatz kehrtmachte und mit aller Würde, die sie aufbringen konnte, davonwatschelte.

»Seltsam«, sinnierte Corbett. »Ich frage mich wirklich, was die Lady Priorin glaubte, wohin wir gehen wollten ...«

Sie setzten den Weg fort und scheuchten den verdrossenen Pförtner hoch, der sich am Rande des Weges niedergehockt hatte und auf einem frischen Grashalm kaute.

»Was wollte Dame Catherine?« fragte er. »Ihr habt ihr doch nichts von dem Halsband erzählt, oder?«

»Sie wollte uns nur eine gute Reise wünschen«, antwortete Ranulf sarkastisch. »Und, nein, wir haben ihr nichts von dem Halsband erzählt. Auch nicht«, fügte er boshaft hinzu, »von dem Gold daran, das du gestohlen hast.«

Sie waren wohl noch einmal zehn Minuten gegangen und sahen schon den blauen Holzrauch, der über dem Dorf Godstowe aufstieg, als der Pförtner plötzlich anhielt, sich nach links wandte und sie auf einem schmalen Pfad in den Wald hinein führte. Ranulf fröstelte es.

Er fühlte sich immer unwohl inmitten der dunklen, schweigsamen Bäume, der merkwürdigen Schatten, der jäh aufblitzenden Sonnenstrahlen und des unaufhörlichen Schnatterns und Raschelns unsichtbarer Vögel und Tiere.

»Eine dunkle Gasse in Southwark ist mir lieber«, knurrte er.

»Jedem das Seine«, antwortete Corbett.

Sie folgten dem Pförtner den gewundenen Pfad entlang, und plötzlich ließen sie die Bäume hinter sich und gelangten auf eine Waldlichtung; es war still bis auf das Gurgeln eines kleinen Baches, der über die Steine plätscherte, die wie die Finger eines vergrabenen Riesen aus der Erde ragten.

»Seht Euch vor«, brummte der Pförtner. Er deutete auf das diesseitige Ufer des kleinen Baches, wo das Gras dunkler, höher und saftiger aussah. »Seht!« sagte er, und er hob einen abgebrochenen Ast auf und warf ihn mitten ins dunkle Grün. Ranulf schluckte nervös, als der Ast dort aufschlug. Man hörte ein saugendes Geräusch, ein kleiner Tümpel bildete sich, und der Ast verschwand spurlos. »Sumpf«, erklärte der Pförtner. »Solche Stellen gibt es viele im Wald.« Er grinste und zeigte dabei seine abgebrochenen Zähne. »Nur Dummköpfe würden hier umherwandern.«

»Wo wurden die Leichen gefunden?«

»Na ja ...« Der Kerl kratzte sich am Kopf. »Nach dem, was ich mitgekriegt habe, hatte man sie hier in den Sumpf gerollt, aber sie waren nicht untergegangen. Ein Liebespaar aus dem Dorf, das auf der Suche nach einem ruhigen Plätzchen war, fand sie und holte Hilfe. Wir haben sie dann 'rausgezogen.«

»In welchem Zustand waren sie?«

»Ja, das ist das Geheimnisvolle«, antwortete der

Pförtner. »Ich hörte von der Entdeckung und kam eilig vom Kloster hierher. So war ich schon da, als die Büttel kamen. Die Leichen waren nackt, wie sie auf die Welt gekommen waren – ohne einen Fetzen Kleidung, Schmuck oder sonst etwas. Aber ihre Gesichter ...« Der Mann schüttelte den Kopf. »Schwarzweiß gefleckt, und die Kehle durchgeschnitten von einem Ohr zum anderen.«

»Und niemand erhob Anspruch auf die Leichen?«

»Nein.«

»Und ihr hattet keinen derartigen Besuch im Kloster erwartet?«

»Nein.«

»Wie hast du dann den Hund gefunden?«

Der Pförtner trat unruhig von einem Fuß anf den anderen. »Na ja, ich war wirklich ratlos, und so kam ich zwei Tage später nochmal her. Ich kenne den Wald gut. Ich dachte mir, es könnte noch etwas geben, das sich zu finden lohnte.« Er deutete zum Waldsaum. »Da, unter dem Farnkraut, sah ich den Hund. Erst dachte ich, es wäre ein totes Kaninchen. Ich ging hin und erkannte, daß es ein Schoßhündchen war.«

»Du hast ihn nicht getötet?« fuhr Ranulf ihn an.

»Gott sei mein Zeuge, Sir, das habe ich nicht getan!« Der Pförtner leckte sich nervös die Lippen. »Die Leichen mußten schon seit Tagen, ja, seit Wochen hier im Sumpf gelegen haben. Anscheinend war der Hund weggelaufen, und weil er ein so verhätscheltes Tier war, kam er dann zurückgekrochen und starb vor Sehnsucht nach seiner Herrin. Ich nahm ihm das Halsband ab, brach Gold und Edelsteine heraus, steckte das übrige in den Sack und trug ihn zu dem Galgen. Den Rest wißt Ihr selbst.« Wieder funkelte er Ranulf an und schaute dann auf seine Stiefel.

»Gibt es hier Strauchdiebe?« fragte Corbett.

Der Pförtner verzog das Gesicht. »Nein, Master. Das hat mich und die anderen Leute aus dem Dorf so verwundert. Oh, es gibt ein paar wüste Burschen, die ein bißchen wildern. Aber sagt mir eins«, fragte er und wiederholte damit trotzig den Schenkentratsch, »welcher Strauchdieb, der seinen Verstand beieinander hat, versteckt sich in einem Wald zwischen einem Königsschloß und einem Kloster mit lauter mächtigen Damen? Es gibt Wälder, die tiefer sind als der hier, wenn ein Strauchdieb sich verstecken will.«

Corbett schaute sich auf der gespenstisch stillen Lichtung um. »Wenn die Blätter dieser Bäume sich in Zungen verwandeln könnten«, murmelte er, »was für eine Geschichte würden sie dann erzählen?«

Ranulf überlief ein Schauder.

»Ein Ort zum Ruhen«, sagte Corbett. »Aber vielleicht kein Ort zum Sterben.«

»Das weiß ich nicht«, sagte Ranulf, der immer blasser wurde. »Ich kannte mal einen Seemann, einen alten Mann aus Gravesend. Der sagte, auf einer seiner Reisen sei er an einer schwimmenden Insel vorbeigekommen, die von dämonischen Schmieden bevölkert war, und die schmiedeten und hämmerten gottlose Mörderseelen.« Ranulf schüttelte den Kopf. »Ich denke, dieser Ort hier eignet sich dazu besser als irgendeine Insel.« Er starrte Corbett an. »Es gefällt mir hier nicht, Master. Hier stinkt es nach Tod.«

»Wenn das so ist, Pförtner«, verkündete Corbett, »sollten wir besser wieder gehen.«

Sie kehrten zu dem Waldweg zurück, wo Corbett den Pförtner entließ. Dann setzte er sich mit Ranulf, der sich wieder beruhigt hatte, auf einen Holzklotz am Waldrand.

»Was haben wir hier?« murmelte Corbett, sobald der Pförtner außer Hörweite war. »Zwei Reisende, auf einer Waldlichtung überfallen und ermordet – von Strauchdieben?« Er schüttelte den Kopf. »Der Pförtner hat recht, und Dame Catherines Erklärung taugt nichts. Kein Gauner würde sich so nah bei einem königlichen Schloß oder so nah bei einem mächtigen Damenstift herumtreiben.«

Ranulf rülpste geräuschvoll. »Das würde ich auch sagen«, meinte er verlegen. »Auch würde kein Räuber die Toten so sorgfältig von allem entkleiden: Schmuck und Silber nähme er sich wohl, Pferde und Geschirr vielleicht, aber nicht in dem Ausmaß, das der Pförtner beschrieben hat. Ebensowenig«, schloß er, »würde ein Räuber versuchen, die Leichen zu verstecken. Er würde seine gottlose Beute nehmen und fliehen.«

Corbett rieb sich das Kinn. »Und so wird das Geheimnis immer tiefer. Warum wurden sie überhaupt getötet, Ranulf? Warum hat man nicht einfach ihre Wertsachen gefordert und ist damit weggelaufen? Es ist fast so, als ...« Er hielt für einen Moment inne. »... als wollte der Mörder verbergen, wer seine Opfer waren. Er nimmt ihre Habe, ihre Pferde und kippt die nackten Leichen in einen Sumpf – nur, daß sie nicht ordentlich versinken.« Er nagte an seiner Unterlippe. »Aber da sind noch weitere Rätsel. Diese beiden Reisenden waren offensichtlich fremd hier – woher kannten sie also diesen Waldweg, der zu einer Lichtung führt, wo es Wasser gibt, mit dem sie sich erfrischen konnten? Und wer wäre stark genug, um einen jungen Mann und eine vermutlich ziemlich robuste junge Dame zu überwinden?«

»Was wollt Ihr damit sagen, Master?«

»Nun, es gibt nur eine Schlußfolgerung: Man hat sie

in den Tod gelockt. Man hat sie auf diese Lichtung geführt, um sie zu ermorden. Dennoch« – Corbett lachte auf – »haben sie dem Mörder ihre Gurgeln hingehalten?« Er sah sich um. »Kannst du dir einen Reim darauf machen, Ranulf?«

»Nein, Master, ich nicht. Ich habe die gleichen Fragen. Wer waren sie? Wohin wollten sie? Nicht zum Kloster, denn dort erwartete man sie nicht.« Ranulf schnaufte lautstark. »Und wie Ihr schon sagtet, Master: Wie hat man sie in den Tod gelockt, und wieso haben sie so lammfromm ihr Leben gelassen?«

Corbett stand auf und wischte sich das Moos von den Kleidern. »Ein Rätsel in einem Rätsel«, murmelte er. »Aber eins kann ich dir sagen, Ranulf: Auch wenn ich nicht den Fetzen eines Beweises habe, glaube ich doch, daß der Tod dieser beiden jungen Leute etwas zu tun hat mit dem Mord an Lady Eleanor Belmont.«

Ranulf blieb sitzen und starrte zu Boden.

»Master?«

»Ja, Ranulf?«

»Dame Catherine und der Pförtner haben beide gesagt, die Leichen seien in dem Wald gefunden worden, der zwischen dem Kloster und dem königlichen Schloß liegt. Könnte der Mörder in einem der beiden zu finden sein?«

Corbett schüttelte den Kopf. »Es wäre schwer, das zu beweisen, Ranulf. Wie der Pförtner sagte: Vielleicht haben die Leichen tage- oder gar wochenlang dort gelegen. Wenn es jemand aus dem Kloster war – wieso sollte eine Nonne zwei Reisende umbringen? Und unsere edlen Lords im Schloß hätten es sicher professioneller bewerkstelligt.«

Corbett spähte mit schmalen Augen zur Sonne hinauf. »Ich schlage vor, wir sprechen von einem Mörder, nicht von mehreren. Eine Person, die hastig handelt, die Leichen in den Sumpf schleift und wegläuft.« Er verzog das Gesicht und klopfte seinem Diener auf die Schulter. »Aber, mein lieber Ranulf, auch das führt zu einem Problem. Könnte eine einzelne Person zwei gesunde und kräftige junge Leute überwinden?«

Ranulf stand auf und streckte sich. »Es gibt Spannungen im Kloster, Master.«

Corbett zog eine Grimasse. »Natürlich gibt es die. Lady Amelia ist nicht beliebt. Sie hat den kleinen Eskapaden der Nonnen ein Ende gemacht und gleichzeitig einer Hure erlaubt, dort ihren Wohnsitz zu nehmen. Überdies kennen wir unseren Herrn, den König, Ranulf. Eines Tages, da bin ich sicher, wird er Lady Amelia auffordern, über ihre Amtsführung Rechenschaft abzulegen.«

»Und wohin jetzt, Master?«

»Nun, ich denke, im Kloster sind wir vorläufig fertig, und die guten Leute im Dorf Godstowe wissen sehr wenig. Vielleicht wird es Zeit, daß wir den edlen Prinzen von Wales und den Lord Gaveston in Woodstock besuchen.«

Ranulf stöhnte und schloß die Augen.

»Du mußt es von der angenehmen Seite sehen«, rief Corbett und ging schon davon. »Wo ein Schloß ist, da gibt's auch hübsche Mädchen!«

Ranulf starrte wütend hinter seinem Herrn her.

»Aye«, knurrte er. »Und wo Gaveston ist, da ist der Teufel!«

SIEBEN

König Edward von England saß in seinem Pavillon aus purpurner Seide, in der Mitte seines großen Lagers auf der grünen Wiese unterhalb der ehrfurchtgebietenden Massen von Nottingham Castle. Er lauschte dem Lärm seiner zusammenströmenden Truppen. Da waren Bogenschützen in braunem Wams und Gardisten mit spitzen Helmen, langen Speeren und gesteppten Jacken; Feldwebel brüllten ihre Befehle, und stolze Schlachtrösser schnaubten und wieherten.

Der König, der soeben sein sechzigstes Jahr vollendet hatte, saß auf einer der großen Soldtruhen und klopfte auf das Holz unter ihm. Hoffentlich würden seine Barone die Männer bringen, die er brauchte. Er gedachte, die größte Armee nach Norden zu führen, die er je zusammengezogen hatte, um die schottischen Rebellen zu vernichten, ihren Anführer, den Red Comyn, aufzuknüpfen, die Schotten in ihren Glens einzuschließen und ihre Dörfer niederzubrennen. Er würde Schottland mit einem Flammenmeer überziehen und den Verrätern eine Lektion erteilen, die sie nie wieder vergessen würden. Wenn nur sein Sohn hier wäre ...

Edwards Herz, gegen Tränen des Selbstmitleids gefeit, schlug ein wenig schneller. Was hatte er falsch gemacht? Er liebte den Jungen, hatte ihn immer geliebt und würde ihn immer lieben. Vielleicht war es der Tod der Mutter gewesen? Vielleicht hatte er zuviel von ihm erwartet? Edward schloß die Augen und dachte an jene goldenen Sommer, die eine Ewigkeit zurücklagen. Sein Sohn, silberhaarig, entzückt, den Vater zu sehen, kam auf unsicheren Beinchen über eine grüne Wiese in seine

Arme gelaufen, geschickt von der dunkeläugigen, olivhäutigen Mutter, Eleanor. O Gott! Edward schloß die Augen fest, als die Erinnerungen erwachten. O gütiger Gott, betete er, warum müssen solche Erinnerungen in der Seele immer so bittersüß werden?

»Ich würde alles geben, was ich habe«, murmelte er, »wenn ich all das wiederhaben könnte.«

Edwards Stimmung wandelte sich sofort, und wütend knirschte er mit den Zähnen. Gaveston würde das verhindern. Dieser Hexenmeister, der perverse Sohn einer perversen Mutter! Edward hatte erwogen, ihn zu verbannen, aber hinter ihm dräute das Gespenst des Bürgerkriegs; sein Sohn würde Widerstand leisten, und unter seinen Baronen gab es welche – vor allem die jüngeren –, die nur zu bereitwillig waren, ihm zu folgen. Wenn es Bürgerkrieg gäbe, würden die Schotten in die Nordmark einfallen, die Waliser würden sich erheben, und Philipp von Frankreich hätte seine Schiffe binnen einer Woche vor der Küste von Dover. Aber der wahre Grund, weshalb Edward Gaveston nicht in die Verbannung schickte, war: Er konnte seinem Sohn nichts abschlagen. Diese blauen Augen mit ihrem unschuldigen Schimmer, die Erinnerung an süßere, sanftere Tage …

»Euer Gnaden! Euer Gnaden!«

Edward öffnete die Augen. John de Warenne, der Earl von Surrey, stand breitbeinig im Zelteingang, eine Kanne mit Bier in der einen, eine halb verzehrte Hühnerbrust in der anderen Hand.

»Ihr kommt zu früh, John.«

De Warenne sah die Tränen auf der Wange des Königs und schaute weg.

»Was nützt es einem König, John, wenn er die ganze Welt erobert, aber leiden muß unter dem Verlust seines geliebten Sohnes?«

De Warenne schaute ihn ausdruckslos an, und Edward mußte grinsen. Der gute alte de Warenne, dachte er, mit seinem offenen roten Gesicht und seinem verräterischen schwarzen Herzen. Ein guter Soldat, aber ein schlechter General. Er hatte eine Antwort auf alles: Aufs Pferd und Attacke! Er hatte sich sogar erboten, Gaveston umzubringen.

»Was gibt's denn, John?«

»Nichts, außer de Craon.«

Edward verdrehte die Augen zum Himmel. »Philipps Gesandter hat mich also gefunden«, murmelte er.

»Vergeßt Eure Wehleidigkeit, Euer Gnaden!« schnarrte de Warenne. »Trocknet Euch die Augen wie ein braves Mädchen und greift nach Eurem längsten Löffel, denn der Teufel ist zum Suppeessen gekommen.«

»Die Sache in Godstowe?«

De Warenne nickte. »Es muß darum gehen. Die Gerüchte schießen immer dichter und schneller ins Kraut, und de Craon muß der Sämann sein. Überall wird getuschelt. Selbst in der Stadt sagen sie, der Prinz habe seine Herzensdame ermordet, um seinem Geliebten gefällig zu sein. De Craon schnüffelt nach saftigeren Bissen – und dann heißt es: ab nach Paris und horrido nach Rom zum Heiligen Vater.«

»Haltet den Mund, de Warenne!«

Edward trat mit der Stiefelspitze in den Boden. Oh, er konnte sich vorstellen, wie Philipp die empörte Unschuld spielte – und dann würde ein Brief vom Papst kommen. Edward wußte schon, wie er beginnen würde.

»*Pervenit ad auras nostras* ... Es ist Uns zu Ohren gekommen, geliebtester Sohn in Christo ...«, gefolgt von den üblichen scheinheiligen Phrasen, und dann Andeutungen über Mannesliebe, Mord und die schlechte Eignung des Prinzen von Wales für eine unschuldige französische Prinzessin. Als nächstes käme die Auflösung des Vertrages und als Höhepunkt ein blutiger Krieg. Bei allen Zähnen der Hölle! dachte Edward. Was trieb dieser schnüffelnde Bastard Corbett, der ihm Warnungen vor einem Attentäter zukommen ließ, einem weiteren de Montfort, der in England unterwegs sei? Edward zog spöttisch die Brauen hoch. Davor hatte er keine Angst. Nein, es war diese Sache in Godstowe, die ihm wirklich Sorgen bereitete. Die Krone mußte verteidigt, sein Sohn geschützt werden. Was um alles in der Welt trieb sein eigener Spion in Godstowe?

»Wenn Euer Gnaden lieber wieder schlafen gehen möchten ...?«

»Ich werde Euch gleich die verdammten Eier abreißen, de Warenne.« Der König grinste. »Führt den Mistkerl schon herein!«

Ein paar Augenblicke später kam de Craon hereingewieselt; auf seinem Gesicht lag ein öliges Lächeln, und sein Kopf wippte und nickte, während seine Schlangenaugen den König musterten. Edward fand, der Franzose sah ein bißchen lächerlich aus in seinem weichen Sarsenett-Gewand und den lohbraunen Stiefeln, aber seine Miene blieb unbewegt. De Craon hatte einen seltsamen Geschmack. Eines Tages ...

»Monsieur de Craon.« Edward ließ den »Seigneur« absichtlich weg. »Wir sind erfreut, Euch zu sehen. Ihr hattet eine angenehme Reise? Wir haben begierig auf Eure Ankunft gewartet.«

De Craon verbeugte sich. »Nicht halb so begierig, Euer Gnaden, wie ich es war, Euch zu sehen. Mein Herr, König Philipp, schickt brüderliche Grüße. Er ist zutiefst bestürzt über Eure Probleme in Schottland. Er bietet seine Vermittlung an und wird tun, was er kann, um Euch beizustehen.«

Zum Beispiel hundert Schiffe mit Männern und Munition schicken, um diesen Schweinen zu helfen, dachte Edward. Er hakte einen Fuß unter einen Feldschemel und zog ihn heran.

»Wollt Ihr Platz nehmen, Monsieur?«

De Craon sah das krumme Bein des Schemels. »Eure Majestät ist zu gütig. Ich bin aber entschlossen, stehen zu bleiben. So viel Achtung habt Ihr verdient.«

De Craon beschloß, Edward wachsam im Auge zu behalten. Er studierte das grausame, von eisengrauem Haar umrahmte Falkengesicht, betrachtete die leicht schrägen Augen, deren eines halb geschlossen war – eine Angewohnheit, die Edward sich als junger Mann zugelegt hatte. Sie ließ auf ein jähzorniges Temperament schließen. De Craon beschloß, vorsichtig zu sein.

»Euer Gnaden«, begann er, »mein Herr sendet Euch Grüße. Er hofft, seine geliebte Schwester Margaret ist wohlauf?«

Edward dachte an seine blasse neue Braut und grunzte.

»Die Frage der Gascogne . . .«

»Ist keine Frage!« fuhr Edward auf.

»Und ihre Privilegien und Besitztümer?« fragte de Craon demütig.

»Sind mein.«

»Mit welchem Recht?«

Edward seufzte. »Lieber de Craon, meine Soldaten sind dort überall.«

»Eure Soldaten sind aber noch nicht bezahlt worden.«

»Das werden sie schon noch!« brüllte der König.

»Aber, Euer Gnaden« – de Craon spreizte die Hände

–, »das alles sollte sich durch die Ehe Eures geliebten Sohnes und der Prinzessin Isabella regeln.«

»Ihr habt meinen geliebten Sohn gesehen?«

»Zu Woodstock, Euer Gnaden.«

»›Zu Woodstock, Euer Gnaden‹!« äffte Edward ihn nach.

»Euer Gnaden, steht Euer Sohn dort unter Arrest?«

»Nein, verdammt, ich will bloß, daß er dort bleibt!«

»Damit er nicht weit von Godstowe sei?«

»Damit er nicht weit von Oxford sei.«

»Er trauert um Lady Eleanor.«

»Wer ist das denn?« fragte Edward bissig.

De Craon lächelte. »Euer Gnaden belieben, mit mir zu scherzen.« Gleich wurde sein Gesicht ernst.

Jetzt kommt's, dachte Edward.

»Euer Gnaden, ich bin höchst beunruhigt und zutiefst besorgt über die Gerüchte, die von bösen Menschen in die Welt gesetzt werden. Bösartige, verleumderische Geschichten, denen zufolge Lady Eleanor von Eurem Sohn ermordet wurde, damit er mit seinem geliebten Gefährten, dem Gascogner Piers Gaveston, zusammen sein kann.«

»Das sind hochverräterische Lügen. Ich werde jeden, der so etwas sagt, aufhängen, strecken und vierteilen lassen.«

»Natürlich, Euer Gnaden. Aber man tuschelt: Wie kann eine Frau die Treppe hinunterfallen und sich das Genick brechen, ohne daß ihre Kapuze verrutscht? Es heißt auch, Euer Sohn habe ihr Arzneien geschickt, aber vielleicht sei die Lady vergiftet worden.«

»Mein Sohn weiß nichts über Lady Eleanors Tod. Sie starb an einem Sonntagabend. Als der Prinz von Wales von dem Unglück erfuhr, war es bereits Montagmorgen.«

De Craon blinzelte, und sein Gesicht war eine sorgenvolle Maske. »Euer Gnaden, ich bedaure, aber Euer Sohn wußte schon am Sonntagabend von Lady Eleanors Tod.«

Er schob sein Fuchsgesicht vor. Edward saß wie erstarrt da; wie nur selten in seinem Leben hatte er es jetzt wirklich mit der Angst zu tun bekommen. Mein Sohn ein Mörder! Das ist das Gerücht, das jetzt die Runde machen wird: ein Giftmischer und ein Sodomit. Ein Mörder unschuldiger Frauen. Das soll Corbett den Kopf kosten! dachte Edward.

Hinter de Craon sah Edward, wie de Warenne lautlos den Dolch aus der Scheide zog. Der König brauchte nur den Finger zu heben, und der Franzose wäre tot. Aber Edward schüttelte den Kopf, und de Warenne steckte seinen Dolch wieder ein.

»Woher wißt Ihr das?«

»Euer Gnaden, Euer eigener Sohn hat es mir erzählt.«

»Da muß ein Irrtum vorliegen.«

»Nein. Seine genauen Worte waren ...« De Craon schloß die Augen. »Ich fragte ihn nach Lady Eleanor, und er sagte: ›Sie ist dem Tode nah – ein Sturz, ein Unfall. Sie muß die Treppe hinuntergefallen sein.‹« De Craon lächelte höflich. »Das war nach Mitternacht, Euer Gnaden. Der Prinz war ein wenig betrunken, aber was ich merkwürdig fand, war der Umstand, daß der Pförtner des Klosters erst in den frühen Morgenstunden eintraf.«

Edward drehte sich nach der Juwelenschatulle um, die neben ihm stand, klappte sie auf und nahm einen kleinen goldenen Ring mit einem kostbaren Rubin heraus.

»Monsieur, bitte nehmt dies als Geschenk. Ich werde über alles nachdenken, was Ihr mir gesagt habt.«

De Craon streckte die Hand aus. Der König packte sein Handgelenk, drückte fest zu und gab sich erst zufrieden, als er sah, daß der Franzose zusammenzuckte.

»Ein Geschenk, Monsieur«, sagte er leise. »Und eine Warnung an alle, die bösartige Gerüchte verbreiten. Sobald ich beweisen kann, daß diese empörenden Geschichten nichts als ein Gewebe von Lügen sind, werde ich meinem Bruder, dem König von Frankreich, und Seiner Heiligkeit mitteilen, woher sie kommen. Sie werden nicht erfreut sein.«

De Craon schüttelte den Kopf, und der König ließ ihn los. De Craon war rot vor Verlegenheit.

»Euer Gnaden«, antwortete er heiser, »ich danke Euch für Euer Geschenk und für Eure Botschaft.« Er machte auf dem Absatz kehrt und marschierte hinaus.

Edward winkte de Warenne heran.

»John, wer ist Euer schnellster Reiter?«

»Ralph Maltote, Euer Gnaden.«

»Er soll sofort nach Süden reiten, nach Godstowe. Er soll unser schnellstes Pferd nehmen, und ein frisches Tier zum Wechseln außerdem. Er soll nicht rasten, bis er meinem Sekretär Corbett im Kloster Godstowe eine Nachricht überbracht hat. Diese Nachricht *muß* überbracht werden. Verstanden? Und jetzt hinaus mit Euch!«

Als de Warenne gegangen war, bedeckte Edward das Gesicht mit beiden Händen, um seinen Zorn und sein Entsetzen niederzukämpfen. Was ging da vor? fragte er sich. Warum hatte Corbett diesen Schlamassel nicht aufgeklärt? Und sein eigener Spion in Godstowe ...? Edwards linkes Auge war jetzt fast ganz geschlossen, während er an seiner Unterlippe nagte. Corbett und sein Spion würden teuer dafür bezahlen, wenn de Craon die Oberhand gewinnen sollte.

Während Edward von England wutentbrannt bedachte, was er erfahren hatte, betastete Seigneur Amaury de Craon sein blutunterlaufenes Handgelenk und erteilte seinem Gefolge brüllend die nötigen Befehle für eine rasche Rückkehr nach Oxfordshire. Er hatte seinen Trumpf ausgespielt. Jetzt mußte er warten. Oh, er hatte Edwards Warnung begriffen und konnte das Spiel nur abschließen, wenn er einen Beweis hätte. Aber der Pfeil war von der Sehne geschwirrt, und jetzt mußte man sehen, wo er landen würde. Er war zuversichtlich, daß er den englischen König ausmanövrieren und in die Falle gehen lassen könnte; auch er hatte einen Spitzel in Godstowe, der Corbett im Auge behielt. Außerdem hatte de Craon eine dringliche Nachricht von seinem Herrn erhalten. Ein weiterer Schattenakteur war im Spiel: der Attentäter aus dem Hause de Montfort. De Craon hätschelte seinen Schmerz und seinen Stolz. Bald würde Edward von England matt gesetzt sein. Die einzige Gefahr war Corbett. Der englische Sekretär würde seine Anstrengungen verdoppeln und das Problem entweder lösen oder es hinter einem Netz von Halbwahrheiten sorgfältig verstecken. De Craon rieb sich das Handgelenk. Corbett würde er Einhalt gebieten müssen. Er schaute in sein Zelt, wo zwei dunkel vermummte Gestalten hockten.

»Es geht wieder nach Süden. Ich habe einen Plan, den ihr ausführen sollt«, rief er.

Ein paar Tage nach Ranulfs Begegnung mit dem betrunkenen Pförtner kam Corbett zu dem Schluß, daß im Kloster vorläufig kaum noch etwas Neues zu erfahren sei. Auch wollte er fort, weil die Nonnen immer noch in die Trauerfeierlichkeiten vertieft waren, die dem Begräbnis der beiden toten Damen vorausgingen.

Das Unwetter war vorüber, und es war wieder schön; Ranulf und er beschlossen, zu Fuß nach Woodstock Palace zu gehen, statt zu reiten. Der Pförtner, jetzt halbwegs nüchtern, begrüßte sie wie zwei alte Freunde, führte sie zum Tor hinaus und beschrieb ihnen knapp den Weg durch Felder und Wiesen.

Corbett genoß den Fußmarsch; er war froh, der düsteren, traurigen Atmosphäre von Godstowe zu entrinnen. Der Weg war leicht zu finden; er führte durch offene Wiesen und Ackerland, vorbei an dunklen Waldstücken, und nach weniger als einer Stunde kamen die zinnengekrönten Mauern und Türme von Woodstock Palace in Sicht. Sie folgten dem Weg, der in die Straße einmündete. Das Haupttor stand offen. Ein Gardist in königlicher Livree hielt sie auf und erkundigte sich nach ihren Absichten, ehe er sie einließ. Im Hof herrschte reges Treiben. Stallburschen, Hausknechte und Hufschmiede gingen mit Pferden in den Stallungen ein und aus; Hausdiener und Küchenjungen schleppten große Brocken von frischgeschnittenem Fleisch in die Küche.

»Der Prinz scheint uns zu erwarten«, bemerkte Ranulf sarkastisch. »Ein Bankett vielleicht?«

»Ein Festschmaus auf alle Fälle«, meinte Corbett. »Aber ich bezweifle, daß er über meinen Anblick erfreut sein wird.«

Knechte nahmen ihnen die Pferde ab, und ein aufgeblasener Steward aus dem Haushalt des Prinzen führte sie die Haupttreppe hinauf in die geräumige Halle. Corbett wußte, daß der König Luxus liebte, und Woodstock, ein großer Fachwerkbau, war das komfortabelste unte den königlichen Schlössern. Von außen war es kürzlich renoviert worden; die schwarzen Giebel waren frisch vergoldet, die Holzbalken in sattem

Braun gestrichen, die Stuckverzierungen sauber und weiß. Die Pracht im Innern des Schlosses ließ Ranulf den Atem anhalten. Bunte Wandbehänge schimmerten in goldenen und silbernen Motiven; schwere Seidentücher lagen auf Tischen, über Stuhllehnen und den massiven offenen Wandschränken. Juwelenbesetzte Becher, die im Sonnenlicht funkelten, und silberne Teller türmten sich auf hübschen Truhen und Schränken. In der großen Halle deckten Diener die Tische für das Bankett, und die Luft war schwer vom würzigen, gesunden Duft aus der Küche, daß den beiden Männern das Wasser im Mund zusammenlief. Man ließ sie aber nicht verweilen, sondern führte sie sofort nach oben und über eine Galerie in eine kleine Kammer, die in ihrer Einfachheit einen krassen Kontrast zu der Pracht bildete, die sie soeben gesehen hatten.

Gaveston und der Prinz waren da. Der Günstling des Prinzen saß auf einer gesteppten Fensterbank, während der junge Edward sich in einem Sessel neben ihm räkelte. Beide starrten aus dem Fenster wie heimwehkranke Knaben, als sehnten sie sich verzweifelt danach, woanders zu sein. Der König aber hatte seinem Sohn befohlen, in Woodstock zu bleiben, und wo der Prinz von Wales war, folgte ihm natürlich Gaveston wie ein Schatten.

Die beiden jungen Männer liebten auffällige Kleidung; aber heute trugen sie einfache Hosen in weichen ledernen Reitstiefeln, rüschenbesetzte Batisthemden und blutrote Taftjacken, die sie sich über die Schultern geworfen hatten. Gaveston zuckte nicht mit der Wimper, als Corbett und Ranulf angekündigt wurden. Der Prinz dagegen lächelte falsch; er richtete sich in seinem Sessel auf und strich sich mit langen weißen Fingern durchs Haar.

»Master Corbett, ich erinnere mich an Euch. Ihr seid ein Diener meines Vaters.«

»Und der Eure, Euer Gnaden.«

Der Prinz grinste verschmitzt und winkte einem Kammerdiener, er möge zwei Stühle herbeibringen.

»Corbett, Ihr und Euer großäugiger Diener mögt Euch nur hinsetzen. Wollt Ihr Wein?«

Der Prinz wartete keine Antwort ab, sondern wandte sich gleich einem kleinen Tisch an seiner Seite zu, ließ gluckernd Wein in zwei Becher plätschern, stand auf und hielt sie seinen unerwünschten Gästen entgegen. Corbett bedankte sich murmelnd und nippte an seinem. Ranulf leerte den Becher mit zwei geräuschvollen Schlucken. Der Prinz lächelte spöttisch, und Gaveston drehte sich um und nahm ihre Anwesenheit mit herablassendem Grinsen zum ersten Mal zur Kenntnis. Corbett ließ sich nicht irremachen. Er vermutete, daß beide betrunken waren; aber vor allem Gaveston, selbst wenn er halb schlief, war gefährlich wie ein schlummernder Eber. Er betrachtete das dunkle, weibische Gesicht des Gascogners und die edelsteingefaßte Perle, die geckenhaft an einem Ohrläppchen baumelte. In jeder Hinsicht war er der perfekte Höfling. Der König hatte ihm erzählt, wie ehrgeizig Gaveston war; er begehrte eine Grafschaft und wollte seine Freundschaft mit dem Prinzen dazu benutzen, eine Dynastie zu begründen, die so groß wäre wie die de Clares, die Beaumonts oder die anderen der großen Lords, die mit dem Eroberer über die Meerenge gekommen waren.

Gaveston seinerseits musterte den Sekretär und fuhr sich mit der Zungenspitze über die vollen, fleischigen Lippen. Er verfluchte die Trinkerei, seine eigenen wehleidigen Gedanken und den Prinzen, der Corbett hier empfing. Im Grunde seines Herzens, das wußte Gaveston, mochte der Prinz den Mann ganz gern; er bewunderte seine Treue und seine Weigerung, ihn seinem schrecklichen Vater gegenüber zu kritisieren. Gaveston hatte vor niemandem Angst, nicht vor dem König, nicht vor de Warenne und vor keinem der anderen großen Lords, aber vor Corbett mit seinem verschlossenen Gesicht und dem verhüllten Blick war er auf der Hut. Gleich würde die Fragerei beginnen, und dem Prinzen bliebe nichts anderes übrig, als zu antworten. Oh, er konnte sich auf die Würde seines Standes zurückziehen, aber dann würde Corbett den König informieren, und der Prinz müßte irgendwann doch Rede und Antwort stehen. Gaveston ballte die Fäuste im Schoß. Man sollte ihn und den Prinzen in Ruhe lassen! Er sah rasch zu Edward hinüber, und Corbett bemerkte den aufflackernden Ärger im Antlitz des Prinzen.

»Euer Gnaden«, begann er, »stört es Euch, daß ich hier bin?«

»Nein, Corbett, durchaus nicht. Ich frage mich nur, warum?«

»Wegen Lady Eleanors Tod.«

Der Prinz zog eine Braue hoch.

»Gibt es da ein Problem?« fragte er. »Wie ich höre, hatte sie einen Unfall.«

»Nein, es heißt, sie sei ermordet worden.«

Corbett schaute ihn kühl an, und die Erregung, die seine krasse Bemerkung hervorrief, entging ihm nicht.

»Könnt Ihr das beweisen?« fragte Gaveston.

»Mylord, bald werde ich es können, aber die Beweise, die ich habe, werden die Feinde des Prinzen nicht beeindrucken. Sie werden immer noch behaupten, *er* habe sie ermordet.« Corbett beugte sich vor. »Ich sage nicht, daß ich es auch glaube. Ich berichte von meinen Vermutungen und von den Gerüchten, die sich verbreiten. Je mehr Tatsachen ich kenne, desto besser kann ich infolgedessen gegen die Lügen kämpfen, die den Prinzen betreffen.«

Edward starrte Corbett an, und plötzlich warf er den Kopf in den Nacken und brüllte vor Lachen. Gaveston sah ihn verblüfft an. Corbett blieb unbewegt und ungerührt sitzen, bis der Prinz sich wieder gefaßt hatte.

»Oh, das ist toll, Corbett«, sagte dieser und wischte sich eine Träne aus dem Auge. »Ich bin gerührt von Eurer Sorge. Bitte nehmt meinen aufrichtigen Dank für Euer Interesse entgegen.« Plötzlich wechselte seine Stimmung. »Ich weiß, weshalb Ihr hier seid. Um Himmels willen, fangt schon an!«

Der Sekretär zuckte die Achseln.

»Man erzählt, Euer Gnaden, Lady Eleanor sei krank gewesen.« Eilig fügte er hinzu: »Ein Brustleiden?«

Der Prinz nickte.

»Seit wann schon?«

»Oh, seit ungefähr einem Jahr.«

»Manche Leute sagen, schon länger.«

»Manche Leute lügen! Ich bin nicht verantwortlich für das, was die Leute sich ausdenken«, fauchte Edward. »Sie schnüffeln mit ihren langen Nasen im Dreck. Sie sollen erfinden, was sie wollen.«

»Ihr habt Lady Eleanor in Godstowe nicht besucht?«

»Nein. Ich habe sie nicht mehr geliebt. Für mich war die Affäre beendet.«

»Davon bin ich überzeugt«, erwiderte Corbett trocken, und gleich bereute er seine Bemerkung, als er die Feindseligkeit sah, die im Auge des Prinzen aufloderte. »Ihr müßt Euch aber doch Sorgen gemacht haben«, fügte er hastig hinzu.

»Lady Eleanor hat es an nichts gefehlt. Sie hatte allen

Komfort. Sie lebte im Luxus. Die Priorin hat sich um alle ihre Bedürfnisse gekümmert.«

»Ihr habt ihr Medizin geschickt, Euer Gnaden?«

Der Prinz nagte nachdenklich an seiner Unterlippe.

»Ich weiß, was Ihr denkt«, schaltete sich Gaveston ein und erhob sich von seiner Fensterbank. »Ich war es, der die Arzneien schickte. Ihr denkt vielleicht, sie waren vergiftet, aber man hat sie im Kloster geprüft, und ich bezweifle, daß Lady Eleanor sie allein auf das Wort des Prinzen hin genommen hätte.«

»Sicher hat Mylord Gaveston da recht«, pflichtete Corbett bei. »Aber was waren das denn für Pulver?«

»Hört einmal, Corbett«, schnarrte der Gascogner, »ich bin Höfling und manchmal Soldat. Arzt bin ich nicht. Es waren gewöhnliche Arzneien, die den Schmerz in Lady Eleanors Brust lindern und ihr Schlaf spenden sollten.«

Corbett merkte, daß er hier nicht weiterkam, und beschloß, die Richtung zu wechseln.

»An dem Tag, als Lady Eleanor starb, Euer Gnaden...«

»War ich in Woodstock. Nachmittags war ich auf der Jagd, und abends gab es ein Bankett. Alle, auf die es ankommt, haben mich hier gesehen, einschließlich des französischen Gesandten, Amaury de Craon.«

»Habt Ihr an diesem Tag irgendwelche Nachrichten verschickt?«

»Nein. Piers hat wohl seine Arzneien hinuntergesandt. Oh – am Tag, bevor sie ihren Unfall hatte.«

»Ah ja, da sind wir wieder bei den Arzneien. Hatte Lady Eleanor darum gebeten?«

»Jawohl«, antwortete Gaveston mit Nachdruck. »Sie sagte, daß sie ihr große Erleichterung verschafften.«

»Euer Gnaden, was das anbetrifft: War Lady Eleanor melancholisch?«

»Ja«, antwortete der Prinz, und zum ersten Mal zeigte er Mitgefühl. »Das arme Geschöpf war krank. Sie wußte, daß ich sie nicht liebte; ich habe aus meinen Gefühlen keinen Hehl gemacht. Also, was noch?«

Corbett warf Ranulf einen raschen Blick zu; der saß da wie in Stein gemeißelt, von dem schnellen Frage-und-Antwort-Spiel so gebannt wie ein Zuschauer bei einem gewandten Schwertkampf.

»Was, glaubt Ihr, ist an dem Tag passiert, als Lady Eleanor starb?«

»Ich weiß nicht mehr als Ihr, Corbett. Die Tatsachen sind: Lady Eleanor blieb allein, legte einen Mantel an, um spazierenzugehen, und stolperte im Dämmerlicht auf der Treppe in Godstowe. Sie fiel hinunter und brach sich das Genick.« Der Prinz gähnte, als langweile er sich. »Nun, Schreiber, und das ist alles.« Er stand auf, ging zu seinem Liebling und legte ihm die Hand auf die Schulter. »Wollt Ihr noch mehr wissen, Corbett?«

»Ja, Euer Gnaden. Habt Ihr die Lady Eleanor heimlich geheiratet?«

Ranulf schluckte hörbar, als er sah, wie alle Farbe aus dem Gesicht des Prinzen wich. Gaveston erstarrte wie ein Hund vor dem Sprung.

»Nein, selbstverständlich nicht! Warum fragt Ihr?«

»Aus keinem besonderen Grund, Euer Gnaden; es kursieren nur verleumderische Gerüchte. Und Ihr habt am Montag morgen von Lady Eleanors Tod gehört?«

»Ja. Der Pförtner hat mir die Nachricht gebracht. Das wißt Ihr, Corbett. Versucht nicht, mich aufs Glatteis zu führen!«

Der Prinz von Wales machte eine wegwerfende Bewegung mit dem rüschengezierten Handgelenk. »Und jetzt laßt uns im Himmels willen in Ruhe, Mann.«

»Nein!« Gaveston ergriff noch einmal das Wort und lächelte falsch. »Euer Gnaden, Master Corbett war überaus fleißig. Das Kloster von Godstowe hat gewisse Annehmlichkeiten – aber nicht für einen Mann, der den Luxus dieser Welt gewöhnt ist.« Er zwinkerte Corbett zu. »Der Prinz und ich«, fuhr er fort, »haben für heute abend ein üppiges Bankett vorbereitet.« Er grinste. »Wir sind die Gastgeber, aber auch die einzigen Gäste. Ich bestehe darauf, daß Ihr uns Gesellschaft leistet.« Er klatschte in die Hände, und augenblicklich kam der Kammerdiener herein. Gaveston hob die Hand, um Corbetts Einwände abzuwehren. »Wir bestehen darauf, nicht wahr, Euer Gnaden?«

Edward warf seinem Liebling einen verschlagenen Blick zu und nickte. »In der Tat«, antwortete er langsam, »wir bestehen darauf, daß Ihr mit uns speist.«

Gaveston winkte dem Diener. »Bringt Master Corbett und seinen Diener in die Küche. Gebt ihnen gut zu essen. Sie sind unsere ganz besonderen Gäste.« Gaveston erhob sich, kam herüber und nahm Corbett sanft bei der Hand. »Hugh«, raunte er, und seine seelenlosen Augen blickten in die des Sekretärs, »wir bestehen darauf, daß Ihr bleibt. Es gibt da noch andere Angelegenheiten, die wir erörtern möchten.«

ACHT

Der Diener führte sie hinunter, durch die große Halle und in eine riesige, mit Steinplatten ausgelegte Küche. Alles war sauber geschrubbt, aber Fliegen schmausten auf den Blutklumpen, die über die weißgekälkten Wände verspritzt waren. Unter der gewölbten Decke des Raumes herrschte ein reges Treiben. Ein Bäcker und zwei Lehrlinge mühten sich rot und schweißüberströmt vor einem großen Backsteinofen und schoben Platten mit weichem weißen Teig hinein. Diener und Hausknechte hasteten ein und aus; sie schleppten Brat- und Backpfannen, Fettnäpfe, Feuerschaufeln, Messingtöpfe, Zinngefäße und Körbe mit Kräutern. Ein mißmutiger Koch mit einem offenen Geschwür am Handgelenk servierte Corbett und Ranulf Näpfe mit Milch, die mit Muskat gewürzt war, zwei etwas abgestandene Hühnerpasteten und einen Teller mit zerkochtem Gemüse. Corbett stocherte nur ein wenig in dem Essen herum, während Ranulf, der hungrig genug war, sich gleich vollstopfte.

»Wir haben hier nicht viel erfahren, Master.«

Corbett lächelte. »Das könnte noch kommen, Ranulf. Laß uns das Eisen schmieden, solange es heiß ist.«

Sie aßen zu Ende und schlenderten dann wieder die Treppe hinauf. Corbett hielt den Diener an, der durch einen Korridor eilte, einen Berg kostbarer türkischer Tücher unter dem Arm.

»Entschuldigt.« Corbett lächelte. »Wird der Prinz sich nach Godstowe begeben? Ich meine, zur Trauerfeier für Lady Eleanor?«

Der Bursche trat zurück, als sei die Frage anstößig,

aber Corbett öffnete seine Hand und zeigte ihm zwei Silbermünzen.

»Ein wenig Geld für Eure Zeit, Sir.«

Der Bursche sah sich verstohlen um, leckte sich die Lippen und winkte Corbett und Ranulf dann in eine halbdunkle Fensternische.

»Was wollt Ihr wissen?«

»Ganz einfach. Wie hat der Prinz von Lady Eleanors Tod erfahren?«

Der Diener streckte die Hand aus, und Corbett legte ein Stück Silber hinein.

»Ein Pförtner kam aus Godstowe.«

»Ist das alles?«

Der Mann befeuchtete sich die Lippen und starrte gierig auf die zweite Münze.

»Es gibt da ein Gerücht«, erklärte er langsam, »Geschichten hier im Schloß, daß der Prinz es schon viel früher gewußt habe. Einer seiner Leibdiener hörte, wie er sich mit seinem gascognischen Günstling tuschelnd darüber unterhielt.«

Corbett trat näher heran. »Da seid Ihr sicher?« zischte er.

»Sir, Ihr wißt doch, was ich tue.«

Corbett gab ihm die Münze und ließ ihn gehen. Er lehnte sich an die Wand.

»O Gott«, murmelte er. »Ranulf, wenn der Prinz es wußte, bevor der Pförtner herkam, dann kann es dafür nur eine Erklärung geben. Er muß bei Lady Eleanors Tod die Hand im Spiel gehabt haben. Und wie sollen wir dem König sagen, daß sein Sohn ein Mörder ist?«

»Corbett! Master Corbett!«

Sie drehten sich um. Gaveston stand am Ende der Galerie, lässig gegen die Wand gelehnt.

»Master Corbett!« rief er. »Ich bin gekommen, um

mich zu entschuldigen. Der Empfang war nicht höflich, aber der Prinz und ich hatten gerade andere Dinge zu erörtern. Kommt. Ich will Euch Woodstock zeigen.«

Corbett warf Ranulf einen wachsamen Blick zu und verdrehte die Augen zur Decke.

Gaveston kam herbeigeschlendert. Er schenkte Ranulf ein betörendes Lächeln und hakte sich bei dem Sekretär unter.

»Ich höre, der König hat Euch ein Landhaus verliehen? Ihr habt Pferde? Ihr liebt die Jagd?«

»Ich bin eher ein Bauer, Mylord. Mehr daran interessiert, den Acker zu bestellen und das Buschland zu roden. Doch ich muß zugeben, ich jage auch.«

»Dann muß ich Euch etwas zeigen«, sagte Gaveston. »Neue Jagdhunde aus Irland. Mächtige, zottige Tiere. Sie sind der Stolz und die Freude des Prinzen. Na ja«, fügte er spöttisch hinzu, »von mir einmal abgesehen.«

Der Gascogner führte Corbett und Ranulf durch ein Labyrinth von Korridoren, zur Rückseite des Schlosses und über einen verlassenen, staubigen Hof zu einem der großen Außengebäude dort. Die Wände drinnen waren kalt, feucht und ziemlich schleimig. Gaveston machte sich im Dunkeln zu schaffen, fand etwas Zunder, und dann erwachte eine Pechfackel lodernd zum Leben.

Corbett wurde es ungemütlich. Er hörte ein Geheul, das aus den Eingeweiden der Erde heraufzuklingen schien: langgezogen, grausam und geisterhaft. Es schauderte ihn, und seine Hand fuhr zum Knochengriff seines Dolches, aber er wagte nicht, zurückzuweichen. Gaveston öffnete eine Tür in der hinteren Wand und führte sie ein paar Stufen hinunter, trüb erleuchtet von ein paar Fackeln in Wandhaltern, die wild flackerten und tanzten, als wolle ein Unsichtbarer sie ausblasen.

Corbett warf Ranulf einen Blick zu. Im matten Licht sah er, daß sein Diener aschfahl geworden war; sein Gesicht glänzte schweißfeucht. Corbett spürte eine unklare Bedrohung, und sein Nackenhaar sträubte sich. Sie gingen den dunklen Tunnel entlang. Weit waren sie noch nicht gekommen, als Corbett von neuem das langgezogene, klagende Heulen hörte. Leise zog er den Dolch und machte sich auf etwas gefaßt. Sie bogen um eine Ecke, und Corbett mußte sein Zittern unterdrücken, als er einen kleinen, gedrungenen, einäugigen Mann erblickte, der vor ihnen aus der Dunkelheit auftauchte. Sein Kopf war mit einer geteerten Lederkapuze bedeckt. Er trug eine schmutzige braune Schürze, und Schweiß glänzte auf seiner Stirn. Die schwarze Augenklappe verlieh seinem grausamen, scharfgeschnittenen Gesicht ein noch gespenstischeres Aussehen.

»Ah, Gyrth!« Gaveston redete, als wären sie in einem freundlichen Garten. »Ich habe unsere Gäste hergebracht, um ihnen die Hunde zu zeigen.«

Der Kerl grinste. Er hatte keine Zähne; da war nichts als tropfendes, schwarzrotes Zahnfleisch. Er öffnete den Mund und gab ein seltsames Grunzen von sich.

»Gyrth hat keine Zunge«, sagte Gaveston. »Die unglückselige Folge einer Zwistigkeit – nicht wahr, Gyrth?«

Der Stumme sah den Gascogner wachsam an und nickte.

»Komm schon, Mann!« sagte Gaveston. »Wir warten. Die Tür!«

Die Kreatur huschte ihnen voraus wie eine kleine schwarze Spinne, öffnete das Vorhängeschloß an der Tür und winkte seine Gäste vorwärts. Im gleichen Augenblick brach ein wütendes Geheul los. Corbett ging weiter. Hinter der Tür lag eine kleine, von einem dikken Eisengitter versperrte Nische, und dahinter glühten vier Paar grausame rote Augen in der Dunkelheit. Gaveston schob Ranulf hinter sich.

»Bleibt hier«, wisperte er und ging auf leisen Sohlen weiter.

Die vier riesenhaften schwarzen Mastiffs erwachten zum Leben; sie warfen sich mit ihren mächtigen, muskelbepackten Körpern gegen das Gitter, zogen die Lefzen hoch, fletschten weiße Zähne und geiferten. Sie hätten Corbett in Fetzen gerissen, wäre das Gitter nicht gewesen. Corbett wich nicht; er betrachtete die Hunde aufmerksam. Er hatte diese Rasse schon einmal gesehen. König Edward hatte sie in Wales als Kriegshunde benutzt, sie aber später töten lassen, weil die Hunde in ihrem Blutrausch nicht mehr zwischen Freund und Feind unterschieden hatten.

Es waren massige Tiere; die Muskeln ballten sich hoch auf den Schultern über langen, starken Beinen. Ihre Köpfe waren rund, die Ohren flach. Sie sahen aus wie Mordmaschinen mit ihren mächtigen Kiefern, den weißen, scharfen Zähnen und den wütenden roten Augen. Ihr Geheul brach ab und sie starrten Corbett an, und dann, wie von einem einzigen Verstand gelenkt, warfen sie sich erneut gegen das Eisengitter. Der Anführer der Meute stand auf den Hinterbeinen und stieß mit der Schnauze gegen die Eisenstangen.

Corbett schätzte, daß die Hunde größer waren als irgendein Mann. Er konnte ihren stinkenden Atem riechen und bemühte sich, den Schauder zu unterdrücken, der ihn überlief. Er kämpfte gegen die leise Panik, die seinen Magen zusammenkrampfte und seine Beine so schwach werden ließ, daß er sich am liebsten hingesetzt hätte. Gaveston trieb ein Spiel mit ihm; er wollte mit dieser Grausamkeit seine Nerven auf die

Probe stellen. Er hörte den Gascogner hinter sich, wie er Ranulf verspottete; er lud ihn ein, doch näher zu treten, und Ranulf weigerte sich erbost.

»Ranulf mag keine Hunde.« Corbett drehte sich um. »Schon als Kind hat er sich vor ihnen gefürchtet. Er wurde einmal von einem bösartigen Straßenköter angefallen.«

Corbett schaute sich um. Unten am Gitter stand ein Faß mit saftig roten Fleischbrocken. Er spießte einen der rohen Fetzen mit seinem Dolch auf und hielt ihn dem Mastiff vor die Nase. Der Hund fing an zu winseln. Eine viereckige Öffnung in dem Gitter war größer als die übrigen; wahrscheinlich diente sie zum Füttern der Hunde. Corbett schob das Fleisch hindurch und sah zu, wie der Leithund es mit seinen starken Kiefern packte, in die Höhe warf und verschlang; das Blut strömte über das schwarze, sabbernde Maul. Corbett wischte die Klinge an der Stiefelspitze ab, steckte den Dolch in die Scheide und wandte sich ab.

»Prächtige Tiere, Mylord. Man muß Euch ein Kompliment machen; allerdings mahne ich dringend zur Vorsicht. Es kann leicht sein, daß diese Tiere in die Hand beißen, die sie füttert.«

Gaveston lachte und klatschte leise in die Hände. »*Un bon mot*, Schreiber«, sagte er. »Kommt. Ihr habt genug gesehen.«

Langsam gingen sie den Gang hinauf. Das Geheul der Hunde erhob sich hinter ihnen wie eine dämonische Musik. Gaveston führte sie zurück ins Herz des Palastes, wo ein Diener sie in ein Gemach in einem der oberen Stockwerke brachte, einen einfachen Raum mit nackten, weiß verputzten Wänden, aber zumindest versorgte man sie mit Rosenwasser, ein paar sauberen Tüchern und einem Krug Wein, den Ranulf aber nicht anrühren durfte. Sie vertrieben sich die Zeit; Ranulf spielte Würfel mit sich selbst – die einzige Gelegenheit, bei der er verlor. Corbett lag dösend auf dem Bett; er fragte sich müßig, was Maeve wohl treiben mochte, und dachte auch an Schwester Agatha. Sie und die anderen Nonnen würden immer noch mit den offiziellen Trauerfeierlichkeiten für Lady Eleanor und Dame Martha beschäftigt sein. Unbehagen beschlich ihn, als er sich an den Verdacht erinnerte, den der Schloßdiener geäußert hatte. Wie hatte der Prinz so früh von Lady Eleanors Tod erfahren können? Corbett betrachtete das Geheimnis als logisches Problem. Es gab zwei Wege, die er einschlagen konnte: Einerseits konnte er versuchen, den Mord aufzuklären, aber das würde eine schlimme Situation vielleicht noch schlimmer machen. Andererseits konnte er zugestehen, daß der Prinz in die Sache verwickelt, vielleicht sogar an Lady Eleanors Tod schuldig war: In diesem Fall müßte der Skandal um der Krone willen verborgen bleiben.

Schwalben zankten sich unter dem Dachvorsprung draußen über dem Fenster; eine einsame Glocke läutete, und Corbett hörte fernes Rufen im Hof. Er döste ein und schrak wieder hoch, denn er träumte, die Höllenhunde, die er eben besucht hatte, schnüffelten an seiner Tür. Aber es war nur Ranulf, der einen Schemel durch die staubige Binsenstreu schleifte. Ein Diener klopfte und gab bekannt, das Bankett beginne in einer Stunde. Corbett stand auf, wusch sich und machte sich so präsentabel wie möglich. Ranulf steckte seine Würfel in die Ledertasche, und sie stiegen über eine hölzerne Wendeltreppe hinunter in die Halle.

Das Bankett war eine reichhaltige, luxuriöse Mahlzeit. An dicken schwarzen Deckenbalken hingen riesige Banner mit dem Königlichen Wappen von England;

die goldenen Leoparden knurrten neben den weißen Lilien Frankreichs und dem roten Drachen von Wales. Tische auf Holzböcken waren im Viereck aufgestellt und mit weißem Leinen bedeckt worden. Vielarmige Kerzenleuchter in der Mitte und Fackeln in Wandhaltern, tauchten den ganzen Raum in Licht. Corbett roch den schweren, vollen Duft der Gerichte, die er bei der Zubereitung in der Küche gesehen hatte, und das Wasser lief ihm im Munde zusammen. Diener in der blauen und goldenen Livree des Prinzen und Lord Gavestons kamen mit Silberplatten herbeigeeilt, die den Gästen statt der üblichen dicken, eckigen Scheiben altbackenen Brotes als Teller dienen würden. Auf der Sängergalerie am anderen Ende der Halle spielten Musikanten leise Tambour, Stockfiedeln und Laute, und eine Gruppe schöner Knaben, ganz in Gold und Silber gekleidet, sang dazu leise eine Troubadourballade. Ein Greyhound hob das Bein am Tisch und wurde prompt verjagt.

Ein Kammerherr zeigte ihnen ihre Plätze gleich unterhalb des Hohen Tisches, der von einem perlenbesetzten silbernen Salzstreuer beherrscht war. Corbett sah sich um. Die übrigen Speisenden gehörten ausnahmslos zum Gefolge des Prinzen oder des Lord Gaveston: Schreiber, Haushaltsbeamte, Offiziere ihrer Söldnergarde und hier und da ein Priester oder Almosenier. Ihn und Ranulf ignorierte man, und das bereitete ihm Unbehagen. Silbertrompeten erhoben sich; ein schriller Fanfarenstoß ließ das Geplapper verstummen, und dann trat der Prinz ein und führte Gaveston an der Hand. Beide trugen silberne Kränze auf dem Kopf und waren von Kopf bis Fuß in goldene Gewänder gehüllt. Manches »Oh!« und »Ah!« erhob sich bei diesem Anblick in der Schar der Kriecher. Der Prinz nahm die

Huldigungen entgegen, und er und sein Günstling setzten sich auf zwei große, thronähnliche Stühle am Hohen Tisch. Corbett schauderte es, und er schaute weg. Wenn der alte König dies sähe, bekäme er einen Schlaganfall; der Prinz behandelte Gaveston ganz offen, als wäre er seine Gemahlin. Noch einmal gellten die Trompeten, und das Bankett begann. Die französischen Köche in der Küche des Prinzen hatten ihre ganze Kunst und Geschicklichkeit aufgewandt. Suppen und Brühen, dick von Kräutern, wurden aufgetragen, Fasane und Wachteln, gefolgt von Lachs, Butt, Hecht und Schleien. Eberherzen, mit Knoblauch gefüllt, und Lamm, garniert mit Minze und Majoran. Ein Schwan, der gekocht und dann wieder hergerichtet worden war und nun auf einer Silberplatte thronte, als schwömme er auf einem magischen Weiher. Hirschkeulen, Aspik und Zuckerwerk sowie Krug um Krug vom besten Bordeaux und vom kühlen Weißwein aus dem Rheinland vervollständigten das Mahl.

Ranulf aß natürlich, als stünde der Weltuntergang bevor; Corbett hielt sich zurück. Ihm war unbehaglich zumute; es gefiel ihm nicht, daß der Prinz und Gaveston sie kaum eines Blickes würdigten und ihre Tischgenossen sie behandelten, als existierten sie gar nicht. Der Wein machte immer öfter die Runde, Gespräche und Gelächter wurden lauter, und die silberweißen Tischtücher bekamen erste Flecken. Eine Närrin erschien, eine kleine Frau, nicht größer als drei Fuß; sie schlug Purzelbäume auf dem Tisch und wich dabei den Bechern und Speisebrocken aus, mit denen man sie bewarf. Corbett erkannte plötzlich, daß sie in einer Ecke der Halle saßen. Wollte jemand einen Streit provozieren, wären sie in der Falle. Er wartete einen geeigneten Augenblick ab, und dann zog er seinen Diener auf die

Beine, verneigte sich vor dem Prinzen und ging ruhig hinaus. Draußen schickte er Ranulf in ihre Kammer hinauf. Bald darauf kam der Diener mit seinem Mantel zurück, brachte aber nur einen Handschuh mit.

»Ich konnte nur den einen finden, Master.«

Der Sekretär zuckte die Achseln. »Macht nichts. Vielleicht habe ich ihn verloren, und ich werde auf keinen Fall durch das Schloß wandern und einen Handschuh suchen!«

»Wir könnten in den Stall gehen und versuchen, Pferde auszuborgen.«

Corbett schüttelte den Kopf. »Nein, Ranulf, mir ist hier unbehaglich. Je eher wir draußen sind, desto besser. Die Nacht ist schön, der Weg ist nicht weit, und die Abendluft wird uns einen klaren Kopf schenken.«

Sie schlüpften durch eine Hintertür hinaus und verließen den Palast durch eine der Nebenpforten. Mühelos fanden sie den Weg, auf dem sie hergekommen waren. Der Vollmond badete das schlafende Land in silbernem Licht; die Nachtluft war warm, und die Felder schlummerten unter dem klaren Herbsthimmel. Corbett und Ranulf folgten dem staubigen Pfad an Hecken vorbei und einen Hügel hinauf. Der Sekretär hörte mit halbem Ohr zu, wie Ranulf über das Bankett plauderte und darüber, wie der Prinz offen seine Zuneigung zu Gaveston zur Schau trug. Sie waren oben auf dem Hügel angekommen, als sie das erste markerschütternde, heulende Gebell vernahmen. Die beiden blieben stehen, und das Blut gefror ihnen in den Adern. Corbett fühlte, wie sich seine Kopfhaut und sein Nacken spannten, als hätte ihm jemand einen Eisenhelm auf das Haar gestülpt. Er wollte sich umdrehen, wagte es aber nicht. Und wieder ein Heulen, als hätte sich einer von Satans Dämonen aus der Höllengrube erhoben. Corbett drehte sich nun doch um und spähte den mondbeschienenen Weg entlang. Er fühlte sich wie in einem Alptraum. Sein Herz hämmerte vor Entsetzen, als er die zottigen, gedrungenen Gestalten schattenhaft grau über die Wiese jagen sah. Er dachte an die wütenden roten Augen, die ihn durch das Eisengitter angestarrt hatten, und an die riesigen, tödlichen, triefenden Schnauzen. Er packte seinen Diener. »Lauf, Ranulf!«

Corbett öffnete seinen Mantel und warf ihn zu Boden. Ranulf zögerte, als wollte er ihn aufheben.

»Laß!« schrie Corbett. »Er wird die Hunde für eine Weile ablenken! Lauf!«

Eine zweite Aufforderung war nicht nötig; Ranulf schoß davon wie ein Pfeil. Corbett folgte ihm, vorbei an dunklen, freien Feldern und dann zwischen dunkle Bäume, die sich wie stumme Soldaten einer verzauberten Armee erhoben. Sie rannten um ihr Leben, als die großen Höllenhunde ihre Witterung aufnahmen und in wilder Freude bellten. Ihr Heulen zeigte, daß sie immer näher kamen. Die kühle Nachtluft brannte in Corbetts keuchender Lunge. Die Bäume lichteten sich wieder, und sie flüchteten über eine offene Wiese. Er blickte hoch und sah im klaren Mondlicht die Dächer und Türme von Godstowe Priory. Jenseits einer Anhöhe hielten sie kurz inne.

»Ranulf!« keuchte Corbett. »Es ist meine Witterung. Der Handschuh – man hat ihn gestohlen. Lauf zu einem Baum. Klettere hinauf und versteck dich.«

Ranulf, leichenblaß und mit schweißtriefendem Haar, schüttelte den Kopf.

»Wenn ich sterben soll, Master, bin ich lieber bei Euch. Es könnten Jäger dabei sein, die mich abschießen.«

Corbett nickte, und sie stolperten weiter, schweißüberströmt, blind vor Panik, und ihre Beine verwandelten sich allmählich in schwerstes Blei. Atemlos schluchzend rannten sie über ein frisch gepflügtes Feld. Corbett hätte schwören können, daß er einen Moment lang noch eine andere schattenhafte Gestalt sah, aber er flüchtete weiter. Die Hunden hinter ihnen bellten triumphierend, und dann erscholl plötzlich ein gräßlicher Schrei, der Corbetts Herz stocken ließ – ein Schrei voll furchtbarer Verzweiflung. Er drehte sich um. Die Hunde waren nicht über die Anhöhe gekommen. Ranulf ... wo war er? Er spähte umher, und ihm war so schwindlig, daß er Halt suchen mußte. Dann sah er Ranulf auf den Knien; er umschlang seine keuchende Brust mit beiden Armen.

»Ich kann nicht mehr weiter, Master!«

»Doch, du kannst!« zischte Corbett.

Er zerrte Ranulf hoch und stieß ihn vorwärts zur Klostermauer. Schluchzend lehnten sie sich dort an. Die Hunde hinter ihnen waren seltsamerweise verstummt.

»Es ist zu hoch zum Klettern!« flüsterte Corbett. »Komm weiter!«

Er stieß Ranulf an der Mauer entlang, am Galilee Gate vorbei, das verschlossen war, zum Haupttor. Mit dem Knauf seines Dolches hämmerte er dagegen.

»Aufmachen!« schrie er. »Um der Liebe Gottes willen, macht auf!«

Der betrunkene Pförtner öffnete die Torpforte. Corbett zerrte Ranulf hinein, drehte sich um und schloß die Pforte mit einem Fußtritt.

»Verriegeln, Mann!« brüllte er.

Der Pförtner glotzte ihn trunken an; dann hörte er das leise, klagende Heulen der Hunde und schob hastig die Riegel vor. Corbett stürzte in das Pförtnerhaus. Die beiden Soldaten lagen halb schlafend da. Er riß eine Fackel aus ihrer eisernen Halterung, nahm eine Armbrust, die an der Wand lehnte, und dazu einen festen Lederköcher, gefüllt mit bösartigen, widerhakenbewehrten Pfeilen. Damit eilte er die schmale Treppe zur Brustwehr der Klostermauer hinauf. Oben lehnte er sich an und spannte fluchend die Armbrust; der Schweiß brannte ihm in den Augen, als er einen Pfeil in die Rille legte. Er hörte wildes Gebell, und zwei der großen Hunde kamen unten um die Mauerecke gehetzt. Corbett nahm die Fackel und schleuderte sie hinunter. Im Flackerlicht sah er, daß ihre Schnauzen blutverschmiert waren.

»Ihr Bastarde!« schrie er. »Euch schickt der Teufel, ihr Bastarde!«

Die Hunde warfen sich gegen das Tor. Corbett mußte unversehens lachen.

»So ist es recht, ihr Bastarde!« schrie er. »Bleibt nur da!«

Er brachte die Armbrust in Anschlag, lehnte sich über die Brustwehr und drückte ab. Er hörte den Bolzen schwirren und brüllte entzückt auf, als er den Leithund hinter dem Kopf traf. Das Geschoß bohrte sich tief hinein und durchtrennte die Wirbelsäule. Das Tier machte in grauenvollem Schmerzkrampf einen jähen Satz, stürzte dann zu Boden und erstickte am eigenen Blut. Vor sich hin murmelnd, legte Corbett einen zweiten Bolzen auf. Diesmal war er zu ungeschickt. Der Bolzen schwirrte los und ritzte das Hinterteil des zweiten Hundes, und dieser wandte sich ab und floh aufheulend in die Dunkelheit. Corbett lehnte sich an die Mauerbrüstung und übergab sich. Er wartete, bis er sich wieder gefaßt hatte, und taumelte dann hinunter zum Pförtnerhaus.

Ranulf saß gleich hinter der Tür mit dem Rücken an der Wand; sein Gesicht war aschgrau und schweißnaß, sein Wams von Erbrochenem besudelt. Der Pförtner hockte neben ihm, aber er war zu betrunken, um irgendwie zu helfen. Corbett füllte einen Weinbecher, trank einen Schluck und drückte den Becher dann seinem Diener an die Lippen, und dabei fauchte er den Pförtner an, er solle eine Wolldecke herbringen.

Es klopfte. Lady Amelia, begleitet von den Damen Catherine und Frances, eilte herein. Sie waren in Decken gehüllt, und ihre Gesichter waren blaß, die Augen schlaftrunken.

»Was ist los, Schreiber?«

»Gar nichts, Weib!« schnarrte er erbost.

Er sah, daß die Farbe in Ranulfs Wangen zurückkehrte, und stand auf.

»Es tut mir leid«, brummte er. »Wir waren auf dem Rückweg von Woodstock und wurden von Kampfhunden angegriffen.«

Lady Amelia starrte ihn verständnislos an.

»Hunde«, sagte Corbett langsam, »die darauf abgerichtet sind, Menschen zu jagen und zu töten. Ihr dürft heute nacht das Tor nicht mehr öffnen. Sie hätten uns zerrissen. Ich sage Euch – irgendwo in der Finsternis hat ein Unglücklicher, ein wandernder Kesselflicker oder ein Vagabund, unsere Flucht mit seinem Leben bezahlt.«

Wie um seine Worte zu verhöhnen, ertönte in der Dunkelheit hinter der Mauer ein leises, klagendes Heulen. Lady Amelia schaute kühl in die Richtung, aus welcher der Laut kam.

»Dame Catherine!« befahl sie dann knapp. »Ihr werdet die Knechte wecken. Läutet die Alarmglocke. Alles soll gesichert werden, die Tore sind zu schließen und zu verriegeln. Niemand darf hinaus. Corbett, Ihr folgt mir.«

Inmitten von Fußgetrappel und dem Klang der Sturmglocke wurden Corbett und Ranulf zur Krankenstube in einem angenehmen, zweistöckigen Haus hinter dem Refektorium gebracht. Eine Nonne, einem alten Schlachtroß gleich, wickelte die beiden in schwere Wolldecken und zwang sie, Becher mit würzigem Glühwein zu trinken. Erst als Corbett die Augen zufielen und er in sanften Schlaf versank, begriff er, daß auch ein leichtes Schlafmittel darin gewesen sein mußte.

Er erwachte mit klaren Augen am nächsten Vormittag. Ranulf war bereits auf; er hockte mit sauber gewaschenem Gesicht neben seinem Bett. Er hatte frische Kleider angezogen und auch für Corbett ein reines Wams und eine neue Hose gebracht.

»Ein Alptraum, Master?«

»Ja, Ranulf, ein Alptraum.«

Er warf die Wolldecken beiseite und stellte erfreut fest, daß die furchtbare Hetzjagd der vergangenen Nacht keine schlimmen Folgen hinterlassen hatte.

»So«, sagte er. »Jetzt werde ich mich waschen, rasieren, frische Kleider anziehen und ein ehrliches Frühstück zu mir nehmen – und dann geht es zurück nach Woodstock, Ranulf, beritten und bewaffnet. Ich werde mir den Kopf dieses verdammten Perversen holen!«

Ranulf grinste. Corbett platzte nur selten der Kragen, und wenn es geschah, war es immer ein Vergnügen, ihm dabei zuzusehen.

»Ist das denn nicht gefährlich, Master?«

»Wie du sagen würdest, Ranulf: Darauf gebe ich einen Rattenarsch! Hier herrscht immer noch der König, und ich bin sein Beauftragter. Wir können die beiden

Soldaten aus dem Pförtnerhaus mitnehmen; es wird Zeit, daß sie sich ihren Sold verdienen.«

Ranulf empfand Genugtuung. Diesmal würde es anders gehen. Er hätte Schwert, Dolch und Armbrust dabei. Er blinzelte mehrmals schnell hintereinander.

»Master, ich bitte um Verzeihung, aber da ist ein Bote für Euch. Ein Ralph Maltote. Er kommt aus dem Lager des Königs in Nottingham und bringt dringende Nachrichten. Kurz nach Morgengrauen traf er hier ein. Die Priorin hat ebenfalls Reiter ausgeschickt. Sie haben keine Spur von den Hunden gefunden – nur den Kadaver des einen, den Ihr getötet habt. Die Priorin hat befohlen, ihn im Wald zu verbrennen. Außerdem ...« Der Diener hustete und wandte den Blick ab. »Außerdem haben sie die zerfleischten Überreste eines Toten gefunden.« Ranulf hielt kurz inne. »Einer der Knechte hat ihn erkannt. Der Wirt des ›Bull‹ wird nicht mehr wildern.«

Corbett pfiff leise durch die Zähne.

»Gott lasse ihn ruhen in Frieden«, murmelte er. »Ich vermute, dein Wirt war ein Wildererkollege unseres Pförtners. Aber jetzt solltest du Maltote hereinholen.«

Ralph Maltote erwies sich als stämmiger junger Mann, der in seinem waschledernen Wams und den Militärstiefeln ziemlich lächerlich aussah. Sein Gesicht war rund und rot wie ein Herbstapfel, das spärliche blonde Haar dunkel von Schweiß, und mit seinen erstaunten blauen Augen und dem Gesichtsausdruck eines geprügelten Hundes war er der unglaublichste königliche Kurier, den Corbett je gesehen hatte. So stand er da und hielt seinen kegelförmigen Helm unbeholfen unter dem Arm.

»Du bist weit und schnell geritten, junger Mann?« fragte Corbett und warf Ranulf, der leise neben ihm kicherte, einen erbosten Blick zu.

»Ja, Mylord.«

Maltote ließ sich auf einen Schemel fallen. Sein langes Schwert verhakte sich zwischen seinen Beinen, und fast wäre er zu Boden gepurzelt.

»Und?«

Der junge Mann sah ihn verblüfft an.

»Deine Nachricht?« sagte Corbett. »Du bist doch nicht für nichts und wieder nichts von Nottingham heraufgekommen.«

Maltote schüttelte nervös den Kopf; er schluckte und wühlte dann in der Innentasche seines halboffenen Wamses. Dann reichte er Corbett eine kleine Schriftrolle. Dieser überprüfte das purpurne Wachssiegel des Königs, bevor er es erbrach und das Pergament entrollte. Die Botschaft war kurz und verschlüsselt, und Corbetts schlimmste Befürchtungen bewahrheiteten sich. Der König gab ihm unumwunden zu verstehen, daß er mit großem Unwillen sehe, wie langsam Corbett vorankomme. Ja, der französische Gesandte de Craon wisse schon mehr als er; er behaupte, der Prinz habe ihm von Lady Eleanors Tod erzählt, lange bevor der Pförtner auch nur nach Woodstock gekommen sei. Corbett reichte Ranulf den Brief.

»Lies das und verbrenne es.« Er nickte dem Boten zu. »Und dann bringst du Maltote in die Küche und besorgst ihm etwas zu essen. Danach gehen wir nach Woodstock.«

Ranulf schlenderte hinaus, und der junge Bote trottete hinterher wie ein verirrtes Hündchen. Corbett beendete eben seine Waschungen, als es an der Tür klopfte.

»Herein!« kläffte er, und gleich bereute er seinen barschen Ton, als Dame Agatha mit einem Tablett hereinkam, das mit einem Tuch bedeckt war.

»Ihr wollt frühstücken, Master Corbett, bevor Ihr geht?«

Corbett lächelte.

»Guten Morgen, Dame Agatha. Wer hat Euch gesagt, daß ich fort will?«

»Euer Diener. Wollt Ihr essen?«

Corbett nickte; es machte ihn einigermaßen verlegen, daß Dame Agatha im Zimmer hantierte, das Tablett auf den kleinen Tisch stellte und einen Schemel heranholte. Sie hatte eine Schüssel heiße Hühnerbrühe mitgebracht, dazu frischgebackene weiße Brötchen und einen Krug verdünntes Ale. Sie ging nicht hinaus, als Corbett nach dem Zinnlöffel griff und zu essen begann.

»Ihr seid nicht verletzt?« erkundigte sie sich besorgt.

»Nein. Nur in meinem Stolz, Schwester.«

Sie trat heran und legte ihm eine weiche weiße Hand auf den Arm. Corbett blickte auf. Es war ein merkwürdiges Gefühl, mit einer so fürsorglichen und schönen jungen Frau allein zu sein.

»Seht Euch vor«, flüsterte sie. »Überstürzt nichts. Gaveston ist gerissen. Lady Amelia sagt, er habe die Hunde losgelassen, aber wir können es ihm nicht beweisen. Gebt ihm keinen Vorwand, Euch niederzuschlagen.«

Sie nahm ihre Hand fort und strich ihm sanft mit den Fingerrücken über die Wange. Corbett errötete und wandte sich wieder dem Essen zu; er wußte nicht, was er sagen sollte, und wagte auch nicht, den Kopf zu heben, bis er hörte, wie Dame Agatha leise hinausging und die Tür hinter sich schloß. Er war gerührt von ihrer aufmerksamen Sorge, aber er hatte Mühe, sie anzunehmen. Er bekam Gewissensbisse, als er an Maeves süßes Gesicht dachte, und er schämte sich, daß er sich von einer Frau, die sich Gott geweiht hatte, so stark angezogen fühlte. Gleichwohl war Dame Agathas Rat klug, und Corbett merkte, daß seine Wut sich allmählich abkühlte. Er beschloß, Gaveston zu zeigen, daß er keine Angst hatte, sich zugleich aber vor übereilten Handlungen zu hüten. Gaveston war der Günstling des Kronprinzen, und das bloße Zücken einer Waffe in Gegenwart des Prinzen von Wales konnte als Hochverrat gedeutet werden.

Corbett kaute geistesabwesend auf seinem Brot und analysierte das Problem, dem er sich gegenübersah. In der Logik hatte man ihn gelehrt, daß man zu einer akzeptablen Schlußfolgerung gelangt, indem man die Schritte überprüft, die zu ihr führten. Wie konnte er jetzt so vorgehen? Er lächelte und ging hinüber zu der Tasche, die Ranulf unter dem Bett versteckt hatte. Leise in sich hineinlachend, betrachtete er, was beim Ausflug seines Dieners in den Arzneihandel so zusammengekommen war. Er nahm einen kleinen Tiegel Salbe, ging die Treppe hinunter und hinüber zum Konventsgebäude. Niemand war zu sehen. Er huschte die Treppe hinauf und klopfte behutsam an Dame Elizabeths Tür.

»Herein! Herein!« Die alte Nonne war herrisch wie immer, aber sie taute sichtlich auf, als sie Corbett erblickte, und strahlte vor Freude über sein Geschenk.

»Ein seltenes Gebräu«, erklärte Corbett gerissen.

O Gott, dachte er dabei, was mag bloß drin sein? Ranulf war harmlos, aber diese Salbe konnte gefährlich sein.

»Salbe ist es«, behauptete er, »aus dem Huf eines Elchs gezogen und mit Kräutern vermischt. Streicht sie jede Nacht an Eure vier Bettpfosten. Sie wird die Luft von allen bösen Dünsten reinigen, so daß Ihr leichter atmet und ruhiger schlaft.«

Die alte Nonne nickte weise, und Corbett verspürte

stechende Gewissensbisse ob seiner unglaublichen Lügen. Er stellte die Salbe neben sie auf den Tisch, stand auf und ging zum Fenster, um hinauszuspähen.

»Was schaut Ihr da, Master Corbett?«

»Ich denke nur gerade daran, wie Ihr und Dame Martha Lady Eleanor in der Nacht vor ihrem Tod gesehen habt. Ihr seid doch sicher, daß sie es war?«

»O ja.« Die alte Nonne kaute auf ihrer Lippe. »Seht Ihr, Dame Martha stand da, wo Ihr jetzt steht. Sie rief mich hinüber und zeigte nach unten. ›Schau‹, sagte sie, ›da ist Lady Eleanor‹.«

»Wann war das?«

»Kurz vor der Komplet.«

»Und was geschah dann?«

»Wir klopften ans Fenster und riefen hinunter. Lady Eleanor drehte sich um und winkte uns zu.«

»Ihr konntet die Stimme hören?«

»O ja. Dame Martha hatte das Fenster ja aufgemacht und fragte, wohin sie wolle. Lady Eleanor antwortete, sie mache einen Spaziergang hinter die Kirche.« Die Augen der alten Nonne wurden schmal. »Da ging sie immer hin.«

»Ihr seid sicher, daß sie es war?«

»Natürlich!«

»Was hatte sie an?«

»Eins ihrer blauen Kleider. Blau war ihre Lieblingsfarbe.«

»Aber Ihr habt ihr Gesicht gesehen?«

»Ja; sie hatte zwar die Kapuze aufgesetzt, aber sie drehte sich ja um und rief zu uns herauf.«

»Habt Ihr sie zurückkommen sehen?«

»Nein, aber natürlich muß sie zurückgekommen sein.«

Corbett verspürte einen Stich der Enttäuschung.

»Master Corbett!«

Der Sekretär fuhr herum. Lady Amelia und ihre beiden stets gegenwärtigen Anhängerinnen, die Damen Frances und Catherine, standen in der Tür, bebend im Zorn der Gerechten.

»Mag sein, daß Ihr Sekretär des Königs seid, Master Corbett, aber dies ist ein Damenstift. Ihr habt kein Recht, Euch hier aufzuhalten. Auch wenn Ihr mit einer alten Nonne redet!« Sie warf Dame Elizabeth einen verachtungsvollen Blick zu.

»Dame Elizabeth ist meine Freundin!« gab Corbett zurück. »Ich bin ein Mann von Ehre und ein königlicher Abgesandter.« Corbett merkte, wie die selbstgerechte Empörung der Priorin seinen eigenen Zorn aufstachelte. »Ich werde dieses Gemach verlassen, wenn ich fertig bin – und, Lady Priorin, ich wäre Euch dankbar, wenn Ihr in Eurem eigenen Gemach auf mich warten wolltet. Ich habe noch ein paar Fragen an Euch.«

Die Priorin sah aus, als wollte sie sich weigern, aber Corbett blieb standhaft und starrte sie an. Lady Amelia warf Dame Elizabeth noch einen geringschätzigen Blick zu, dann zog sie sich zurück und schloß die Tür. Die alte Nonne sprang auf und kam zu ihm getrippelt. Sie faltete die Hände vor der Brust und schaute ihn mit runden Augen bewundernd an.

»Ihr seid sehr tapfer, Master Corbett«, sagte sie. »Niemand sonst wagt so mit der Priorin zu sprechen.«

Corbett tätschelte sanft ihre Hand. »Seid unbesorgt, Schwester«, sagte er. »Sie hatte kein Recht, zu sagen, was sie gesagt hat, und Leute, die andere schikanieren, konnte ich noch nie ausstehen.«

Er hob die blaugeäderte Hand der alten Dame an seine Lippen. »Aber genug. Ich sage Euch adieu.« Er ging zur Tür.

»Master Corbett!« Dame Elizabeth kam ihm nach. »Ich werde Euch ein Geheimnis verraten«, tuschelte sie. »Eines, das ich noch keinem verraten habe.«

»Welches, Schwester?«

»An dem Nachmittag, als Lady Eleanor starb, sah ich Reiter zwischen den Bäumen.« Sie deutete zum Fenster. »Da, im Wald, hinter der Mauer.«

Corbett kehrte zum Fenster zurück. Das Konventsgebäude war hoch, und Dame Elizabeths Kammer lag im zweiten Stock. So konnte er hinter der Mauer die Baumreihe sehen, die den Beginn des Waldes markierte.

»Wo genau befanden sie sich?«

Dame Elizabeth trat neben ihn.

»Dort«, sagte sie leise. »Ich habe so hinausgeschaut, kurz nach Mittag. Ich beobachtete einen Falken dort über den Bäumen, als ich plötzlich eine Bewegung sah. Meine Augen sind nicht sehr gut«, fügte sie entschuldigend hinzu. »Also stand ich auf und schaute genauer hin. Ich sah die Pferde und drei oder vier Männer; sie standen einfach da. Hätte nicht einer auf einem Schimmel gesessen, hätte ich sie gar nicht bemerkt. Schattenhafte Gestalten«, raunte sie, »die sich kaum rührten. Ich ging mir die Augen baden, und als ich wieder herkam, sah ich sie nicht mehr.« Sie kicherte. »Das habe ich niemandem erzählt. Ich bin nicht wie Dame Martha. Ich schwatze nicht, und ich lasse mich nicht als alte Närrin abtun.«

»Hat sonst jemand sie gesehen?«

»Nein, nicht daß ich wüßte.«

Corbett schaute zu dem fernen Waldsaum hinüber. Jeder mit halbwegs guten Augen hätte dort Reiter sehen müssen, aber jemandem wie Dame Elizabeth würden sie vielleicht erst auffallen, wenn ein Farbfleck aufstrahlte.

»Habt Ihr sie noch einmal gesehen?«

»O nein.«

»Trugen sie eine Livree?«

Sie schüttelte den Kopf. Corbett rieb sich nachdenklich das Kinn.

»Sagt, könnte es sein, daß diese Reiter ins Kloster gekommen sind?«

»O nein. Das Tor war sicher geschlossen; der Pförtner mag ein Säufer sein, aber er befolgt seine Anweisungen.«

»Sie hätten über die Mauer klettern können.«

Dame Elizabeth lachte. »Das bezweifle ich. Einer der Knechte oder eine Laienschwester hätte sie gesehen. Außerdem«, sagte sie, »Ihr wißt doch, wie Männer sind. Sie wären oben über die Galerie gepoltert und hätten mich und Dame Martha geweckt.«

Corbett dankte der alten Nonne und verließ leise ihre Kammer, um sich auf die Suche nach der Priorin zu machen. Lady Amelia hatte ihre Fassung halbwegs wiedergewonnen.

Er fand sie hinter ihrem mächtigen Eichenholzschreibtisch; sie plauderte mit ihren Stellvertreterinnen, und vor ihnen lag eine Kontenrolle. Sie winkte Corbett, Platz zu nehmen.

»Master Corbett«, begann sie, »ich bitte wegen meines Ausbruchs um Entschuldigung; aber trotz allem, was passiert ist – dies ist immer noch ein Damenstift.« Sie holte tief Luft. »Ihr habt noch Fragen?«

»Ja. Hat eine der Schwestern an dem Tag, als Lady Eleanor starb, etwas Ungewöhnliches bemerkt?«

»Nein.«

»Da seid Ihr sicher?«

»In einer geschlossenen Gemeinschaft, Master Corbett, plaudern die Leute – mit sich selbst, mit ihrer

Schwester, mit mir, vielleicht sogar mit Euch oder Eurem allgegenwärtigen Diener, Master Ranulf.«

»Dann sagt mir, Mylady, wer bei der Komplet am Sonntag in der Kirche war.«

»Das habe ich Euch schon gesagt: alle.«

»Nein, ich meine, vorher.«

»Die Lady Priorin war mit mir in der Kirche«, platzte Dame Catherine heraus.

»Während ich mit Dame Agatha in der Sakristei war«, fügte Dame Frances eilig hinzu.

»Dessen seid Ihr sicher? Ihr wart alle vor der Komplet da?«

»Fragt, wen Ihr wollt«, meinte Lady Amelia. »Andere Schwestern haben uns ja gesehen.«

Corbett schluckte seine Enttäuschung hinunter. »Was ist eigentlich aus Lady Eleanors Eigentum geworden?«

»Am Tag nach ihrem Tod«, wiederholte Lady Amelia, »schickte der Prinz einen seiner Bediensteten mit strikten Befehlen her. Lady Eleanors Juwelen und andere kostbare Kleinodien sollten ihm übergeben werden. Der Rest ...« Sie zuckte die Achseln. »Ich fand es ziemlich boshaft, aber der Prinz befahl mir, sie zu verbrennen. Das habe ich unverzüglich getan. Habt Ihr noch weitere Fragen, Master Corbett?«

»Ja.« Er lächelte die Unterpriorin betrübt an. »Lady Amelia, Ihr habt zugegeben, daß Ihr Lady Eleanors Leichnam in ihrem Zimmer gefunden und sie zusammen mit diesen reizenden Schwestern unten an die Treppe gelegt habt, damit es aussehe, als wäre sie verunglückt. Richtig?«

»Das habe ich schon gesagt.« Lady Amelia funkelte ihn an.

»Habt Ihr in Lady Eleanors Zimmer irgendwelche Spuren eines Kampfes gefunden?«

»Nein.«
»Die Tür war offen?«
»Ja.«
»Aber es war alles in Ordnung?«
»Ja, das sagte ich doch. Erst dachte ich, Lady Eleanor sei nur ohnmächtig geworden. Habt Ihr noch mehr Fragen?«
Corbett schüttelte den Kopf.
»Dann, Sir, sage ich Euch jetzt adieu.«
Als er die Schwestern verlassen hatte, ging Corbett hinaus in den Stallhof, wo Ranulf und Maltote mit den Soldaten aus dem Pförtnerhaus warteten. Die beiden machten erboste Mienen, weil man sie aus ihrem Müßiggang herausgerissen hatte; aber sie waren gut bewaffnet, hatten Helm und Harnisch angelegt und sich mit Schwert und Dolch umgürtet. Auch Maltote schien ob seiner neuen Pflichten überrascht.
»Master, muß das sein?«
»Du bist ein Diener des Königs, oder?«
Maltote nickte betrübt. Corbett deutete auf die Armbrust, die am Sattelknauf baumelte.
»Kannst du damit umgehen?«
Maltote starrte ihn wortlos an. Interessiert kam Corbett näher.
»Du kannst es, nicht wahr? Du bist ein königlicher Gardesoldat.«
Er deutete quer über den Stallhof auf eine alte, ausgehängte Tür, die an einer Mauer lehnte. Ein paar verirrte Hühner pickten dort im Sand.
»Ziele niedrig, schieß und triff die Tür«, befahl Corbett. »Genau in der Mitte.«
»Master!« flehte Maltote.
Corbett legte dem Kurier eine Hand auf den Steigbügel. »Du kennst die Vorschriften, Mann. Du stehst jetzt

unter meinem Befehl. Der König hat dich zu mir geschickt. Tu, was ich sage!«

Von allen beobachtet, lud Maltote seine Armbrust und zielte auf die Tür. Corbett sah nicht genau, was als nächstes passierte. Er hörte den Bolzen losschwirren, aber statt die Tür zu treffen, ließ Maltote ihn in ein unglückliches Huhn fahren, das gackernd in einem Wirbel von Blut und Federn zu Boden geschleudert wurde. Die beiden Soldaten kicherten. Ranulf glotzte mit offenem Mund.

»Guter Gott, Mann!« flüsterte Corbett. »Du bist der schlechteste Schütze, den ich je gesehen habe. War das Absicht?«

Maltote, der mit seinem spitzen Helm noch lächerlicher aussah, schüttelte kläglich den Kopf. »Jetzt wißt Ihr, Master Corbett, weshalb ich nur Kurier bin. Wo Waffen im Spiel sind, bin ich gleichermaßen gefährlich für Freunde wie für Feinde.« Er grinste breit. »Aber der König sagt, ich sei der beste Reiter in seinem Heer. Ich kann jede Mähre reiten und das Beste aus ihr herausholen.«

Corbett nickte. Dann ließ er sich von Ranulf seinen schweren Schwertgurt geben und schnallte ihn um.

»Das werde ich mir merken, Maltote.«

»Vermutlich«, fügte Ranulf trocken hinzu, »auch die Hühner.«

NEUN

Nachdem er seiner kleinen Eskorte strenge Anweisungen erteilt hatte, verließ Corbett, begleitet von Ranulf und Maltote, das Kloster durch das Galilee Gate und galoppierte donnernd den Weg hinunter, durch das Dorf und zur Straße nach Woodstock. Er hatte sich noch nicht genau überlegt, was er tun würde. Er wollte Gaveston zur Rede stellen und war entschlossen, den Prinzen zu fragen, weshalb er lange, bevor ein Bote aus Godstowe gekommen war, schon vom Tode Lady Eleanors gewußt habe.

Die Wachen am Haupttor des Palastes ließen sie gleich hinein, aber als sie die Allee vor dem Palast verließen, erwartete sie ein grausiger Anblick. Vor dem Schloß war ein großer, roh zusammengezimmerter Galgen errichtet worden; ein langer, dicker Eschenholzbalken lag waagerecht auf zwei senkrechten Pfosten. Corbett hielt sein Pferd an und beruhigte es, denn es war bei dem Anblick nervös geworden. An dem Balken hingen vier Kadaver – drei große schwarze Mastiffs und dazwischen, mit gebrochenem, verrenktem Hals und vorquellenden Augen, Gyrth, ihr Wärter.

Corbett stieg langsam ab und befahl Ranulf, sich um die Pferde zu kümmern, während er dem Kammerherrn entgegenging, der herausgekommen war, um ihn zu begrüßen. Der Mann behandelte ihn, als wäre er ein Prinz von königlichem Geblüt, und führte ihn rasch in die Halle, wo eine Armee von Dienern nach dem Bankett des vergangenen Abends aufräumte. Durch ein Labyrinth von Korridoren wurde Corbett in ein Gemach geführt, wo der Prinz von Wales und Gaveston ihn erwarteten; beide waren bleich und nüchtern. Bevor Corbett den Mund öffnen konnte, trat Prinz Edward vor und nahm ihn fest bei der Hand.

»Master Corbett – Hugh«, begann er, und seine Augen blickten flehentlich, »die Hunde ... das war ein Mißgeschick. Ich bitte vielmals um Vergebung. Die Bestien und ihr Wärter wurden aufgehängt.« Der Prinz schluckte nervös und schaute weg. »Es war ein Fehler, ein Unglück – nicht wahr, Piers?«

»Ja, das stimmt«, bestätigte Gaveston. »Ein schreckliches Unglück.«

Corbett schaute den Günstling an und sah, wie blaß er war. Ein Unfall? dachte er. Vielleicht ein Bierulk, der außer Kontrolle geraten ist, aber vielleicht auch ein kalkulierter Mordversuch.

»Wir haben es heute morgen erfahren«, fuhr der Prinz eilig fort. »Die Priorin hat uns benachrichtigt. Der Wärter und seine Hunde wurden sofort aufgehängt. Der Kerl war betrunken und ließ die Hunde los, als Ihr das Schloß verlassen hattet. Sie nahmen Eure Witterung auf ...« Er sprach nicht zu Ende.

Die Besorgnis des Prinzen war echt. War es Reue? fragte sich Corbett. Oder gar vollständige Ahnungslosigkeit? Hatte Gaveston auf eigene Faust gehandelt? Corbett konnte ihre Angst verstehen. Sie machten sich keine Illusionen über den König. Wenn Corbett im königlichen Dienst ums Leben käme, so würde der König das akzeptieren. Aber ein geplanter Angriff auf seinen Beauftragten? Edward hätte unverzüglich Soldaten nach Süden geschickt und Woodstock niederbrennen lassen. Corbett wollte nach seinem verlorenen Handschuh fragen, ließ es dann aber bleiben. Gaveston hätte sicher eine Erklärung bei der Hand.

»Euer Gnaden, ich muß Euch allein sprechen.« Corbett ignorierte den Ausdruck des Ärgers auf dem Gesicht des Günstlings. »Das seid Ihr mir schuldig«, beharrte er. »Ich muß mit Euch sprechen. Auf Befehl Eures Vaters«, log er.

Der Prinz schaute zu Gaveston hinüber. »Einverstanden«, sagte er und grinste Corbett betreten an. »Ich muß mich umziehen. Der französische Gesandte, Monsieur de Craon, ist wieder da.«

»Ihr mögt den französischen Gesandten nicht, Master Corbett?« fragte Gaveston sarkastisch.

»Monsieur de Craon tut seine Arbeit, und ich tue die meine«, erwiderte Corbett trocken. »Aber, Euer Gnaden, ich bestehe darauf, daß Ihr ihm nicht trauen dürft. Monsieur de Craon könnte Spinnen fangen in den Netzen, die er knüpft.«

Der Prinz nickte kurz und sah sich um. »Seid mein Gast, Master Corbett. In einer Stunde erwarte ich Euch im Scriptorium.«

Corbett verbeugte sich und zog sich zurück; dann wartete er müßig in einem Vorzimmer, bis ein Diener ihn gebieterisch die große Treppe hinauf und in einen prachtvoll ausgeschmückten Raum führte. Der Boden bestand aus blankpolierten Holz, und die neuen Wandtäfelungen waren mit verschlungenen Mustern verziert, mit Ranken, seltsamen Blumen und exotischen Tieren wie Drachen und geflügelten Schlangen. An den blau gestrichenen Wänden standen Regale und kleine Schränke mit den unterschiedlichsten Büchern, allesamt in verschiedenfarbiges Kalbsleder gebunden, rot, blau und lohbraun, mit Schließen aus Gold und Silber. Corbett sah, daß jedes dieser kostbaren Manuskripte mit einer Silberkette an der Wand befestigt war. Er wußte, daß der Prinz allen Luxus schätzte und vom neuen Stil aus den wohlhabenden italienischen Staaten stark beeinflußt war. Es war der einzige Raum, den Corbett je gesehen hatte, wo keine Fackeln an den Wänden hingen. Statt dessen standen schwere bronzene Kerzenleuchter auf den polierten Eichenholzkommoden und Schränken ringsum. Auch lagen auf dem Boden nicht die übliche, von Flöhen und Schmutz durchsetzte Binsenstreu, sondern dicke Wollteppiche von reinstem Weiß.

Am hinteren Ende des Raumes, auf einer kleinen Estrade, stand ein blanker runder Tisch mit hochlehnigen, zierlich geschnitzten Stühlen. Dort saß ruhig der Prinz mit verschränkten Händen, den Blick gesenkt; er war so still, daß man ihn für einen eifrigen Mönch hätte halten können. Seine Gewänder allerdings waren prachtvoll; an seinen Fingern steckten kostbare Ringe, und sein Haar und der goldene Bart waren sorgsam gekämmt und eingeölt. Er blickte auf und winkte Corbett zu sich. Als der Sekretär näher kam, sah er, daß das Wams des Prinzen aus reiner weißer Atlasseide war und goldene Knöpfe hatte. Die Beine steckten in rotgolden gestreiften Strumpfhosen, die Füße in karminroten Samtpantoffeln mit silbernen Rosen an den Spitzen. Haltung und Aussehen des Prinzen ließen Corbett vermuten, daß Gaveston ihm geraten hatte, im Umgang mit ihm und de Craon auf der Würde seines Standes zu beharren.

Der Prinz erhob sich und winkte ihn um den Tisch herum zu einem Stuhl, und dann schenkte er ihnen den besten Wein ein, den der Sekretär seit Monaten zu kosten bekommen hatte. Er setzte sich und nippte vorsichtig an seinem Becher. Der Prinz war nicht so temperamentvoll wie sein Vater. Wenn er wollte, konnte der junge Edward hinreißend höflich und charmant sein. Aber wie bei allen Plantagenets, waren seine Launen unbeständig, sein Temperament unberechenbar.

Corbett hatte Prinz Edward immer gemocht; er hatte etwas Lausbübisches und zugleich kindlich Unschuldiges an sich. Er konnte ein guter Freund, aber auch der gefährlichste Feind sein. Edward lehnte sich auf seinem Stuhl zurück und sah Corbett an.

»Nun, Hugh«, begann er, »Ihr wolltet mich *in secreto* sprechen. Ich respektiere Euch; andernfalls wäre Mylord Gaveston anwesend.« Er wandte den Blick ab. »Piers kann bösartig sein«, bemerkte er leise. »Was gestern nacht geschehen ist, war unverzeihlich. Mein Vater ... muß er es erfahren?«

»*Alea jacta est*«, antworte Corbett gleichmütig. »Die Würfel sind gefallen.« Er schaute dem Prinzen in die kornblumenblauen Augen. »Wie Euer Gnaden schon bemerkten, es war wahrscheinlich ein schrecklicher Unfall.«

Der Prinz lächelte dankend und streckte die Hand aus, so daß die Sonne, die durch die bunten Glasfenster hereinschien, sich in den Edelsteinen an seinen Ringen fing und sie zum Funkeln brachte.

»Nun, Hugh, was gibt es denn noch?«

»Zwei Fragen, Euer Gnaden.« Corbett nippte wieder an seinem Weinbecher. »An dem Tag, als Lady Eleanor starb, habt Ihr da einen Eurer Leute nach Godstowe Priory geschickt?«

Der Prinz schüttelte den Kopf. »Nein.«

»Nun, Euer Gnaden, hat vielleicht sonst jemand, ohne daß Ihr es wußtet, Bediente hingesandt?«

Der Prinz stand, immer noch kopfschüttelnd, auf und ging zu einem geschnitzten Buchständer, wie man ihn auf einer Kirchenkanzel findet. Er legte die Hand auf die große Bibel.

»Das könnt Ihr meinem Vater berichten«, erklärte er. »Ich sage es mit der Hand auf der Bibel, und ich werde diesen Eid vor dem gemeinen Volk wie vor den geistlichen und weltlichen Lords wiederholen: Ich schwöre, daß weder meine Leute noch Lord Gaveson an jenem Tag auch nur in die Nähe des Klosters Godstowe gekommen sind.«

»Euer Gnaden scheinen sich sehr sicher zu sein.«

Edward drehte sich um, und ein störrischer Ausdruck lag auf seinem Gesicht. »Ich habe Lord Gaveston verboten, in irgendeiner Weise Umgang mit dieser Frau zu haben!«

»Euer Gnaden, stimmt es denn, daß Ihr von dieser Sache erst erfahren habt, als der Pförtner von Godstowe erschien?«

Corbett sah wohl, wie hastig der Prinz die Hand von der Bibel nahm und zu ihm zurückkam.

»Ja, soweit ich weiß, stimmt das«, antwortete er, und er setzte sich auf die Tischkante, schaute auf Corbett herab und ließ ein Bein träge schaukeln. »Warum fragt Ihr?«

Corbett holte tief Luft. »Ich muß Euch sagen, daß Euer Vater etwas anderes weiß. Man munkelt, Ihr hättet, lange bevor der betrunkene Pförtner hier ankam, von Lady Eleanors Tod gewußt.«

Edward nagte an seiner Lippe. »Ich war ja auch betrunken«, gestand er leise. »Aber so betrunken nun auch wieder nicht«, fügte er hinzu. »Ich habe da etwas gehört ... oder hat man es mir gesagt ...? Ja!« rief er aufgeregt. »Wenn Monsieur de Craon behauptet, *ich* hätte es *ihm* erzählt, so ist er ein Lügner! Im Gegenteil, Master Corbett, ich bin sicher, es war der Franzose, der es *mir* gesagt hat.«

»Und woher wußte er das?«

Der Prinz zuckte die Achseln. »Das kann ich nicht sagen. Und wenn ich ihn fragen wollte, würde er es einfach bestreiten. De Craon kommt her«, ergänzte er verbittert, »mit seinem falschen Gesicht und seiner lügenhaften Zunge ... der Kerl würde nicht einmal wissen, was die Wahrheit ist, wenn sie aufspränge und ihn in die spitze Nase bisse.«

Er kehrte zurück zur Bibel und legte noch einmal die Hand darauf.

»Ich schwöre, daß ich Euch die Wahrheit gesagt habe. Ich schwöre, ich habe niemanden nach Godstowe geschickt, aber ich wüßte doch zu gern, wer es getan hat. Trugen sie denn meine Livree?«

Corbett schüttelte den Kopf. »Das weiß ich nicht.«

»Ich schwöre außerdem«, erklärte Prinz Edward, »daß ich es von Monsieur de Craon erfahren habe, wenn ich vor Montag morgen vom ... Tod Lady Eleanors wußte.«

Corbett war sicher, daß er fast »Mord« gesagt hätte.

»Euer Gnaden, wart Ihr mit Lady Eleanor verheiratet?«

Der Prinz nahm die Hand nicht von der Bibel. »Das ist nicht Eure Sache«, erwiderte er gereizt. »Eure Sache, Corbett, ist es, meinen guten Namen reinzuwaschen. De Craon wartet in einem Zimmer unten am Flur. Ich möchte, daß Ihr ihn vernehmt. Er kann dort bleiben, bis Ihr dazu bereit seid.«

Und mit diesen Worten stolzierte der Prinz hinaus; all seine Höflichkeit und seine gute Laune waren vergessen. Corbett lächelte trocken und lehnte sich auf seinem Stuhl zurück; mit halbem Ohr lauschte er den Schritten des Prinzen draußen auf der Galerie. Er glaubte dem Prinzen, daß es de Craon gewesen war, der ihn am Sonntag abend informiert hatte – aber woher hatte der Franzose es gewußt? Hatte er einen Spitzel in Godstowe? Und wenn ja, wer war es? Aber die Priorin hatte doch behauptet, de Craon sei von Godstowe weggeschickt worden. Corbett rutschte rastlos auf seinem Stuhl herum, und dann lachte er leise. Natürlich! Er stand auf, ging zur Tür und winkte den wartenden Diener zu sich.

»Der französische Gesandte, Monsieur de Craon – der Prinz wünscht, daß ich mit ihm spreche.«

Der Mann führte ihn den Gang hinunter, blieb vor einer Tür stehen und klopfte leise an. Die Tür stand halb offen, und Corbett wartete nicht, bis der Diener ein zweites Mal klopfte, sondern stieß sie einfach auf und marschierte hinein. De Craon saß auf einem hochlehnigen Stuhl am Fenster und hatte eine kleine Pergamentrolle auf dem Schoß; anscheinend wartete er darauf, daß der Prinz ihn zu einer Audienz rufen ließ. Er blickte auf, als Corbett hereinkam, lächelte und wäre fast aufgestanden; aber dann ließ er sich auf seinen Stuhl zurückfallen, als wäre es ihm eigentlich doch zu lästig. Das Pergament, das er studiert hatte, verschwand blitzschnell unter den Falten seines weiten Gewandes.

»Monsieur Corbett, ich bin entzückt, Euch zu sehen. Bitte, setzt Euch doch!« Leichthin mit der Hand wedelnd, deutete er auf einen Fußschemel.

»De Craon, Ihr seid ein verlogener Bastard! Ihr freut Euch über meinen Anblick ungefähr so wie ein Bauer über den des Steuereintreibers.«

Mit verschränkten Armen blieb er vor seinem eingefleischten Feind stehen und lächelte eisig auf ihn herab.

»Hugh …« De Craon spreizte die Hände weit auseinander. »Warum beleidigt Ihr mich? Ich führe Befehle aus, genau wie Ihr.« Er seufzte müde. »Die Diplomatie kann ein so verworrenes Netz sein.«

»Bei Euch, de Craon, wird alles verworren.«

Corbett beugte sich vor, stützte sich mit beiden Händen auf die Armlehnen des Stuhls und schob sein Gesicht dicht vor de Craons.

»Wie ich schon sagte, Ihr seid ein verlogener Mistkerl. Ihr seid Vater und Mutter aller Lügner. Und Ihr führt schon wieder Eure verfluchten Bosheiten im Schilde, nicht wahr? Die Sache in Godstowe ...«

De Craon machte in gespielter Unschuld runde Augen. Corbett bemerkte ihren leblosen Ausdruck – als bestände de Craon aus zwei Personen: Da war die körperliche Hülse, aber da war auch noch etwas anderes, ein verschlagenes, bösartiges Wesen. Corbett beschloß, ihn auf die Probe zu stellen.

»Die Sache in Godstowe läuft nicht gut für Euch, was?«

»Was um alles in der Welt meint Ihr damit?«

»Ich meine damit, geliebter Franzose, daß ich die Wahrheit kenne. Ich weiß auch, daß Euer Spitzel dort Euch nicht die Wahrheit gesagt hat. Ihr habt zwar bezahlt, Monsieur, aber nur für einen Haufen Lügen.« Corbett öffnete die Tür. »Andererseits«, ergänzte er mit einem munteren Blick über die Schulter, »ist es ein Haufen, der Euch gut zu Gesicht steht.«

Er schlüpfte hinaus. Hinter ihm ließ de Craon seine gutgelaunte Maske fallen. Seine Lippen bewegten sich lautlos, als zählte er insgeheim auf, was er mit Corbett machen wollte, wenn er ihm je in die Hände fiele.

Dieser war unterdessen rasch die Treppe hinunter und in den Hof hinaus gelaufen, wo Ranulf und Maltote auf ihn warteten. Sein Diener versuchte gerade, dem Kurier zu zeigen, wie man einen Dolch hielt, und Corbett schüttelte in stummer Verwunderung den Kopf. Noch nie im Leben hatte er jemanden gesehen, der tolpatschiger oder gefährlicher für sich selbst war als Maltote mit einer Waffe. Trotzdem gefiel ihm dieser gutmütige Bauernbursche, der von nichts etwas verstand außer von Pferden.

Sie saßen auf, verließen den Palast und folgten dem Weg hinunter zum Dorf. Corbett schnupperte die süße, scharfe Luft und erkannte, daß der Herbst da war. Maeve würde sich um die Scheunen kümmern und dafür sorgen, daß geschlachtet und daß das Fleisch in der Küche zum Räuchern aufgehängt wurde, um es für die langen Wintermonate haltbar zu machen. Ja, der Herbst war gekommen, lautlos wie ein Dieb, und hatte die Landschaft mit dem strahlenden Glanz von Orange, Gold, Braun und Dunkelrot überzogen. Die Sonne war von goldenem Dunst umgeben, und auf den Feldern, wo das Gras hoch und saftig stand, erwachte noch ein letztes Mal emsiges Leben, ehe der Frost Einzug hielt.

Sie überholten einen von einem alten Gaul gezogenen Karren voller Äpfel; der Fuhrmann wandte sich nicht einmal um und nahm ihre Anwesenheit überhaupt nicht zur Kenntnis. Oben auf dem Karren, wie auf einem Berg von Kissen, lag ein Junge mit hoch über dem Knie abgeschnittenen Hosen und schlief fest. Die Reiter kamen um eine Wegbiegung und ritten hinunter ins Dorf. Sie hielten an, als sie den silbernen Klang einer Glocke hörten; als sie durch die Bäume spähten, sahen sie eine Prozession von Leuten aus dem Dorf, die über die Felder zog. Pater Reynard führte sie an; seine braune Kutte war von einem Chormantel in Gold und Scharlachrot verhüllt. Vor dem Priester schritten ein Kreuzträger und zwei Knaben einher; der eine trug eine Glocke, der andere schwenkte ein Rauchfaß. Corbett roch den Duft des Weihrauchs. Er sah zu, wie der Priester, der in der einen Hand eine Schüssel mit Weihwasser, in der anderen einen Wedel hielt, die abgeernteten Felder segnete. Corbett erkannte, daß St. Michaelis bevorstand; dies waren die Tage, da der Priester den Boden segnete und um Gottes Hilfe bei der Aussaat und bei künftigen Ernten bat.

Er ritt weiter auf das Dorf zu, und Maltote und Ranulf folgten ihm und plauderten über die Lügen der Roßtäuscher auf dem Markt in Smithfield, und wie man ihren Betrügereien am besten auf die Spur kam. Er ließ sie bei der Schenke »The Bull« zurück; die schmalen Fenster waren hier zum Zeichen der Trauer um den Wirt mit schwarzem Tuch verhängt, und der Sarg stand, ziemlich schief auf hölzernen Böcken, vor der Tür. Ringsherum standen ein paar Dorfbewohner und tranken auf die Gesundheit ihres dahingegangenen Kameraden; wie es aussah, waren sie fast so besinnungslos wie der Leichnam, den sie betrauerten. Ranulf und Maltote blieben bei den Pferden und machten lange Gesichter, damit sie sich den Trauernden hinzugesellen konnten, und währenddessen ging Corbett über die laubübersäte Dorfwiese und trat durch die Pforte des Kirchhofes. Er setzte sich vor dem Haus des Priesters auf eine kleine Steinbank und schwelgte halb dösend in der Erinnerung an sein Zusammentreffen mit de Craon. Er hörte, wie die Prozession zurückkehrte, und nach einer Weile kam Pater Reynard aus der Seitentür der Kirche. Er blieb stehen und stöhnte auf, als er Corbett erblickte.

»Was wollt Ihr, Schreiber?«

»Ein paar Fragen stellen, Pater.«

Der Priester blies die Wangen auf, schloß seine Haustür auf und winkte Corbett hinein. Er winkte ihm, Platz zu nehmen, und brachte ihm einen Becher verdünnten Wein. Der Priester setzte sich auf eine Bank und sah ihn über den rohgezimmerten Tisch hinweg an.

»Ich habe zu tun, Master Corbett. Der Leichnam des Wirts ist eingesargt und muß in die Kirche geschafft werden, ehe die Dörfler zu betrunken sind und ihn in den Teich kippen.« Der Ordensbruder lächelte matt. »Er war ein guter Wilderer, aber ein schlechter Schankwirt. Er hat immer Wasser in sein Ale getan, und so finden jetzt viele im Dorf, er müsse auch im Wasser bestattet werden. Eine passende Ruhestätte.«

»Ist es immer so gefährlich«, fragte Corbett unvermittelt, »sich nachts in der Gegend von Godstowe aufzuhalten?«

Der Priester zuckte die Achseln. »Das kommt darauf an. Der Wirt hat im Revier des Schlosses gewildert.«

»Und die anderen beiden? Das junge Paar, das vor etwa achtzehn Monaten nackt und ermordet aufgefunden wurde?«

Der Priester zog eine Grimasse. »Die Straßen sind manchmal gefährlich.«

»Ihr habt die Leichen gesehen? Beschreibt sie mir.«

Pater Reynard holte tief Luft. »Der junge Mann konnte kaum mehr als sechzehn Sommer alt sein; er war olivhäutig und hatte schwarzes Haar. Wie seiner Gefährtin hatte man ihm die Kehle durchgeschnitten. Er trug keinen Schmuck und keinen Fetzen Kleidung am Leib. Das Mädchen muß ein bißchen älter gewesen sein und war ebenfalls dunkelhäutig.« Der Priester schwieg kurz. »Sie können Ausländer gewesen sein.«

»Wie kommt Ihr darauf?«

»Sie waren dunkelhäutig. Vornehm waren sie auch.«

»Wie meint Ihr das?«

»Nun, das Mädchen hatte besonders weiche Hände, gut gepflegt. Sie hatte sicher nie damit gearbeitet. Das merkte ich, als ich ihnen die Letzte Ölung gab. Für die Füße galt das gleiche. Weich und ohne Schwielen, als hätte sie immer Strümpfe und Schuhe getragen. Die Haare des armen Mädchens waren schlammverkrustet, aber sie waren einmal gut gekämmt und mit Öl gesalbt gewesen. Ich habe mich auch gefragt, wieso eine hochgeborene Lady so verschwinden kann, ohne daß jemand Zeter und Mordio schreit.«

Corbett dachte an das Motto, das er auf dem ledernen Hundehalsband gelesen hatte. »Sagt Euch der Satz *Noli me tangere* irgend etwas?« fragte er.

Pater Reynard schüttelte den Kopf und rutschte ungeduldig auf seiner Bank hin und her.

»Ihr seid doch sicher gekommen, um über andere Dinge zu sprechen, Master Corbett?«

»Ja, allerdings.« Der Sekretär schaute auf einen Punkt über dem Kopf des Priesters.

»Nämlich?« fragte Pater Reynard.

»In der Nacht, als Lady Eleanor starb«, sagte Corbett, »da seid Ihr nach Godstowe gegangen, um ihr die Letzte Ölung zu spenden?«

Pater Reynard nickte.

»Und danach?«

Corbett bemerkte den wachsamen Ausdruck im Blick des Geistlichen.

»Ich bin hierher zurückgekommen«, murmelte der Priester.

»Nein, das seid Ihr nicht!« versetzte Corbett. »Ihr habt Euch im Stall der Schenke ein Pferd ausgeborgt und seid mit der Neuigkeit nach Woodstock geritten.«

»Ich will mit dem Prinzen und seinem Lustknaben nichts zu tun haben!«

»O nein, nicht mit dem Prinzen«, erwiderte Corbett. »Aber mit Eurem guten Freund und Wohltäter, Monsieur Amaury de Craon, der Euch eine Geheimbotschaft gesandt und Euch mitgeteilt hatte, daß er dort im Schloß sei! Denn, wißt Ihr, Pater«, fuhr Corbett fort, »vor einer Weile versuchte Monsieur de Craon, ins Kloster Godstowe eingelassen zu werden, und wurde abgewiesen; deshalb suchte er jemanden, der ihn über die Entwicklungen im Kloster auf dem laufenden hielt, vor allem, was die Unternehmungen Lady Eleanors betraf. Er brauchte jemanden, dem er vertrauen konnte. Jemanden, der Zugang zu solchen Informationen hatte. Und er entschied sich für Euch.«

Corbett sah wohl, daß der Priester erbleicht war.

»Als man de Craon in Godstowe den Zutritt verweigert hatte, kam er hierher und bot Euch Geld an, Gold und Silber für Eure Kirche und Eure Gemeinde. Und Ihr habt es genommen. Nicht als Schmiergeld für Euch«, fügte er leise hinzu, »sondern um es als Almosen weiterzugeben. Was bedeutet einem Priester denn der Tratsch von Prinzen und ihren Huren? Ich habe doch recht, nicht wahr, Pater?«

Pater Reynard legte beide Hände auf den Tisch und senkte den Kopf.

»Nun, Pater?«

»Ja, Ihr habt recht«, sagte der Priester. »Was Ihr da sagt, kommt der Wahrheit sehr nahe. De Craon war überaus gewinnend. Er zahlte in Gold für einfaches Geschwätz.« Er hob den Blick. »Ihr habt die Armut hier gesehen, Schreiber. Aber auch den Reichtum im Damenstift, den Luxus im Schloß. Die Leute dort scheren sich den Teufel um die Armen. Sie haben keinen Sinn für Gott. De Craon ist nicht besser, aber wenigstens gab er mir Gold. Nicht für mich selbst«, fügte er hastig hinzu, »sondern für die Witwe, die etliche hungrige Mäuler zu stopfen hat, und für den kleinen Jungen, der Gelehrter werden möchte. Ein Spitzel bin ich aber nicht.«

Corbett empfand Mitleid, beschloß aber, nicht nachzugeben.

»Wenn die Wache des Königs oder die Kronanwälte am Oberhofgericht das hörten«, sagte er, »würden sie sagen, Ihr seid ein Verräter. Denn es ist Verrat, Pater, mit den Feinden des Königs aus Übersee zu korrespondieren.«

»Ich bin weder ein Spitzel noch ein Verräter«, beharrte der Priester leise. »Habt Ihr schon einmal eine Frau gesehen, die mit ihrem Mann unter dem Joch geht und den Pflug zieht, weil sie sich keinen Ochsen und kein Pferd leisten können, und das Kind, das unter einer Hecke liegt, in Lumpen gewickelt, und an einer Brotkruste saugt und wimmert, weil es vor Hunger zu schwach zum Weinen ist?« Seine Augen loderten. »Ich sage Euch, Schreiber, eines Tages werden sich die Armen erheben, und die Abrechnung wird furchtbar sein. Sagt mir, was hättet Ihr an meiner Stelle getan?«

Corbett lehnte sich über den Tisch und legte dem Priester eine Hand auf den Ellbogen; er war froh, daß Pater Reynard nicht zurückzuckte.

»Vermutlich hätte ich genauso gehandelt wie Ihr, Pater«, gab er zu. Er zog seine Hand zurück und nahm einen Schluck von dem verdünnten Wein. »Ich weiß, daß Ihr kein Spion und kein Verräter seid, aber de Craon ist gefährlich. Er kennt keine Moral, keinen Gott, keinen Ehrenkodex; er kennt nur seinen Dienst für den französischen König, der sich selbst für einen neuen Karl den Großen hält. Wenn de Craon sein Netz um Euch gesponnen hat, Pater, dann seid Ihr in Gefahr.«

Der Priester machte ein unanständiges Geräusch mit dem Mund und schaute weg.

»Pater, de Craon hat den Verdacht, daß ich weiß, wer sein Informant ist. Er wird etwas gegen mich unternehmen, und wenn er losschlägt, kann es leicht sein, daß Ihr auch verletzt werdet. Fürchtet nichts von unserem König; ich kann Euch ein Geleitschreiben geben, aber Ihr müßt Euch für eine Weile verstecken. Hier solltet Ihr nicht bleiben.«

Pater Reynard schüttelte den Kopf und blickte auf; seine Augen blitzten fanatisch.

»Ich bin der gute Hirte«, sagte er, »nicht der Mietling. Ich werde nicht fliehen, nur weil der Wolf auf der Pirsch ist.« Er lächelte und entspannte sich wieder. »Überhaupt, Corbett – Ihr vergeßt, daß ich Soldat war.«

Corbett schüttelte den Kopf. »Ich kann Euch nicht zwingen, Pater. Aber achtet auf meine Warnungen.« Er schwieg einen Augenblick. »Was weiß de Craon?«

»Was ich ihm gesagt habe – daß Lady Eleanor gestorben ist.« Der Priester lächelte. »Gestorben unter höchst verdächtigen Umständen. Wißt Ihr, Schreiber, ich habe schon so manche Leiche gesehen. Eine Frau fällt keine steile Treppe hinunter und liegt dann unten, als schliefe sie.«

»Sonst noch etwas, Pater?«

»Nein. Was ich weiß, wißt Ihr auch.«

Corbett stand auf. »Dann wünsche ich Euch einen guten Abend und ermahne Euch noch einmal: Seid auf der Hut.«

Pater Reynard wandte sich um und tat die Warnung mit einem Lächeln ab. Corbett ging über den verlassenen Kirchhof hinaus. Die Sonne ging jetzt unter, eine feurige Lichtkugel im Westen, und ihre ersterbenden Strahlen beschienen die Grün- und Brauntöne des Friedhofs. Irgendwo hoch oben, in einer der Ulmen, sang ein einsamer Vogel seine Hymne an die Toten. Corbett sah sich um. Pater Reynard hatte gesagt, die junge Frau und ihr Begleiter seien unter einer alten Ulme begraben worden. Wer mochten sie gewesen sein? Was war ihr Geheimnis? Er schaute sich um und dachte nach. Ein stiller, friedlicher Ort – aber eine schreckliche Vorahnung erfüllte ihn. Wurde er beobachtet? In den dunklen, gewundenen Straßen von London war er an dieses Gefühl gewöhnt, aber hier, beim Gotteshaus? Ein Zweig knackte. Corbett fuhr herum und schaute hinter das Priesterhaus.

»Ist da jemand?« rief er leise.

Kein Laut – nur das sanfte Rascheln der Blätter, die vom Wind aufgewirbelt und wie Goldflocken über das Gras verstreut wurden. Corbett spitzte die Ohren und grinste dann. Der Abendwind trug auch Gesang herbei, und Corbett erkannte Ranulfs lustvolles Gejohle.

Er ging durch die Pforte hinaus und überquerte den dunklen Dorfanger. Wie vermutet, hatte Ranulf den Kurier in Versuchung geführt. Die beiden standen mit schäumenden Bierkrügen in den Händen inmitten der Trauernden um den rohgezimmerten Sarg und sangen die erste Stimme in einem ausgelassenen Lied über das Schicksal einer jungen Schankwirtstochter. Corbett trat zu ihnen und wartete, bis sic ihre Krüge geleert hatten, ehe er Ranulf mit einem gutmütigen Knuff wegschickte, die Pferde zu holen, um sich dann auf den verlassenen Pfad nach Godstowe zu begeben.

Natürlich waren Ranulf und Maltote inzwischen dicke Freunde geworden, und der Diener erkundigte sich unschuldig, ob der Kurier schon einmal gewürfelt habe. Ein Spiel, gestand er, an dem er großes Interesse habe, obgleich sein Geschick darin gering sei. Corbett war im Begriff, Maltote über den wahren Sachverhalt aufzuklären, als er sich plötzlich straffte. Jemand oder etwas folgte ihnen und schlich sich zwischen den Bäumen neben dem Weg daher. Er zügelte sein Pferd und bedeutete Ranulf mit einer Handbewegung, still zu sein. Er spähte in das grüne Dunkel hinter ihnen. Jemand beobachtete sie aus dem Schatten des Waldes.

»Was ist, Master?« flüsterte Ranulf.

»Nichts«, murmelte Corbett. »Aber wenn ich die Hand senke, dann reitet ihr los, so schnell ihr könnt.«

Er drehte sich halb um, senkte die Hand und spornte sein Pferd zum Galopp. Ranulf und Maltote folgten ihm, und im selben Moment kamen zwei Armbrustbolzen aus dem Dunkel und schwirrten über ihre Köpfe hinweg. Eine zweite Aufforderung brauchten sie nicht: Sie galoppierten, so schnell sie konnten, und machten erst halt, als sie durch das halboffene Tor von Godstowe Priory gedonnert waren und den Pförtner in solche Aufregung versetzten, daß er ausnahmsweise beinahe nüchtern erschien.

»Tor zu!« schnarrte Corbett. »Verriegeln, und niemanden hereinlassen, wenn ich es nicht befehle!«

Plötzlich sah er sich um; die beiden Wachsoldaten waren ihm eingefallen.

»Wann haben die beiden uns verlassen?« fragte er Ranulf.

»In Woodstock, Master. Sie meinten, ihre Pflicht sei es, das Kloster zu bewachen.«

»Ach ja?« schnaubte Corbett. »Nun, Meister Pförtner« – er hob seine Stimme, so daß die beiden Soldaten, die sich im Pförtnerhaus versteckt hatten, ihn hören konnten –, »dann kannst du ihnen sagen, daß ich mich vergewissern werde, ob sie ihre Pflicht auch tatsächlich tun. Rieche ich auch nur einen Tropfen Bier in ihrem Atem, dann werden sie sich vor dem Provostmarschall des Königs verantworten!«

Er ließ Ranulf bei den Pferden zurück und begab sich

zu Lady Amelias Gemach. Er fand die Priorin im Gespräch mit den Damen Frances und Catherine.

»Master Corbett!« Sie erhob sich hinter ihrem Schreibtisch und machte ein überraschtes Gesicht. »Kommt doch herein!« Sie winkte ihn zu einer Fensterbank. »Neue Gefahren, neue Probleme?«

»Auf dem Rückweg von Woodstock wurden wir überfallen.«

Die Priorin zog die herrischen Brauen zusammen. »Räuber? Strauchdiebe?«

»Das würde ich gern glauben, Mylady«, antwortete Corbett taktvoll. »Aber ich denke, sie hatten den Auftrag, mich zu ermorden.«

Er schaute die beiden Unterpriorinnen an, die ihn anstarrten. Ranulf hatte recht, dachte er. Dame Catherine hatte in der Tat einen wollüstigen Ausdruck im Blick.

»Lady Amelia, ich habe noch eine Frage. Sagt Euch der Satz *Noli me tangere* irgend etwas?«

»Rühr mich nicht an!« Die Priorin grinste boshaft. »Ein Familienmotto, Master Corbett. Und kaum geeignet für ein Damenstift. Warum sollte es mir etwas sagen?«

Sie schüttelte den Kopf.

»Wenn das so ist«, sagte Corbett, »muß ich Euch um Nachsicht bitten.« Er warf einen Blick auf die Stundenkerze, die auf dem Tisch stand. »Bald werden die Schwestern sich zur Komplet versammeln, nehme ich an.«

»Selbstverständlich.«

»Darf ich dann mit ihnen sprechen?«

»Worüber?«

»Über dieses Motto. Ob sie davon schon einmal gehört haben oder nicht.«

Lady Amelia warf ihren Unterpriorinnen einen Blick zu und zuckte die Achseln. »Das ist höchst ungewöhnlich«, sagte sie.

»Der König wäre erfreut«, antwortete Corbett.

»Nun, ein wenig später dann, Master Corbett. Vielleicht möchtet Ihr erst eine Erfrischung zu Euch nehmen?«

Corbett war einverstanden und ließ sich von der Priorin einen randvollen Becher Malvasier servieren, während er über alltägliche Dinge und seinen Ausflug nach Woodstock plauderte. Eine Glocke rief zur Komplet, und Lady Amelia führte ihn durch den dunklen Kreuzgang hinaus über das Gras zur Kirche. Corbett setzte sich auf dieselbe Bank, auf der er auch am vergangenen Sonntag gesessen hatte, und sah zu, wie die Nonnen hereinkamen. Endlich, als die Betstühle alle besetzt waren, bedeutete Lady Amelia dem Kantor, er möge nicht wie sonst mit den Psalmen beginnen; Gemurmel erhob sich, als sie selbst aufstand und ans Pult trat.

»Schwestern in Christo«, begann sie, »heute abend gibt es eine Änderung in der üblichen Ordnung. Master Hugh Corbett, Sekretär und Sonderbeauftragter des Königs, will zu Euch sprechen. Er hat eine Frage, die ihr bei Eurer Treue zu Gott, dem König und unserem Orden beantworten müßt, wenn Ihr könnt.«

Corbett sah sich um, während die Priorin sprach, und es entging ihm nicht, wie beunruhigt Dame Frances aussah; aber dann schnippte die Priorin mit den Fingern und winkte ihn gebieterisch nach vorn. Er holte tief Luft, um seine Nervosität zu verbergen, und dann blieb er an dem großen geschnitzten Eichenholzpult stehen und schaute die Reihen der Nonnen entlang, die dort vor ihm saßen, sehr gefaßt in ihren weißen Hauben und dem dunklen Habit ihres Ordens. Er sah, daß Dame Agatha ihn mutwillig anlächelte, und fühlte sich durch ihre Freundschaft beruhigt.

»Lady Amelia ...« Er merkte, daß angesichts der Mauer von Schweigen, der er sich gegenübersah, seine Nervosität zurückkehrte. »Lady Amelia«, wiederholte er. »Ehrwürdige Schwestern. Vor achtzehn Monaten ist in der Nachbarschaft von Godstowe ein schrecklicher Mord geschehen. Eine junge Frau und ihr männlicher Begleiter wurden auf barbarische Weise getötet.«

Ein leises, vielfaches Seufzen antwortete auf seine Worte.

»Ich will Euch eine Frage stellen, und ich appelliere dabei an Eure Gefolgschaftstreue gegen Gott, den König und Euren Orden.« Im stillen verfluchte Corbett sich wegen seiner Aufgeblasenheit. »Kennt eine von Euch die wahre Identität der Opfer, oder bedeuten Euch die Worte oder das Familienmotto *Noli me tangere* irgend etwas?« Corbett betete insgeheim, daß kein Witzbold diese Worte mit irgendeiner geistreichen Bemerkung beantworten möge, und er wurde rot, als er ein paar Schwestern kichern hörte. »Ich frage Euch noch einmal«, sagte er mit heißen Wangen, »sagen Euch diese Worte irgend etwas?«

Er schaute die Reihen der schweigenden Schwestern entlang. Einige starrten ihn an, mit großen Augen und offenen Mündern. Dame Agatha hatte das Gesicht mit den Händen bedeckt, und Corbett fragte sich, ob sie wohl über ihn lachte. Aber Antwort bekam er nicht. Corbett verbeugte sich in Lady Amelias Richtung, trat vom Pult zurück und verließ auf leisen Sohlen die Kirche. Draußen im Dunkeln wartete er eine Weile; er hoffte, daß vielleicht eine der Nonnen, Lady Amelia oder Dame Agatha, ihm folgen würden, aber keine kam. So kehrte er schließlich zum Gästehaus zurück, wo Ranulf und Maltote wütend in ein Würfelspiel vertieft waren.

»Hüte dich vor Ranulf!« rief Corbett hinüber. »Bei ihm ist nichts so, wie es zu sein scheint.«

Die Würfelspieler beachteten ihn nicht, und Corbett legte sich auf seine Pritsche und versuchte, seine Gedanken zu ordnen.

Item: Lady Eleanor war während der Komplet gestorben, als die anderen Schwestern in der Kirche gewesen waren. Von dort hatten sich alle ins Refektorium begeben.

Item: Bevor der Gottesdienst begann, war Lady Eleanor von den Damen Martha und Elizabeth lebend gesehen worden. Der ersteren war etwas Ungewöhnliches aufgefallen, aber sie hatte ihre Gedanken hinter einem Rätsel verborgen: *»Sinistra non dextra«*, buchstäblich übersetzt: »Die Linke, nicht die Rechte.«

Item: In der Nähe des Klosters waren Reiter gesehen worden. Wer waren sie, und wer hatte sie geschickt?

Item: Lady Eleanor war im Begriff gewesen, das Kloster zu verlassen und zu ihrem geheimen Bewunderer zu gehen – aber wer war er?

Item: Irgendwie war auch de Craon in all dies verwickelt und hatte den unwissenden Pater Reynard bestochen.

Item: Der Prinz behauptete, er habe mit Lady Eleanors Tod nichts zu tun, aber er und sein Liebling wirkten nervös.

Item: Gaveston hatte Lady Eleanor gehaßt, und er, davon war Corbett überzeugt, war eines kaltblütigen Mordes fähig.

Item: Vermutlich barg der Tod des mysteriösen jungen Paares vor achtzehn Monaten den Schlüssel zum

Geheimnis um Lady Eleanors Hinscheiden. Aber wer waren die beiden gewesen, und was bedeutete das Motto *Noli me tangere*?

Corbett wälzte diese Fragen im Kopf hin und her. Er dachte an Maeve und merkte, wie sehr sie ihm fehlte. Er dachte auch an Dame Agathas lächelndes Gesicht, ehe er in einen traumlosen Schlaf versank und Ranulf und Maltote ihren Debatten über die Wechselfälle des Würfelspiels überließ.

ZEHN

Auch Pater Reynard in seiner Kammer im Pfarrhaus war in Gedanken verloren. Hatte er Unrecht getan, als er das Gold und Silber von de Craon genommen hatte? Er dachte an die Witwe in ihrer baufälligen Hütte am Ende des Dorfes und an die Dankbarkeit in ihren Augen, als er ihr die Börse mit den Münzen gegeben hatte. Nein, er fand, es hatte sich gelohnt. Pater Reynard hob den Kopf und lauschte den Geräuschen draußen. Der Herbst, die Jahreszeit, in der er zur Welt gekommen war, hatte wieder begonnen. Der Wind wurde stärker; er zerrte an den Ästen der Bäume und riß die verblassenden Blätter herunter. Bald würde St. Michael kommen, und dann Allerseelen – Zeit, der Toten zu gedenken.

Unruhe flackerte in ihm auf. Die Toten, diejenigen, die er in ihrem behelfsmäßigen Grab unter der alten Ulme bestattet hatte – wer waren sie gewesen? Weshalb hatte man sie so barbarisch und geheimnisvoll ermordet? Er fuhr sich mit dem Handrücken über den Mund. Was wollte eine hochgeborene Lady in der Wildnis von Oxfordshire? Einen Freund an der Universität besuchen oder vielleicht in einer der Städte wie Abington? Aber wenn es so war, weshalb hatte sich dann niemand gemeldet, um den Leichnam zu beanspruchen? Oder gab es eine Verbindung nach Godstowe?

»Pater Reynard!«

Der Franziskaner merkte, wie sich sein Nackenhaar sträubte, als er zur Tür schaute. Jemand stand draußen auf dem Friedhof und rief seinen Namen. Es klang wie eine Kinderstimme, singend und klar.

»Pater Reynard! Bitte, Pater Reynard, helft mir!«

Der Franziskaner machte ein Kreuzzeichen in die Luft. War das ein Geist? Eine Erscheinung? Eine Seele, die die Erde nicht verlassen konnte? Der Geist der toten Lady Eleanor?

»Pater Reynard, kommt heraus!«

Die Stimme bekam einen nörgelnden Ton. Der Franziskaner stand auf und ging vorsichtig zur Tür; er griff nach dem dicken Knüppel, der dort an der Wand lehnte.

»Pater Reynard, so kommt doch! Bitte!«

Wieder drang die singende Stimme durch die Dunkelheit, und der Priester hielt inne, die Hand am Türriegel. War das ein Dämon, heraufbeschworen von einer Hexe oder einem Zauberer? Bei seiner Ankunft hier im Dorf hatte der Franziskaner einige Schwierigkeiten mit Leuten gehabt, die die Schwarzen Künste ausübten und den Friedhof für ihr diabolisches Treiben nutzten. Seltsame Lichter und Beschwörungsgesänge hatte es gegeben, die Opferung eines schwarzen Hahns zur Mitternacht – aber er hatte sie alle hinausgeworfen und ihnen den Friedhof versperrt und seiner ganzen Gemeinde die Exkommunikation in diesem und das Höllenfeuer im nächsten Leben angedroht.

»Pater Reynard, ich habe nichts Böses im Sinn.«

Der Priester packte den Knüppel fester, öffnete die Tür und trat hinaus in die Dunkelheit. Der Wind fuhr ihm ins Gesicht, als er die Tür hinter sich schloß. Er spähte in die schwarze Nacht.

»Wer ist denn da?« rief er. »In Gottes Namen, Kind, wer bist du? Was willst du?«

Nur der Wind, der in den Bäumen seufzte, gab ihm Antwort. Pater Reynard ging auf den Friedhof zu; er konnte die dunklen Umrisse der Holzkreuze erkennen, die Erdhügel und die gespenstischen Ulmen.

»Wer bist du?« fragte er noch einmal. »Und wo bist du?«

Er spähte angestrengt voraus und erkannte einen Schatten, der dunkler war als die Umgebung. Ein Kind, eine kleine, dunkle, verhüllte Gestalt schwebte ihm über das Gras hinweg entgegen, die Hände wie zum Gebet gefaltet. Auch Pater Reynard begann ein Gebet, und er war halb damit fertig, als der Armbrustbolzen ihn mitten in die Brust traf und Haut, Knochen und Muskel aufriß. Der Priester brach zusammen; das Blut quoll ihm aus Mund und Nase und schmeckte nach Eisen. Er fühlte das weiche Gras an seiner Wange, und er sah sich selbst als Kind, wie er auf jemanden zurannte. Seine Mutter streckte ihm die Arme entgegen. Er wußte, daß er starb.

»*Absolve me, Domine*«, betete er, seine Augen schlossen sich und seine Seele schied von hinnen.

Am nächsten Morgen war Corbett schon früh auf den Beinen; er schüttelte den zerzausten Ranulf und einen verquollen blickenden Maltote wach.

»Los doch!« rief er gutmütig. »Maltote, du bleibst bei uns. Wir reiten nach London und dann weiter nach Leighton.«

Ranulf sprang auf; er war froh, die frische Landluft hinter sich zu lassen und zu den schmutzigen Straßen von London und dem rundlichen, freudenspendenden Körper der Mistreß Sempler zurückzukehren. Maltote erhob sich schwankend und ging nach unten, um in dem dafür vorgesehenen Häuschen seine Notdurft zu verrichten. Corbett kam ihm auf der Treppe entgegen, als er zurückkam.

»Master, muß ich denn nicht ins königliche Lager zurück?«

Corbett sah seinen verwunderten Gesichtsausdruck.

»Nein, Maltote.« Er legte dem Kurier den Arm um die Schulter. »Ich brauche einen Soldaten, jemanden, der mich beschützt.« Und bevor der junge Soldat fragen konnte, ob dies sarkastisch gemeint sei, schlüpfte Corbett an ihm vorbei.

Die Nonnen kamen eben aus der Klosterkirche. Sie warfen ihm aus den Augenwinkeln schüchterne Blicke zu und kicherten, als sie sich an seinen Appell vom vergangenen Abend erinnerten. Lady Amelia rauschte vorbei, majestätisch wie eine Königin. Corbett verneigte sich respektvoll; er drängte sich an Landarbeitern und Knechten vorbei, die zum Frühstücken vom Feld hereinkamen, ging durch das Galilee Gate hinaus, überquerte den Weg und schlug sich ins Gebüsch. Dort angekommen, versuchte er, Dame Elizabeths Fenster von der Stelle aus zu sehen, wo sie angeblich die Reiter zwischen den Bäumen hatte warten sehen. Endlich hatte er den richtigen Punkt gefunden. Wenn Dame Elizabeth jetzt – was sie sicher tat – neugierig aus dem Fenster schaute, dann müßte sie ihn sehen können.

Corbett hockte sich nieder und untersuchte den Boden; aufmerksam durchwühlte er herabgefallenes Laub und Reisig. Schließlich fand er, was er suchte: Hier hatten tatsächlich Pferde gestanden. Er hob die trockenen Roßäpfel auf und zerrieb sie zwischen den Fingern. Wie lange es her war, konnte er nicht sagen, aber der Pferdemist und die schwachen Eindrücke in der trockenen Erde zeigten, daß die Reiter einige Zeit hier gestanden hatten. Dame Elizabeth hatte also nicht geträumt oder sich etwas eingebildet.

Corbett richtete sich auf, wischte sich die Hände ab und kehrte ins Kloster zurück. Er hörte Klagen und Rufen, als er durch das Galilee Gate kam, und eilig lief er zum Hauptportal, wo die bestürzte Lady Amelia von den beiden Unterpriorinnen gestützt wurde, die selbst tränennasse Wangen hatten. Ein Bauernjunge war eben wieder auf sein schaumbedecktes Pferd gesprungen und galoppierte davon.

»Lady Amelia, was ist passiert?«

Die Priorin hob den tränenumflorten Blick, schüttelte die Schwestern ab, die sich an sie klammerten, und wischte sich über die Wangen.

»Gott hab ihn selig – gestritten haben wir wahrlich genug«, sagte sie leise. »Aber nun ist der Arme tot.«

»Wer denn, Mylady?«

»Pater Reynard«, flüsterte sie. »Er wurde heute früh ermordet auf dem Friedhof gefunden. Mit einem Bolzen im Herzen.« Sie verschränkte die Hände ineinander und kam näher. »Was geht hier vor, Corbett? Einst so eine friedliche Gemeinde, und jetzt – bei jeder Wendung Mord und Totschlag.« Sie trat zurück, und ihr Blick wurde hart. »Seid Ihr das, Schreiber? Seid Ihr der Todbringer? Schleicht der Tod hinter Euch drein?«

»Nein, Mylady«, antwortete er in scharfem Ton. »Aber wir stehen im Auge eines aufziehenden Wirbelsturms. Wenn ich die Lösung dieses Rätsels nicht finde, werden noch Hunderte, vielleicht sogar Tausende sterben: in der Gascogne, im Englischen Kanal und in unseren Städten an der Südküste. Doch jetzt, Mylady« – er nahm ihre kalte Hand und hob sie an seine Lippen –, »sage ich Euch adieu. Ich werde wiederkommen. Und wenn Ihr Neuigkeiten habt, schickt den schnellsten Boten, den Ihr finden könnt, in mein Landhaus nach Leighton; man findet es, indem man der Straße von Epping hinunter nach London folgt.«

Corbett nickte den beiden versteinert dreinblickenden Unterpriorinnen zu und befahl Ranulf und Maltote, so schnell wie möglich die Pferde zu satteln. Er erzählte ihnen kurz, was geschehen war, und als er sich vergewissert hatte, daß sie alles eingepackt hatten, führte er sie zum Galilee Gate.

»Hugh – Master Corbett!«

Der Sekretär drehte sich um. Dame Agatha kam herbeigelaufen. Auch sie hatte geweint.

»Ich habe gehört, daß Pater Reynard tot ist«, berichtete sie atemlos und drückte ihm ein kleines, in Leinen gewickeltes Bündel in die Hand. »Ein wenig Reiseproviant. Seht Euch vor«, wisperte sie. »Ihr kommt doch zurück?«

»Ich komme zurück.«

Er sah die Zärtlichkeit in ihrem Blick und wandte sich verlegen ab. »Gott sei mit Euch, Schwester.«

Er kehrte zu dem grinsenden Ranulf zurück, der die Pferde am Zaumzeug hielt. »Aufsitzen!« befahl er barsch. »Gibt es irgend etwas zum Lachen, Ranulf?«

Das boshafte Grinsen verschwand. »Nein, Master«, antwortete er unschuldig. »Ich habe mich nur gefragt, ob wir ein paar von den Schwestern nach Leighton einladen sollten. Lady Maeve würde solche Gesellschaft gefallen.«

Corbett raffte die Zügel in einer Hand zusammen und lehnte sich zu Ranulf hinüber. »Merke dir eins«, zischte er. »Solltest du Lady Maeve gegenüber auch nur ein einziges Wort über Dame Agatha flüstern, so wirst du den Tag verfluchen, da ich dich aus Newgate geholt habe!«

Ranulf fuhr zurück, und seine Augen rundeten sich unschuldsvoll. »Aber natürlich, Master. Ich wollte doch nur helfen.«

Sie trabten ins Dorf hinunter und führten die Pferde auf den Friedhof. Eine kleine Menschenmenge hatte sich vor der Kirche versammelt. Corbett gab einem Kind einen Penny, damit es die Pferde hielt, und sie gingen zum Pfarrhaus. Die Dörfler hatten Pater Reynard auf dem Tisch aufgebahrt, und eine alte Frau mit tränenüberströmten Gesicht badete behutsam den Leichnam, ehe man ihn zum Begräbnis in Tücher wickelte. Corbett trat heran; er sah die schreckliche Wunde und auch den kurzen, gefiederten Bolzen, der immer noch in der Brust steckte.

»Gott sei ihm gnädig«, murmelte er. »Habe ich das verursacht?« Er starrte das jetzt friedvolle Gesicht des Priesters an. »Warum bist du nicht fortgegangen?« flüsterte er. »Warum bist du nicht fortgegangen, als ich es dir sagte?«

»Master«, sagte Ranulf leise, »der Mörder muß sehr nah an ihn herangekommen sein. Der Bolzen steckt tief.«

»Seltsam«, bemerkte Maltote; sein Gesicht war ernst und bleich, als er die schaurige, blutverschmierte Wunde betrachtete. »Seltsam«, wiederholte er. »Der Mörder muß auf dem Boden gelegen haben, oder Pater Reynard hat auf einer Treppe gestanden. Seht doch, der Armbrustbolzen ist aufwärts gerichtet.«

Corbett schaute genauer hin und pflichtete ihm bei. Der Bolzen steckte schräg in seiner Brust.

»Hat man Pater Reynard auf dem Friedhof gefunden?« fragte Corbett die grauhaarige Frau. Sie blinzelte unter Tränen und nickte. Corbett wühlte in seiner Börse und gab ihr ein paar Münzen.

»Bereite ihn wohl«, sagte er. »Er war ein guter Mann und ein hingebungsvoller Priester. Er hatte einen besseren Tod verdient.«

Sie traten wieder hinaus auf den Friedhof. Auf Corbetts Bitte hin zeigte ein alter Mann ihnen die blutgetränkte Stelle, wo der Priester gefunden worden war. Corbett ging über den weichen, etwas feuchten Boden des Friedhofs, flankiert von Ranulf und Maltote.

»Seht, Master, hier!« Ranulf hockte sich nieder und deutete auf den kleinen Abdruck eines Stiefels. Er schaute zu Corbett auf. »Wie von einem Kind«, flüsterte er. »Aber welches Kind in einem Dorf in Oxfordshire trägt Stiefel?«

»Es könnte auch eine Frau gewesen sein«, warf Maltote ein.

Corbett schaute ihn nur an und schüttelte den Kopf. Eine unbestimmte Idee begann, in seinem Kopf Gestalt anzunehmen.

»Pater Reynards Tod«, schloß er, »so bestürzend er auch ist, muß noch eine Weile zurückstehen. Kommt«, sagte er, »wir haben noch einen weiten Ritt.«

Eine Stunde später waren sie schon weit draußen auf dem Land; sie folgten dem Pfad, der sie hinunter zur alten Römerstraße führen würde. Der klare Herbsttag ging dem Ende zu, und Corbett ließ die Pferde eine Weile rasten. Ranulf und Maltote vertieften sich in ihre eigenen Gedanken und Gespräche und ließen ihn vorausreiten. Der Sekretär wollte nach dem Schrecken über Pater Reynards Tod ein wenig Ruhe und Frieden haben. Er war froh, Godstowe und der erstickenden, verborgenen Bedrohlichkeit zu entrinnen, die jenen Ort zu durchdringen schien wie ein ungesunder Gestank. Außerdem liebte er diese Jahreszeit, und er merkte, wie sehr er Maeve und das heitere Leben in seinem Landhaus vermißte. Wie hier würde auch in Leighton das Laub sich rot und golden färben; der schwache Duft von Holzrauch läge in der Luft, und Corbett fragte sich, ob seine Frau auch draußen auf dem Feld war und die letzte, vergehende Berührung des warmen Sommers genoß.

Sie ließen die dicht bewaldeten Hügel von Oxford hinter sich und ritten hinunter auf offenes Gelände. Corbett hielt sein Pferd an, um ein paar Knechten zuzuschauen, die unten auf einem Feld dabei waren, den letzten Rest der Ernte einzubringen. Auf einem benachbarten Acker verstreute ein Sämann mit einem Korb im Arm die lebenspendenden Saatkörner, und hinter ihm tanzten und tollten zwei Jungen einher und schwangen ihre Schleudern, um die marodierenden Krähen und Raben zu vertreiben. Irgendwo heulte ein Hund, und Corbett überlief ein Schauder. Er erinnerte sich an die grausige Jagd über die Felder von Woodstock und biß sich vor Verzweiflung auf die Unterlippe. Bis jetzt hatte er keine Möglichkeit gefunden, das Rätsel zu lösen, dem er gegenüberstand. Es fehlten Steine in diesem Mosaik. Warum waren Lady Eleanors Satteltaschen gepackt gewesen? Wer war ihr geheimer Bewunderer oder Freund? Warum hatte sie zu ihm fliehen wollen? Corbett blinzelte müde. Er mußte dieses Geheimnis studieren, mußte jeden Faden des Gewebes ergreifen und ihn verfolgen.

Hinter ihm lachte Ranulf, und Corbett drehte sich um. Der Abend dämmerte, und ein ziemlich kühler Wind kam auf. Sie mußten sich beeilen. Corbett sehnte sich nach seinem Gemach in Leighton Manor und nach Maeve. Dort könnte er ihren sanften Späßen zuhören, ehe er in seine geheime Kammer ginge, um die Fragen zu ordnen, die in seinem Kopf herumspukten. Er lächelte Ranulf zu.

»Los!« rief er. »Laßt uns ein bißchen schneller reiten, damit wir zur nächsten Schenke kommen. Dann werden wir essen und trinken, ehe wir entscheiden, ob wir weiterreiten oder nicht.«

Sie stiegen wieder auf und spornten die Pferde zum

Galopp, und so donnerten sie den ausgefahrenen Weg entlang und an einer Kreuzung vorbei, wo an einem Galgen ein verwestes Skelett mit verdrehtem Kopf und verrenktem Hals hing, ein makabrer Tänzer vor dem dunkler werdenden Himmel. Corbett fragte sich flüchtig, ob dies ein Vorzeichen sein mochte.

Sie blieben über Nacht in einer Schenke, denn das Wetter wurde schlecht. Dicke Regenwolken zogen auf, und am nächsten Morgen waren die Straßen von fettem, schwerem Schlamm bedeckt. Dennoch waren sie vor dem Mittag in London und folgten der White Cross Street durch Cricklegate. Sie frühstückten in einer kleinen Taverne unweit der Catte Street. Ranulf war glücklich, wieder in London zu sein; er zerrte wie ein Hund an der Leine und konnte es nicht erwarten, loszuziehen und seinen eigenen Angelegenheiten nachzugehen.

Corbett warnte ihn. »Du bleibst bei mir, Ranulf, und du auch, Maltote. Wer immer Pater Reynard umgebracht hat, der hat am Abend zuvor auch auf uns geschossen. Es kann gut sein, daß er uns nach London gefolgt ist.«

Maltote fügte sich nur zu gern, aber Ranulf murrte ein Weilchen. Sie stellten ihre Pferde unter und drängten sich durch die lärmenden, bunten Straßen. Hier fand Ranulf seine gute Laune bald wieder; er deutete auf eine Gruppe Spanier mit farbenprächtigen Kapuzenmänteln und erstaunlichen Hosenlätzen. Er stritt sich mit Maltote über die Frage, ob dies oder jenes echter Pelz sei, und was die juwelenbestickten Motive und die verschiedenen Farben auf den Mänteln einzelner Dienstmannen tatsächlich zu bedeuten hatten. Ringsum erschollen die Rufe von Händlern und Hökern und das ferne schrille Schmettern von Trompeten, wo der Haushalt eines Edelmannes majestätisch unter flatternden Bannern durch die Stadt nach Westminster zog. Ranulf stieß Maltote in die Rippen und gaffte die hübschen Damen mit ihren Häubchen und den geschnürten Miedern lüstern an; manchmal ertranken seine Worte im Getöse der Menge und im Mittagsläuten der Glocken von London, die aus ihren mächtigen, ehrwürdigen Steintürmen zum Gebet riefen.

Sie gelangten nach West Chepe, wo das Treiben am buntesten war. Auf der weiten, gepflasterten Fläche, dem wichtigsten Marktplatz der Stadt, drängte sich Karren an Karren mit den Weinfässern der Händler, Stoffen für die Tuchgilden und Bergen von Gemüse für die Stände und Buden in der Poultry. Weiter ging es durch die Shambles, wo Metzger knöcheltief in Blut und Schleim wateten und die geschwollenen Bäuche der Kühe, Schweine und Hammel aufschlitzten. Die blauen Gedärme ließen sie auf große Platten fallen und von jungen, zerlumpten Lehrlingen abholen, damit sie sie in Bottichen mit kochendem Wasser reinigten. Eine Schar Kerzenmacher stand bei einer langen Reihe ausgeweideter Schweine und feilschte mit dem Eigentümer um den Preis des Fettes, das sie kaufen wollten, um Talgkerzen daraus zu machen. Der Lärm war furchtbar, und der Gestank ließ die drei würgen. Das Kopfsteinpflaster war naß von schwarzen Blutströmen, über denen Schwärme von ſetten Fliegen schwebten.

Sie kamen am Gefängnis von Newgate vorbei, und der Gestank der Insassen dort war noch widerlicher als der in den Shambles. Ein Bettler, dessen untere Gesichtshälfte von Geschwüren zerfressen war, vollführte einen seltsamen Tanz und hüpfte auf einem Bein umher, während ein zum Skelett abgemagerter kleiner Junge auf einer Rohrflöte ein gespenstisches Lied spielte. Ranulf warf ihm einen Penny zu und fluchte dann, als er auf dem verwesten Kadaver einer Ratte ausrutschte. Eilig hasteten sie am Fleet-Graben vorbei, wo tote Hunde in der schleimigen Brühe trieben, und weiter durch gewundene Gassen zwischen hohen, vierstöckigen Häusern, deren obere Stockwerke, von Holzpfeilern gestützt, in die Straße hineinragten, damit die Zimmer dort mehr Sonne bekamen. Marktschreier und Straßenhändler schoben ihre kleinen Handkarren vor sich her und schrien »Brot!«, »Ale!«, »Fisch!« und »Pasteten!«, und an jeder Ecke standen Schnapsverkäufer, die den Vorübergehenden aus kleinen, eisenbereiften Fässern einen Trunk verkauften.

»Master, wo gehen wir denn hin?« rief Ranulf.

»Nach Smithfield«, antwortete Corbett und schob einen Lehrjungen beiseite, der ihm scharfgewürzte, heiße Hammelfüße anbot. An der Ecke zur Cock Lane stand eine Schar junger Huren, schmalhüftig und geil; lautstark verkündeten sie ihre lügenhaften Versprechungen und tanzten, entzückt über die Aussicht auf boshaften Unfug. Eine von ihnen schien Ranulf zu kennen; mit honigsüßen Worten lud sie ihn ein, zu genießen, was sie für eine Silbermünze alles zu bieten hätte.

»Ich habe kein Silber!« rief er zurück, ohne auf Corbetts warnendes Stirnrunzeln zu achten.

»Eier hast du anscheinend auch nicht!« schrie eine der Huren zurück, und die Damen der Stadt kreischten vor Lachen, während Ranulf mit puterrotem Kopf weiterhastete, so schnell er konnte.

Sie überquerten das offene, staubige Gelände von Smithfield und näherten sich dem Hospital von St. Bartholomew. Corbett befahl den beiden anderen, am großen Tor zu warten, während er den Platz überquerte. Er genoß die Kühle, die erhöhten Beete mit Blumen und Kräutern und die zierlich gemeißelten Springbrunnen, die in der Mitte plätscherten. Scharfer Seifenduft drang ihm in die Nase, aber er witterte auch den Gestank der Verwesung und den klammen Geruch des Beinhauses, das in einer Ecke des Geländes stand.

Corbett stieg die breite Hospitaltreppe hinauf, vorbei an einer Gruppe alter Soldaten mit grotesk amputierten Gliedern, die sich gegenseitig mit Geschichten aus ihrer Vergangenheit unterhielten. Ein Junge mit einer Kelle und einem Eimer Wasser half ihnen, die welken Münder zu befeuchten.

Corbett hielt einen Laienbruder an. »Ist Bruder Thomas hier?« fragte er.

Der kleine Mann nickte mit dem kahlen Kopf; seine Augen blickten schlicht wie die eines Kindes. Er winkte Corbett, ihm zu folgen, und führte ihn durch weißgekalkte Korridore bis zu der kräuterduftenden Kammer des Bruder Thomas. Der Apotheker saß an seinem kleinen Pult unter dem offenen Fenster. Als er Corbett erkannte, stand er auf und klatschte lachend in die Hände. Er warf seinen Gänsekiel hin, ergriff die Hände des Sekretärs und schwang sie wie Pumpenschwengel kräftig auf und ab.

»Hugh, Ihr seid wieder da! Kommt herein!«

Er zerrte ihn förmlich in seine Kammer und schloß die Tür. Er räumte einen Stoß vergilbter Pergamente von einem schmalen Strohsack und machte Platz, damit Corbett sich setzen konnte.

»Möchtet Ihr Wein oder einen Becher Wasser?«

»Wasser wäre am besten, Bruder.«

Bruder Thomas nickte und füllte einen irdenen Becher bis zum Rand.

»Ihr seid klug, Hugh«, sagte er. »Ihr vergeßt nie, was Galen sagte – wenngleich Hippokrates anderer Ansicht war –: ›Wein vor Sonnenaufgang ist nicht zu empfehlen.‹ Ihr seid wohlauf? Und Lady Maeve?«

Eine Zeitlang plauderten Corbett und der Apotheker über belanglose Dinge, die sie beide betrafen, über Bekannte in Westminster und bei Hofe und über den Skandal um einen gewissen Arzt, der gerade die Behörden im Rathaus beschäftigte. Dann machte der Apotheker ein ernstes Gesicht.

»Ich weiß, warum Ihr hier seid, Hugh«, sagte er in scharfem Ton. »Gift – die Königin der Mordwaffen. Habe ich recht?«

»Ja, Bruder.«

»Wo liegt das Problem?«

»Könntet Ihr mir ein Gift verkaufen, Bruder? Ich meine, Belladonna oder einen Nachtschattensaft?«

Der Apotheker deutete mit einem Handwedeln auf die Regale an den Wänden, die voll von kleinen Phiolen und Töpfen waren.

»Ihr könnt haben, was Ihr wollt, Hugh.«

»Und es wird tödlich sein?«

»In Sekundenschnelle. Zehn oder zwanzig Herzschläge, und das Gift läßt Euch das Herz gefrieren und den Atem stocken.«

Corbett stand auf und streckte sich. »Aber ein Gift, das nur tötet, wenn man es regelmäßig über längere Zeit einnimmt, gibt es das auch?«

Der Blick des Bruders wurde noch düsterer. »O ja, Hugh. Solche Tränke gibt es auch, aber nicht hier. Sie sind von italienischer Art. Mörderisches Gebräu.« Er schwieg einen Augenblick lang. »Zum Beispiel hat vor fünfhundert Jahren ein Araber ein weißes, geruchloses Pulver hergestellt, aus Realgar, einem Erz, das man im Bleibergwerk findet.« Bruder Thomas zuckte die Achseln. »In kleinen Dosen kann es Medizin sein, aber verabreicht man es regelmäßig, führt es schließlich zum Tod.«

»Könnte ich es in London kaufen?«

Der Apotheker nickte. »Natürlich.«

»Bei wem?«

»Bei einem Höllenhund, nicht weit von hier. In der ersten Gasse in der Faltour's Lane, wenn Ihr von der Holborn Street kommt. Dort geht hinein und sucht das Apothekerschild. Er ist Spanier, Portugiese, Maure ... ich weiß es nicht, aber er kann Euch vielleicht mehr erzählen als ich. Denn wißt Ihr, Hugh, wie ich schon sagte: Manches Gift kann auch Medizin sein. Ein wenig Arsen heilt Störungen des Magens, aber gibt man es in regelmäßigen kleinen Dosen, ist es Gift. Ich habe einmal einem Kaufmann aus Portsoken die Beichte abgenommen, der seine Frau ermordet hatte. Zwei Jahre lang hatte er der armen Frau Gift verabreicht.« Der Apotheker wandte sich ab und schaute aus dem Fenster. »Ihr geht jetzt besser, Hugh. Es wird spät, und diese Apotheke ist eine wahre Pforte der Hölle. Oder«, fügte er grinsend hinzu, »wie Ihr Gutsherren sagen würdet: ›Wo die Scheiße liegt, da sammeln sich die Fliegen.‹«

Hugh grinste und bedankte sich, und dann kehrte er zum Tor des Hospitals zurück, wo er Ranulf und Maltote noch einmal aufforderte, auf der Hut zu sein.

Durch ein Labyrinth von Gassen gelangten sie in den Norden der Stadt und nach Holborn. Corbett sah, daß Bruder Thomas recht gehabt hatte. Die Sonne ging unter, und muffiger Verfall prägte die Gegend in der Nähe der alten Stadtmauer. Heruntergekommene Läden verkauften schäbigen Plunder. Gutgekleidete Bürger gab es nur wenige; die meisten Bewohner der Gassen hier waren Schurken und Gauner, Zigeuner, die versuchten, ohne Erlaubnis der Gilden Handel zu treiben, berufsmäßige Bettler und rattengesichtige Kellerbewohner auf der Suche nach leichter Beute.

Sie fanden die Faltour's Lane und bogen in die schmutzige, von Abfall übersäte Gasse ein; die überhängenden Giebel der Häuser zu beiden Seiten hielten fast alles Tageslicht ab. Ranulf hörte mit seinem Geplapper auf, und als Corbett sein Schwert zog, taten es seine beiden Begleiter ihm nach: eine unmißverständliche Warnung an die finsteren Gestalten, die in halb offenen Haustüren lauerten. Ein Bettler, von weißer Lepra befallen, die ihm ein Ohr und die halbe Nase weggefressen hatte, kam mit ausgestreckten Händen aus dem Schatten hervor und flehte um Almosen. Corbett warf ihm eine Münze zu und hob dann das Schwert. Der Bettler huschte davon.

Dem Sekretär wurde es jetzt unbehaglich. Die Gasse war schmal und von dunklen Türen gesäumt; in manchen war der Schatten tiefer als anderswo, und Corbett wußte, daß sie beobachtet wurden. Beim geringsten Zeichen von Schwäche oder Angst würden sich die Beutelschneider, die hier lauerten, auf sie stürzen wie eine Hundemeute.

Unter dem Apothekerschild blieb er stehen, das Schwert noch in der Hand. Zwei Katzen schossen vorbei; kreischend balgten sie sich um den halb angenagten Kadaver einer Ratte. Corbett schrak zusammen und verfluchte sich dann wegen seiner Nervosität. Er schob das Schwert in die Scheide, befahl Ranulf und Maltote flüsternd, oben an der Gasse zu warten, und klopfte dann sachte an die Ladentür.

Ein junger Mann öffnete. Sofort fiel Corbett auf, wie gut er aussah, dunkel und in eleganter Kleidung: eine violette Hose, weiche Rehlederschuhe und ein offenes, makellos weißes Batisthemd. Der Mann lächelte, als wäre er entzückt über Corbett, und murmelte erst ein paar Worte auf Portugiesisch, bevor er Englisch sprach. Corbett spielte seine Rolle; er spähte nervös die Gasse hinunter und erklärte, er brauche gewisse Tinkturen. Der Mann lächelte, und sein glattes, dunkles Gesicht legte sich in Falten; seine Lippen entblößten elfenbeinweiße Zähne, als er Corbett wie einen lange vermißten Freund hereinwinkte. Der Laden war einfach, aber sauber. Den Steinboden hatte man kürzlich erst geschrubbt, und die Wände waren mit Kalk gestrichen, um die Fliegen abzuhalten. Die ganze Einrichtung bestand aus einer Tierkreistafel an der Wand, einem kleinen Holztisch und zwei großen Stühlen mit hohen Lehnen.

Der Apotheker stellte sich vor. »Mein Name ist Julio Cesar. Doktor, Arzt und ehedem Apotheker seiner Allerkatholischsten Majestät Sancho, des Königs von Portugal. Jetzt aus jenem Lande verbannt, infolge eines« – der Blick der schwarzen Augen glitt beiseite – »eines Mißverständnisses. Und Ihr, Sir?«

»Matthew Droxford«, log Corbett.

Der Apotheker betrachtete ihn, und ein leises Lächeln spielte auf seinen vollen roten Lippen, als wüßte er, daß sein Besucher log.

»Und Ihr möchtet Medizin?«

Mit einer eleganten Handbewegung ließ Cesar ihn Platz nehmen, ehe er in der kleinen Nebenkammer verschwand. Er kam mit zwei Kristallbechern zurück, die bis zum Rand mit eiskaltem Scherbett gefüllt waren. Den einen reichte er Corbett, und dann setzte er sich ihm gegenüber und nippte an seinem eigenen Becher, als hätte er alle Zeit der Welt. Corbett kostete behutsam. Er kannte diesen Mann – nicht seinen Namen oder seinen Ruf, aber die verkommene Bösartigkeit, die er riechen konnte. Oh, er war sicher Arzt und Apotheker, aber er war auch ein Giftmischer. Corbett konnte es nicht beweisen, aber er erkannte einen Mann, der tückische Elixiere zusammenbrauen würde, die einen Menschen töten konnten, ohne eine Spur zu hinterlassen.

Cesar stellte seinen Becher auf den Boden. »Also, Sir«, sagte er munter. »Was ist Euer Anliegen? Warum seid Ihr hier?«

»Ihr seid mir empfohlen worden«, antwortete Corbett schroff. Er lächelte halb, und seine Augen wurden schmal. »Ihr seid ein Gentleman, Signor, und Ihr werdet verstehen, daß ich keine Namen nenne. Ich bin verheiratet, und meine Frau war untreu.« Er sah die Belustigung, die in Cesars Gesicht aufflackerte. »Und zwar nicht zum ersten Mal«, fuhr er eilig fort. »Ich bin ein Mann von Ehre, Signor. Ich kann mich nicht scheiden lassen und mich auch nicht selbst zum Hahnrei erklären, um mich unter meinen Pächtern und meinen Standesgenossen zum Gespött zu machen. Ich habe nicht gezögert, meiner Frau allen erdenklichen Luxus zu gewähren. Ich habe sie angefleht, treu zu sein.«

»Aber sie hält nicht Wort?« Der Apotheker beugte sich vor wie ein Priester in der Beichte. »Und jetzt, Signor, wünscht Ihr das Urteil zu vollstrecken?«

»Ja. Ich will ein Pulver oder einen Trank – ein Gift, das nicht sofort tötet, sondern über einen Zeitraum von mehreren Monaten, ohne daß sie oder ein Arzt etwas davon merken.«

»Signor, das wird aber teuer werden.«

Corbett erkundigte sich nach dem Preis und unterdrückte sein Erstaunen, als er die Antwort hörte. Er würde den größten Teil des Silbers ausgeben müssen, das er bei sich trug, und dafür bekäme er nur eine halbe Unze von dem, was er wollte. Dennoch war er einverstanden. Der Apotheker stand auf und verschwand im Hinterzimmer. Ein paar Minuten später kam er mit einem kleinen Lederbeutel zurück, den er Corbett lächelnd entgegenhielt.

»Ihr könnt es probieren, Signor. Es wird Euch nicht schaden. Es ist so ungefährlich wie Kalk. Aber wenn Ihr es regelmäßig einnehmt ...« Er zuckte die Achseln.

Corbett nahm das Pulver und zählte das Silber auf den Tisch. Die Sache war ihren Preis wert. Das Pulver würde er wegwerfen, aber was er von dem Giftmischer erfahren hatte, war unbezahlbar.

ELF

Corbett verließ den schrecklichen Laden, und ohne ein Wort an Ranulf und Maltote zu richten, ging er zur Faltour's Lane hinaus und auf die Straße zurück.

»Master!«

Corbett blieb stehen und drehte sich um.

»Was ist, Ranulf?«

»Als Ihr bei dem Apotheker wart, da war mir, als würden wir beobachtet. Und zwar nicht von irgendeinem Straßengauner ...«

Corbett schaute umher. Sie befanden sich auf der breiten, aber dunklen Hauptstraße durch Holborn. Die Verkaufsstände waren verschwunden, die Läden geschlossen. Einige Hausbesitzer hatten Laternen vor ihre Häuser gehängt; schwächliche Kerzenflammen flackerten hinter den schützenden Eisengittern im kühlen Abendwind. Zwei Gassenjungen rannten vorbei, kreischend und johlend. Ein Mastiff mit blutiger Schnauze, der an einen Türpfosten gekettet war, knurrte und kläffte. Irgendwo in einer Kammer über ihnen sang eine Frau mit leiser Stimme ein Schlaflied. Corbett konnte nirgends etwas Ungewöhnliches entdecken.

»Bist du sicher?« fragte er. »Maltote, hast du auch etwas bemerkt?«

Der Soldat machte ein sorgenvolles Gesicht, schüttelte aber den Kopf.

»Ich dachte wohl, daß wir verfolgt würden, als wir zu dem Apotheker gingen, aber dann war es nur ein Kind.«

Zwei kleine Jungen, die Gesichter unter ihren Kapuzen vollständig verborgen, kamen vorbeigelaufen und traten eine luftgefüllte Schweinsblase vor sich her.

»Da ist nichts«, murmelte Corbett. »Überhaupt nichts.«

Sie wanderten durch Holborn hinauf, über den dunklen Anger, der sich vor der Stadtmauer erstreckte, in die von Pesthauch durchwehte Gegend von Newgate und dann hinunter in Richtung Cheapside. Hin und wieder blieben sie stehen und sahen sich um, aber niemand folgte ihnen. Als sie in der Catte Street angekommen waren, entschied Corbett, daß sie in der Schenke übernachten würden, wo sie ihre Pferde untergestellt hatten.

»Morgen früh«, verkündete er, »geht es nach Leighton.«

»Und Baby Hugh?« rief Ranulf erbost. »Ich würde ihn gern sehen!«

Corbett lächelte. »Das habe ich nicht vergessen, Ranulf. Aber, wie schon die Heilige Schrift sagt: ›Genug des Bösen für einen Tag.‹ Wir wollen uns jetzt den Bauch vollschlagen und das Ale probieren.« Er warf einen verschmitzten Blick zu Maltote hinüber. »Und wer weiß, vielleicht kannst du Ranulf ja in den Feinheiten des Würfelspiels unterweisen.«

Lachend und scherzend drängten sie in den großen Schankraum der Taverne und suchten sich einen Tisch in der Nähe des mächtigen, tosenden Kaminfeuers. Corbett schrie nach Ale und verlangte, daß der Wirt ihnen sein bestes serviere.

»Nicht dein verdünntes Zeug!« donnerte er. »Sonst lasse ich nämlich den Ale-Meister herkommen!«

Der Wirt, eine Bohnenstange und völlig kahl bis auf eine einzelne Haarlocke, die ihm immer wieder in die Augen fiel, wischte sich die fettigen Hände an seiner schmutzigen Schürze ab, bediente sie und eilte davon. Corbett kostete von dem dicken, schweren Ale, sah sich zufriedengestellt und beugte sich vor.

»Gottlob sind wir Godstowe entronnen«, sagte er leise.

»Wißt Ihr jetzt, was passiert ist, Master?« fragte Ranulf begierig. »Welches dieser wohlgenährten Weiber ist die Mörderin?«

»Es ist schon etwas komplizierter, Ranulf.« Corbett nahm einen Schluck aus seinem Humpen. »Am Sonntag, den achten September, wurde Lady Eleanor in ihrem Zimmer ermordet. Man hat ihr den Hals gebrochen, ohne daß es Spuren eines Kampfes gegeben hätte, und von einem Eindringling wurde nichts berichtet. Die guten Schwestern« – er bedachte Ranulf mit einem sarkastischen Blick –, »von denen du gerade gesprochen hast, waren allesamt in der Kirche. Lady Eleanor wurde noch lebend gesehen, als die Nonnen von Syon sich gegenseitig vor Augen hatten, kurz vor der Komplet.« Corbett schwieg einen Augenblick lang. »Das schließt all diejenigen ein, die sie gut kannten: die Priorin, die beiden Unterpriorinnen und unsere liebreizende Dame Agatha. Sie alle sangen ihre Psalmen und gingen dann ins Refektorium. Danach begab sich die Priorin aus Sorge um Lady Eleanor zu ihren Gemächern und fand die Frau ermordet.« Er warf Ranulf einen verschmitzten Blick zu. »Dann wurde die Tote unten vor die Treppe gelegt, um es wie einen Unfall aussehen zu lassen.«

Ranulf ließ das Bier in seinem Krug kreisen. »Dann muß der Mörder oder die Mörderin von außen gekommen sein?«

»Ja«, meinte Corbett. »Ich hatte Pater Reynard in Verdacht, aber inzwischen weiß ich, daß er nach Woodstock unterwegs war. Außerdem ist der arme Mann jetzt tot und über jeden Verdacht erhaben.«

»Gaveston könnte Meuchelmörder geschickt haben.«

»Das stimmt. Aber, wie gesagt, Eindringlinge hätte man bemerkt. Der Pförtner, so betrunken er gewesen sein mag, hätte Alarm geschlagen. Überhaupt, weshalb sollten Gaveston und der Prinz so etwas tun? Ich habe soeben herausgefunden, daß Gaveston Lady Eleanor wahrscheinlich mit einem langsam wirkenden, unauffälligen Gift ermorden wollte.« Corbett rieb sich das Kinn mit der flachen Hand. »Aber auch das stellt uns vor Probleme. Wenn Gaveston dieses Pulver geschickt hat und Lady Eleanor damit nach und nach töten wollte, dann hätte das Gift ja nun irgendwann wirken müssen. Wenn er also bereits dabei war, sie umzubringen, weshalb wechselte er dann unvermittelt die Methode?«

»Ja, aber wenn Lady Eleanor nicht von einer der guten Schwestern ermordet wurde«, unterbrach ihn Ranulf, »und wenn Gaveston es auch nicht war und wenn niemand heimlich über die Klostermauer geklettert ist – was *ist* dann passiert?«

Corbett schüttelte den Kopf. »Ich weiß es nicht. An dem Tag, als Eleanor Belmont starb, wurden Reiter am Waldrand gesehen.« Er zuckte die Achseln. »Aber ich sehe keinen Zusammenhang zwischen ihnen und dem Tod der Lady.« Er grinste Maltote an, der ihn mit offenem Mund anstarrte. »Es gibt noch andere Geheimnisse«, fuhr er fort. »Wer war das junge Paar, das vor etwa achtzehn Monaten in der Nähe von Godstowe ermordet wurde?«

Ranulf schmatzte und stellte seinen Humpen auf den Tisch. »Da kann ich Euch helfen«, sagte er. »Das Schankmädchen im ›Bull‹ hat mir erzählt, der Wirt habe gesehen, wie die junge Dame und ihr Begleiter durch Godstowe ritten.«

Corbett nickte. »Ja, das hast du mir schon berichtet. Hat er sonst noch etwas gesehen?«

»Von dem Mädchen habe ich noch etwas erfahren. Der Wirt behauptete, um die gleiche Zeit sei auch ein gutgekleideter junger Mann durch das Dorf gekommen. Er habe sein Pferd an der Schenke vorbeigeführt, habe Godstowe aber verlassen, kurz bevor das junge Paar gesehen wurde.«

»Hast du noch mehr herausgefunden?« fragte Corbett schnell. »Eine Beschreibung, weitere Einzelheiten?«

»Master, ich hab's immer wieder versucht.« Ranulf zuckte die Achseln. »Es war immer wieder die gleiche Geschichte. Ein kurzer Blick, weiter nichts.«

Er sah Corbetts besorgtes Gesicht.

»Master, laßt uns noch einmal zu Lady Eleanors Tod zurückkehren. Wenn der Mörder niemand aus Godstowe war, und wenn ein gewöhnlicher Eindringling bemerkt worden wäre, vielleicht gibt es dann noch eine dritte Möglichkeit.«

»Nämlich?«

»Ein Berufsmörder, der über die Mauer kletterte und die Frau ermordete, ohne daß ihn jemand bemerkte.«

Corbett lehnte sich auf der Bank zurück und schaute zu den rauchgeschwärzten Balken hinauf. Ranulf hatte recht. Wenn alle Nonnen in der Komplet waren und wenn niemand dabei gesehen worden war, wie er heimlich über die Mauer kletterte, dann war die einzig logische Schlußfolgerung ein berufsmäßiger Mörder. War es der Attentäter aus dem Hause de Montfort, der Lady Eleanor ermordet hatte, um die englische Krone in Verlegenheit zu bringen? Oder war der Mörder im Auftrag des Königs oder seines Sohnes unterwegs, im Auftrag Gavestons oder sogar der Franzosen?

Ranulf hüstelte. »Natürlich, Master, gibt es noch eine letzte Erklärung.«

»Welche?«

»Daß Lady Amelia lügt. Sie könnte zu Lady Eleanor gegangen sein, sie ermordet und den Leichnam vor die Treppe gelegt haben.«

Corbett nickte. Ranulfs Theorie war plausibel. Lady Eleanor hätte der Priorin die Tür geöffnet.

»Oder«, grinste Ranulf, »vielleicht sind die Alten – Dame Elizabeth und Dame Martha – nicht so unschuldig, wie Ihr denkt. Und das gleiche könnte für eine der Unterpriorinnen gelten.«

Corbett lächelte. Ranulf hatte recht. So viele Verdächtige, und so wenig Antworten. Er ließ der Unterhaltung freien Lauf. Ranulf hänselte Maltote wegen seines Liebeslebens, derweil Corbett das Abendessen bestellte: gebratenen Kapaun, mit Kräutern gefüllt, in Wein gekochten Hasen und eine Schüssel Gemüse, Lauch und Zwiebeln, mit Knoblauch und Thymian bestreut. Sie hatten das Mahl halb aufgegessen, als der Wirt sich in die Mitte der Schankstube stellte und rief: »Master Corbett! Ist hier ein Hugh Corbett?«

Der Lärm in der Schenke erstarb für einen Augenblick; stumm waren die Bauern, die in einer Ecke betrunken über die Weizenpreise diskutierten, zwei Vetteln aus der Stadt, die sich über ein umgestürztes Faß hinweg ankreischten, und eine Schar junger Burschen in teuren Seidenkleidern, die hier ausgelassen lärmten, ehe sie die Stadt unsicher machten. Corbett erhob sich und winkte den Wirt heran.

»Da ist ein Junge draußen«, sagte der Mann. »Er hat eine Botschaft für Euch.«

»Von wem?«

Der Wirt wischte sich mit dem Handrücken die tropfende Nase ab. »Beim heiligen Paulus, ich bin ein Wirt und kein Bote! Der Bengel sagt nur, er hat eine Botschaft, und die darf er nur Euch geben.«

»Dann hole ihn herein.«

»Er sagt, er traut sich nicht.« Der Schankwirt wandte sich ab und spuckte in die schmutzige Binsenstreu. »Herrgott, Mann, er steht draußen vor der Tür!«

Corbett trug Ranulf und Maltote achselzuckend auf, die Fliegen von seinem Essen fernzuhalten, und ging hinaus. In der herabsinkenden Dämmerung sah er den Jungen; er hatte ihm den Rücken zugewandt und schaute die dunkle Straße hinunter.

»Was gibt es, Junge?«

Der Kleine drehte sich um. Corbett konnte sein Gesicht nicht erkennen, weil er sich die Kapuze tief über die Augen gezogen hatte. Er sah die Schweinsblase zu Füßen des Jungen; sie glich der, mit der die beiden Kinder in der Holborn Street gespielt hatten. Der Junge fuhr herum, und Corbett sprang jäh zurück. Das lange, schmale Stilett verfehlte seinen Bauch nur um wenige Zoll.

»Wer bist du?« wisperte Corbett und wich weiter zurück. »Was ist denn mit dir, Junge?«

Er war wehrlos. Schwertgurt und Dolch hatte er in der Schenke zurückgelassen. Es war kaum zu glauben, daß ein kleiner Junge von höchstens zehn oder elf Jahren so ein tödliches Spiel spielen sollte. Die kleine, vermummte Gestalt kam schlurfend auf ihn zu. Wieder stieß ein Messer zu wie eine Schlange. Corbett bekam den Jungen beim Handgelenk zu fassen und schnappte nach Luft, als er merkte, wie stark der Kleine war. Er stieß den Angreifer von sich; dabei glitt die Kapuze zurück, und Corbett blieb starr vor Schrecken stehen. Das war kein Junge, sondern ein Männchen, ein zwergwüchsiger Mann. Noch nie hatte Corbett so viel Bosheit in einer so kleinen Person gesehen: Schwarzes Haar klebte glatt zurückgekämmt am Schädel wie die

Ohren einer nassen Ratte. Winzige, seelenlose Augen, und ein Gesicht, verzerrt und sauer wie ein fauler Apfel. Zur Linken hörte Corbett etwas über das Kopfsteinpflaster glitschen. Er sah sich um, und das Herz schlug ihm bis zum Halse. Eine zweite kleine Gestalt kam aus der Dunkelheit geschlichen und näherte sich. Corbett sah die Armbrust in der Hand des Zwerges, und im trüben Lichtschein auch die schimmernde Spitze des tödlichen Bolzens, der schußbereit auflag.

»O Gott!« murmelte er.

Er hörte ein Klicken und fuhr hastig zurück. Der Bolzen fuhr krachend in die Mauer des verfallenen Hauses hinter ihm. Er verlor das Gleichgewicht und fiel; er ruderte mit den Armen und suchte nach irgendeinem Halt. Er bekam einen fauligen Kotklumpen zu fassen, hob ihn auf und schleuderte ihn dem ersten Mörder entgegen, der jetzt auf ihn zugetrippelt kam. Er traf den Zwerg ins Gesicht, und den ließ der Schmutz würgen und seine Deckung vergessen. Er blieb stehen und wischte sich die Exkremente aus dem Gesicht; seine Augen waren geblendet, sein Mund beschmiert. Corbett sprang blitzschnell wieder auf.

»*Aidez moi*!« schrie er. »Ranulf!«

Und mit all seiner Kraft rannte er gegen den zweiten Mörder an, der eben seine Armbrust spannte, um einen zweiten Bolzen abzuschießen. Corbett und der Zwerg rollten um sich schlagend in den Schlamm. Corbett fühlte sich wie in einem Alptraum: Die Winzigkeit des Mannes machte ihn zu einem falschen Gegner und erstickte fast Corbetts Blutdurst und das Verlangen, sich zu schützen. Der Zwerg stemmte sich gegen ihn, als sie sich ringend im Schlamm wälzten. Corbett war entschlossen, den Kleinen nicht an den Dolch kommen zu lassen, den er im Gürtel stecken hatte, und er bemühte sich, den Griff um den Hals des Angreifers zu verstärken. Er schaute verzweifelt hoch, als er den anderen mit stoßbereit gezücktem Dolch herankommen sah.

»Ranulf!« schrie Corbett.

Der Dolch fuhr herab. Im gleichen Augenblick hörte Corbett das Schwirren eines Armbrustbolzens. War da noch ein dritter Angreifer? Aber als er aufblickte, sah er den Zwerg vor sich stehen; seine Arme hingen schlaff wie die einer Lumpenpuppe, und er glotzte dumpf auf den Bolzen, der in seinem Bauch steckte. Corbett nahm alle seine Kräfte zusammen und rappelte sich hoch. Er schleifte den Zwerg, den er bei der Gurgel hatte, hinter sich her, während der Komplize wortlos in die Knie sackte. Jetzt hörte er hinter sich Fußgetrappel, und als er sich umdrehte, glitt ihm sein Gefangener wie ein Aal aus den Händen. Das Männchen warf ihm noch einen bösartigen Blick zu und wollte in die Dunkelheit flüchten. Maltote kam angerannt, dicht gefolgt von Ranulf. Der Diener ließ sich aufs Knie fallen und riß die Armbrust hoch: Wieder das todbringende Klicken, und der schwirrende Bolzen erwischte den zweiten Attentäter, bevor er ins sichere Dunkel schlüpfen konnte. Er traf ihn mitten ins Kreuz und schleuderte ihn ein Stück weit durch die Luft, ehe er krachend aufs Pflaster schlug.

Corbett machte sich daran, die Leichen zu untersuchen; er wischte sich den Schweiß aus den Augen, als er einen nach dem anderen umdrehte. Ihm war immer noch seltsam zumute, als beuge er sich über zwei Kinderleichen, aber ein Blick in die toten Gesichter ließ solche Skrupel verstummen. Die beiden ähnelten einander bis aufs Haar und sahen beide gleichermaßen verkommen aus. Noch im Tod waren ihre Lippen bösartig verzerrt; die welken Gesichter und die leer starrenden Augen schienen zu frohlocken über das Böse, das sie geplant hatten. Berufsmäßige Mörder, dachte Corbett. Er kannte die Sorte. Sie kamen in mancherlei Verkleidung: als schöne Frau, als Troubadour, als Hausierer, sogar als Priester oder Mönch. In seiner Erinnerung regte sich etwas, aber jetzt war er zu müde und zu aufgeregt, um sich zu konzentrieren. Ranulf kam heran und durchsuchte mit kundiger Hand ihre Börsen und Taschen, aber er fand nur ein paar Münzen.

»Das Zeichen eines wahren Mörders«, bemerkte Corbett trocken. »Sie tragen nichts bei sich, keinen Gegenstand und kein Kleidungsstück, das verraten könnte, wer sie sind, woher sie kommen und wer sie geschickt hat.«

»Nur das hier, Master.«

Ranulf kam von der Leiche des zweiten Zwerges; er hatte ein paar Silbermünzen in der Hand und ließ sie durch die Finger rieseln. »Ein paar englische Pennies«, stellte er fest. »Aber das Silber ist französisch.«

Corbett starrte die Münzen an. »De Craon!« murmelte er. »Der Mistkerl von einem Franzosen hat sie geschickt.«

Plötzlich dachte er an Pater Reynards Leichnam, und er bückte sich, um die lederbesohlten Stiefel der Mörder zu betrachten.

»Nun«, sagte er, »jetzt weiß ich wenigstens, wie Pater Reynard gestorben ist. Erinnert ihr euch an die Stiefelspuren auf dem Friedhof?«

»Aber das war nur ein Paar!«

Corbett erhob sich und atmete gierig die kühle Nachtluft. »Aber sie waren beide da. Erinnert ihr euch an den Winkel, in dem der Bolzen in die Brust des Priesters eingedrungen war? Eine Mörderlist: Der eine klopft an die Tür, der andere lauert im Dunkeln. Das ist eine alte Finte, die in vielerlei Variationen vorkommt. Manchmal ist es ein Bettler, der die eine Hand nach Almosen ausstreckt, während die andere das Messer verbirgt. Oder, in meinem Fall«, fügte er müde hinzu, »ein Zwerg, der sich als Knabe ausgibt. Fast wäre ich dem Bastard ins Messer gelaufen.«

Corbett schaute zu der Tür der Schenke hinüber, in der sich inzwischen die Zuschauer drängten. Straßauf, straßab gingen die Haustüren auf, Fenster wurden aufgerissen, und Rufe ertönten. Eine kleine, untersetzte Gestalt, in weite Gewänder gehüllt, kam aus der Dunkelheit gewatschelt.

»Mein Name ist Arrowhead!« brüllte der Mann. »John Arrowhead. Ich bin der Vorsteher dieses Bezirks.« Er deutete mit dem Finger auf Corbett. »Ihr, Sir, seid verhaftet, bis die Wache kommt!«

Corbett lehnte sich an eine Hausecke und bemühte sich, das Zittern seiner Knie zu unterdrücken. »Und Ihr, Sir«, entgegnete er, »seid ein aufgeblasener Dummkopf, der handelt, bevor er denkt. Mein Name ist Hugh Corbett, ich bin Obersekretär an der Staatskanzlei des Königs und sein Sonderbeauftragter. Die beiden Toten sind Franzosen. Sie haben einen Anschlag gegen mich unternommen. So, wenn Ihr mich jetzt verhaften wollt, dann tut es nur – aber morgen bin ich wieder frei, und dann sitzt Ihr im Gefängnis.«

Corbett klopfte sich den Schmutz ab, und mit aller Würde, die er aufbringen konnte, ging er zurück in die Schenke.

Sie setzten sich an den Tisch und aßen zu Ende. Corbett kaute sein Essen gründlich und stürzte zwei Becher schweren Rotwein hinunter, um seine Nerven zu beruhigen. Ranulf war stolzgeschwellt und ziemlich beleidigt, weil sein Herr ihm für die Rettung nicht richtig gedankt hatte, und jetzt machte er immer wieder raffinierte Bemerkungen über seine Schießkünste.

»Du hast dir viel Zeit gelassen«, knurrte Corbett ungnädig.

Maltote hüstelte und schlug die Augen nieder. »Master«, sagte er, »das war meine Schuld. Einer der Gäste hörte den Kampf. Wir nahmen die Armbrust des Wirts. Ich gab einen Schuß ab.« Er schluckte heftig. »Er ging meilenweit daneben.« Mit nervösem Flackern im Blick, schaute er Corbett an. »Ich hoffe bloß, ich habe sonst niemanden getroffen. Dann riß Ranulf mir die Armbrust aus der Hand. Den Rest kennt Ihr.«

Corbett schaute seinen mutig blickenden Diener an. »Wie oft schon, Ranulf?«

»Wie oft schon was, Master?«

»Wie oft hast du mir schon das Leben gerettet?«

Ranulf zuckte die Achseln. »Das ist meine Pflicht, Master«, antwortete er derart fromm, daß Corbett sich zurücklehnte und brüllend lachte. Dann zog er eine Börse hervor und schüttete die Münzen auf den Tisch.

»Die sind für dich, Ranulf. Grüße deinen Sohn von mir. Maltote, du gehst besser mit ihm.« Er legte seine Hand auf die des jungen Kuriers. »Versprich mir nur, daß du nie wieder eine Armbrust in die Hand nehmen wirst, wenn ich in deiner Nähe bin.«

Maltote lächelte nervös und folgte Ranulf; zusammen verließen sie die Schenke, um ihrem nächtlichen Vergnügen nachzugehen.

Corbett blieb sitzen und murmelte vor sich hin; er ging die Fragen durch, die ihn immer noch plagten. Ihm fiel ein, daß er den Tod der alten Martha in seinem Gespräch mit Ranulf überhaupt nicht erwähnt hatte. Warum war sie gestorben? Was war so wichtig an dem

Satz *Sinistra non dextra*? Corbett starrte auf seine Hände, die die Tischkante umklammerten. Er hatte schon einmal daran gedacht. Hatte die alte Nonne vielleicht Hände gemeint? Aber wessen Hände? Was meinte sie mit diesen Worten? Er schüttelte den Kopf.

»Die Linke, nicht die Rechte!« murmelte er.

Der Wirt ging am Tisch vorbei; er blieb stehen und schaute Corbett neugierig an, aber der Sekretär schüttelte den Kopf, und der Mann ging weiter. Corbett blieb noch stundenlang sitzen und folgte den verschiedensten Gedankenketten. Unterdessen hatte Ranulf seinen Sohn gesehen und tollte nun unter einem seidenen Baldachin auf dem breiten Bett der Mistreß Sempler herum. Die junge Kaufmannsfrau, deren alter Mann auf einer Gildensitzung war, hatte ihren amourösen Galan freudig begrüßt. Wie freudig, das erfuhr Ranulf jetzt, während ein betrunkener Maltote vor der Tür Wache hielt.

Am nächsten Tag saß Corbett auf seiner eigenen Bettkante in Leighton Manor und sah zu, wie Maeve sich geschäftig in der Kammer zu schaffen machte. Er war am Vormittag heimgekommen; Maeve war begeistert gewesen, ihn wiederzusehen, und auch er hatte nach ihr gelechzt. Ein hohläugiger Maltote war mit einem merkwürdig erschöpften Ranulf ins Quartier gezogen, und der Sekretär und seine Frau hatten allein in der kleinen Halle unten gespeist und die Zeit danach hier in der Schlafkammer zugebracht. Wie immer hatte Maeve unzählige Fragen gehabt. Wem war er begegnet? Wo war er gewesen? Wie lange würden sie jetzt bleiben?

Corbett hatte sich bemüht, plausible Antworten zu geben, und hatte dabei absichtlich jede Erwähnung des Überfalls in der Catte Street oder des Mordes an Pater

Reynard unterlassen. Dennoch war Maeves scharfen Augen nichts entgangen. Ihr Mann sah erschöpft und beunruhigt aus, und jetzt war sie aufgeregt. Hugh hatte de Craon erwähnt, und Maeve wußte genug über den Franzosen, um sich darüber klar zu sein, daß er ihrem Mann übelwollte. Gleichwohl machte sie tapfere Miene, berichtete ihm von den Dingen, die sich auf dem Landgut zugetragen hatten und versicherte ihm, daß es dem Kind, das unter ihrem Herzen wuchs, so gut gehe, wie man es nur erwarten könne. Ihre eigene schlechte Nachricht hob sie sich bis zuletzt auf.

»Hugh ...« Sie richtete sich auf und zog ihr Hemd zurecht. »Da ist ein Brief für dich. Er kam heute morgen. Vom König. Er kommt in den Süden und ist schon in Bedford.«

»In Bedford! Er sollte im schottischen Moor sein! Maeve – den Brief!«

Seine Frau ging zu einer Kassette und nahm eine kleine Pergamentrolle heraus.

»Ich habe das Siegel erbrochen, Hugh.« Sie schaute ihn kühl an. »Was dich angeht, geht auch mich an.«

Er entrollte das Pergament sorgfältig. Die königliche Nachricht war scharf und kühl: Der König war traurig und erzürnt, weil sein »geliebter Sekretär Hugh Corbett es versäumt hat, Bericht über seine Fortschritte in Godstowe zu erstatten«. So ging es in sarkastischem, zornigem Tonfall und mit dünn verhüllten Beleidigungen weiter: Das Vertrauen des Königs sei nicht belohnt worden. So besorgt sei der König, endete der Brief, daß er sein Heer unter dem Befehl anderer zurückgelassen habe und nach Süden reise, um die Angelegenheit selbst in die Hand zu nehmen.

Corbett knüllte das Pergament zusammen und warf es wütend an die Wand.

»Bei den Zähnen der Hölle, Maeve! St. Bernard hatte recht. Die Plantagenets kommen vom Teufel, und gewiß werden sie auch zum Teufel gehen. Ist es denn meine Schuld, daß der König seinen Sohn verzärtelt und zum Gespött Europas gemacht hat? Was weiß er schon von Hunden mit blutigen Schnauzen, von lautlosen Meuchelmördern, von ...« Er ließ den Satz unvollendet, als er den erschrockenen Ausdruck in Maeves Gesicht sah.

»Davon hast du mir nichts erzählt!« sagte sie vorwurfsvoll und nahm ihren Mann bei der Hand. »Aber das wirst du jetzt nachholen.«

Corbett blieb nichts anderes übrig, als ihr von Anfang an zu berichten, was sich in Godstowe zugetragen hatte. Maeve hörte ihm zu und ließ dabei seine Hand nicht los.

»Diese Dame Agatha«, fragte sie dann spitz, »ist sie hübsch?«

»Ja, sie ist fast so schön wie du.«

»Hat sie ein helles Gesicht?«

»Ja.«

»Hat sie dir gefallen?«

Corbett wußte, daß Maeve es spüren würde, wenn er log, und wenn seine Frau wütend wurde, konnte sie furchteinflößend sein.

»Ja, das hat sie wohl«, antwortete er langsam. »Aber das ist nicht so wichtig. Was ich gesehen habe, Maeve, war immer nur das, was ich sehen sollte. Es mag die Wirklichkeit gewesen sein, aber die Wahrheit war es nicht.«

»Hast du irgendeinen Verdacht?«

Corbett erzählte ihr stockend, was er herausgefunden hatte. Maeve vermutete ebenfalls, daß die alte Nonne wohl Lady Eleanors Hände gemeint habe. »Hier liegt der Schlüssel, Hugh«, sagte sie.

»Wo?«

»Im Tod der alten Nonne. Erzähl mir davon.«

Corbett zuckte die Achseln. »Dame Elizabeth kam herauf und fand die Tür unverschlossen. Sie schaute hinter den Wandschirm und entdeckte den Leichnam der alten Dame, halb untergetaucht im Badezuber. Er wies keine Spuren auf; es konnte sich also um einen Schlaganfall oder um die Fallsucht handeln.« Er zögerte. »Auf dem Boden befand sich eine Wasserspur – aber wäre ein Mörder so ungeschickt gewesen, sie zu hinterlassen?«

Maeve schwieg eine Zeitlang. »Ich weiß es nicht«, sagte sie dann. »Willst du die Sache auf sich beruhen lassen?«

»Nein.« Corbett tätschelte ihre Hand. »Laß mich nur eine Weile nachdenken.«

Er ging durchs Zimmer, zog den Wandbehang am anderen Ende zurück und betrat seine eigene geheime Kammer. Mit einem Kienspan zündete er die Kerzen auf seinem Schreibtisch an, und dann betrachtete er die Bündel von Briefen, die ihn erwarteten. Sie waren in seiner Abwesenheit gekommen, und er überflog sie rasch. Nachrichten von ausländischen Königshöfen, von Spitzeln, Gesandten, Kaufleuten und Schreiberkollegen. Nur einer betraf die Angelegenheit in Godstowe, eine kurze Mitteilung von einem Spion aus Paris: Ein Sack mit Eudo Taillers Kopf war aus der Seine gefischt worden.

»Herr, erbarme Dich seiner Seele«, betete Corbett leise.

Tailler hatte seinem Vorgesetzten die Nachricht von dem mysteriösen Attentäter aus dem Hause de Montfort geschickt. Hatte er deshalb sterben müssen? Wenn ja, so war der Preis zu hoch. Corbett hatte keinerlei

Hinweis darauf gefunden, daß ein Attentäter in England aktiv sei. Er legte den Brief beiseite und nahm ein frisches Blatt Pergament, strich es glatt und rieb die Unebenheiten mit einem Stück Bimsstein weg. Dann machte er sich daran, die Probleme und Fragen aufzulisten, denen er sich gegenübersah. Er arbeitete stundenlang, notierte sich jeden Namen und versuchte, Material zu finden, mit dem sich beweisen ließe, daß die betreffende Person der Mörder sei. Die dunklen Wälder und Felder draußen schwiegen, als warteten sie geduldig auf die Ankunft des Winters. Corbett döste schließlich ein und wurde unvermittelt durch ein Klopfen an der Kammertür geweckt. Draußen stand Maeve.

»Die alte Nonne, Hugh ... ist es nicht sonderbar?« Sie lächelte. »Bedenke, daß ich als Frau spreche. Dame Martha wollte baden und stellte einen Wandschirm um ihren Zuber?«

Corbett rieb sich die Augen und nickte.

»Aber bevor man sich die Mühe macht, einen Wandschirm aufzustellen, was tut man da?«

Corbett schüttelte müde den Kopf.

»Herrgott, Hugh, was jede Dame tun würde! Deine berühmte Logik ... Sie würde die Tür abschließen!«

»Und?«

»Ach, Hugh, so denke doch nach! Du hast gesagt, die Tür war offen.«

Corbett ließ sich gegen die Stuhllehne fallen und grinste.

»Folglich muß die alte Nonne ihren Mörder hereingelassen haben. Sie muß in der Wanne gesessen haben; es klopfte, und sie stieg heraus. Die Wasserspur hat nicht der Mörder hinterlassen, sondern die Nonne selbst, als sie zur Tür ging.«

Corbett starrte auf sein Pergament. »Danke, Maeve«, murmelte er. Aber als er aufblickte, war die Tür geschlossen und seine Frau gegangen.

Corbett wusch sich Hände und Gesicht in der Wasserschüssel, die auf dem Lavarium stand. Er ging seine Notizen im Lichte dessen, was Maeve gesagt hatte, noch einmal durch und verfolgte diese Spur. Er trieb seine Argumente immer weiter, übersprang Lücken, umging Schwierigkeiten und Probleme. Die kalte Hand der Angst umklammerte seinen Magen. Er kannte den Mörder! War es möglich? Er kratzte sich den zerzausten Kopf, fing noch einmal von vorn an und verfaßte als Jurist, unter Berücksichtigung aller Fakten, eine Anklageschrift. Er schüttelte den Kopf. Ein Geschworenengericht fände vielleicht nicht, daß er die Anklage bewiesen hatte, aber man würde ihm doch beipflichten, daß sie gerechtfertigt sei.

Corbett erinnerte sich plötzlich an sein letztes Zusammentreffen mit den Nonnen in Godstowe, und er bekam Herzklopfen. Sie waren alle in Gefahr, jede einzelne! Er sprang auf, warf sich den Mantel um die Schultern und ging hinunter, um Ranulf und Maltote zu wecken und die beiden Schlaftrunkenen in die dunkle Küche zu ziehen. Er gab ihnen Anweisungen: Sie sollten frühstücken, die schnellsten Pferde aus dem Stall satteln und ihn begleiten.

»Wir reiten erst nach London«, erklärte er, und grinsend fuhr er fort: »Und dann besuchen wir jede Schenke an der Straße nach Oxford.«

Selbstverständlich protestierten sie, aber Corbett ließ sich nicht erweichen. Eine Stunde später hatte er Maeve einen Abschiedskuß gegeben, und sie ritten südwärts auf der Straße nach Westminster. Vielleicht würde er das Morden in Godstowe nicht verhindern können, aber zumindest könnte er dem Meuchelmörder, der im Kloster sein Unwesen trieb, eine Falle stellen.

Corbett hatte recht mit seiner schrecklichen Vorahnung. Dame Frances im Kloster Godstowe hatte nur noch wenige Minuten zu leben. Die wichtigtuerische Unterpriorin war von Sorge und Angst erfüllt. Die Unruhe lenkte sie von der Meditation ab, und immer wieder ertappte sie sich dabei, daß sie ins Leere starrte, während die anderen Schwestern die Andachtslieder sangen. Sie hatte ihrer Vertrauten davon erzählt, aber die hatte nicht helfen können, und wie sollte sie sich an Lady Amelia wenden? Nein, dachte sie, das kam nicht in Frage. Sie schaute sich in der kleinen Küche des Novizinnenhauses um. Im langen Dormitorium im oberen Stockwerk gingen die jungen Postulantinnen gerade zu Bett; jede kniete in ihrem abgeteilten Alkoven, empfahl sich dem Herrn mit Herz und Seele und betete, daß Satan, der umherging wie ein jagender Löwe, ihr in der Nacht kein Leid an Leib und Seele antun möge.

Dame Frances setzte sich auf einen Schemel und bedeckte das Gesicht mit den Händen. Was der strenge Sekretär da von ihnen hatte wissen wollen, mußte mit Lady Eleanors Tod zusammenhängen, vielleicht auch mit dem Tod der alten Martha. Dame Frances hatte das Motto *Noli me tangere* hier in Godstowe schon gesehen, aber sie konnte sich nicht erinnern, wo oder wann. Sollte sie aus dem Kloster fliehen? Nach Westminster gehen und eine Audienz bei Corbett oder bei einem der königlichen Beamten verlangen? Aber wem konnte sie trauen? Gaveston hatte seine Spitzel überall, und der verbreitete Scherz, England habe drei Könige – den alten Edward, seinen Sohn und Gaveston –, entsprach der Wahrheit. Dumpf starrte sie auf die Holzscheite, die im Herd knisterten. Vielleicht sollte sie abwarten; ihr Kopf war müde. Sie würde eine Nacht darüber schlafen und morgen dann Pläne schmieden.

Dame Frances stand auf und nahm den Eimer; dann erstarrte sie, und das Herz schlug ihr bis zum Hals, denn sie hatte draußen ein Geräusch gehört. Beobachtete sie jemand? Oder war es nur der Wind, der das raschelnde Laub über das Gras trieb? Dame Frances ging zum Feuer und murmelte ein kurzes Gebet. Sie betete noch, als sie den Eimer über das Brennholz kippte. Ihr Gemurmel verwandelte sich augenblicklich in einen gräßlichen Schrei, als die Flammen aus der Feuerstelle schlugen, am Herd entlangliefen und ihre Kutte erfaßten. In wenigen Augenblicken war Dame Frances eine lodernde menschliche Fackel.

Nur ein paar Meilen weit entfernt, nahmen andere Akteure in dem makabren Drama um Lady Eleanors Tod neue Rollen und Positionen ein. In seinem mit Samt ausgeschlagenen Gemach lag Piers Gaveston unter dem breiten seidenen Baldachin seines Himmelbetts, nagte an der Unterlippe und fragte sich, was als nächstes passieren würde. Er vertraute seinem Spion in London. Corbett hatte dort herumgeschnüffelt und einen saftigen Happen erwischt: Erst hatte er seinen alten Freund in St. Bartholomew besucht, dann den Giftmischer in der Faltour's Lane. Gaveston hatte Anweisung gegeben, den Apotheker zu ermorden. Er wußte zuviel, und außerdem verstand Gaveston nicht, weshalb Lady Eleanor nicht an seinen Pulvern gestorben war. Der Apotheker hatte ihm versichert, daß jeder, der sie nähme, allmählich schwächer werden und schließlich eines scheinbar natürlichen Todes sterben würde. Der Apotheker hatte gelogen, und Lady Eleanor war mit anderen Mitteln getötet worden. Was sollte er also als nächstes tun? Gaveston sah den jungen Pagen an, der mit einem Becher Wein in den kleinen Händen neben ihm stand. Er richtete sich auf und griff so hastig nach dem Becher, das Spritzer von dem Wein auf seine bunten Seidenstrümpfe fielen. Erbost fuhr er herum und schlug dem Pagen in das mädchenhaft schmollende Gesicht.

»Hinaus!« brüllte er. »Hinaus, bis du gelernt hast, wie man einen Lord bedient!«

Der Junge lief eilig hinaus und rieb sich die brennende Wange, während Gaveston an seinem Becher nippte. Hätte Corbett seine lange Nase doch bloß nicht in diese gottverdammte Geschichte gesteckt! Der Günstling des Prinzen schaute sich verdrossen im Zimmer um. Er würde Corbett nicht vergessen; mit dem Mann mußte man rechnen. Sollte er ihn zum Freund gewinnen? Gaveston nagte an der Lippe. Vielleicht, aber das gehörte in die Zukunft. Der alte König war eilig auf dem Weg nach Süden, und mit ihm kamen die grauhaarigen Krieger, die Lords, die dem König wie Mastiffs auf dem Fuße folgten. Gaveston wußte, wie sehr sie ihn haßten. Wenn der alte König doch nur sterben wollte! Bis dahin würde er den Prinzen bei Laune halten. Er würde alles gestehen, würde vor dem Prinzen auf die Knie fallen, sich zu seinem Sklaven erklären, ihm teure Geschenke kaufen ... Aber wann würde der alte König sterben?

Gaveston erhob sich, ging zu einer alten, eisenbeschlagenen Truhe und nahm einen Schlüsselbund von einer Goldkette an seinem Hals. Er öffnete die drei Schlösser, klappte den Deckel zurück und hob die Wachsfigur heraus, die Stroh und Fett von einem Gehängten enthielt und ein silbernes Diadem um den Kopf trug. Dann nahm er eine Schale Weihrauch und ein auf dem Kopf stehendes Kreuz aus der Truhe, hockte sich wie ein Bauer auf den Fußboden und begann mit dem finsteren Satansritual zur Vernichtung seiner Feinde, das er von seiner Mutter gelernt hatte.

In einem anderen Gemach im selben Schloß schickte auch Seigneur Amaury de Craon sich an, die Richtung zu wechseln. Seine bezahlten Mörder waren tot. Philipp würde darüber nicht entzückt sein; die Zwerge hatten im Auftrag des Königs manche Mordtat ausgeführt, und man würde ihre Geschicklichkeit und ihre Erfahrung schmerzlich vermissen. De Craon bedachte die Möglichkeiten, die ihm jetzt offenstanden. Sollte der alte Edward sterben, sollte er ermordet werden, was würden die Tratschmäuler dann erzählen? Würde man von Vatermord munkeln? Würde man andeuten, der junge Prinz oder Gaveston oder beide hätten nicht nur die unglücklichen Damen im Stift ermordet, sondern sogar den gottgesalbten König?

De Craon rutschte unbehaglich auf seinem Stuhl hin und her. Mit stummen Drohungen und mit Bestechung hatte er versucht, diesen Mörder zu finden, aber bis jetzt hatte er ihn nicht entdeckt. König Philipp hatte ihm einen Namen übermittelt, den man dem gefangenen Spion Tailler abgepreßt hatte, aber de Craon konnte keine Spur von einem solchen Mann finden. Er lächelte grimmig. Tailler war tapfer gewesen und hatte bis zum Schluß nichts als Lügen erzählt. Vielleicht war der erfundene Name des Mörders Taillers letzter Witz. Der Gesandte fluchte leise vor sich hin. Wäre doch Corbett nur anderswo gewesen. Vielleicht hing jetzt alles von diesem naseweisen, vom Glück gesegneten englischen Schreiber ab. Aber vielleicht würde er auch scheitern? Vielleicht hatte Philipps letzter Plan, nämlich den Attentäter aus dem Hause de Montfort zu finden und zu benutzen, doch noch Erfolg. Oder, überlegte de Craon, sollte er dieses Spiel überhaupt aufgeben, zu seinem offiziellen Status zurückkehren und verlangen, daß der Prinz von Wales mit Prinzessin Isabella verlobt werde?

ZWÖLF

Es regnete immer noch, als Corbett und seine Begleiter das Londoner Aldgate erreichten und durch die Poor Jewry und die Mark Lane nach Petty Wales, in der Gegend des Tower, gelangten. Sie stellten ihre Pferde unter und mieteten sich am Wool Quay ein Fährboot. Maltote protestierte selbstverständlich, aber die beiden ergrauten Bootsleute machten sich über seine Angst vor einer Fahrt flußabwärts nur lustig.

»Man kann nur einmal ertrinken!« riefen sie wie aus einem Munde. »Und es dauert nicht lange. Wenn du ins Wasser fällst, machst du einfach das Maul auf und läßt das Wasser hereinrauschen. Nach wenigen Augenblicken bist du bei den Engeln.«

»Das ist mehr, als man von euch sagen könnte«, erklärte Ranulf hitzig und kam seinem neugewonnenen Opfer im Würfelspiel zu Hilfe.

Corbett befahl allen, den Mund zu halten. Die Bootsleute stießen ab und ruderten flußabwärts, an Billingsgate und Botolph's Wharf vorbei. Das Boot schoß unter der London Bridge hindurch, wo das Wasser zwischen engen Bögen brodelte, und die Bootsleute zogen ihre Ruder ein, damit das Boot sich an den hölzernen Vorwerken vorbeizwängen konnte, die sich schützend vor den dicken Steinpfeilern erhoben. Als sie dort hindurchgelangt waren, entspannten sich alle; die Themse war ein grausamer Fluß, aber nirgends gefährlicher als in dem schäumenden Hexenkessel unter der London Bridge.

Das Fährboot nahm jetzt Kurs auf die Strommitte, vorbei an Dowgate, Queenshite und der Fleet. Der Gestank dort war grauenhaft. Der Müll der Stadt und die Kadaver von Hunden, Katzen, Bettlern, Aussätzigen und sogar ungewollten Babies wurden in den Fleet-Graben geworfen, und wenn es regnete, wurde alles in die Themse geschwemmt.

Als sie um die Flußbiegung kamen und sich Westminster näherten, stieß Ranulf Corbett an und deutete zum nahen Ufer. Trotz des Abfalls, der in einer dicken Schicht auf der Wasseroberfläche wogte und dümpelte, füllten Wasserträger ihre Fässer mit Themsewasser, um es auf den Straßen und Gassen von London zu verkaufen. Corbett grinste matt und nickte.

»Immer nur Wein und Bier trinken, Ranulf«, sagte er und wandte sich dann dem Bootsmann zu. »Stimmt das denn?« fragte er.

»Was?«

»Daß das plötzlich einströmende Wasser einem sofort den Atem stillstehen läßt?«

»O ja.« Einer der Bootsleute grinste den grüngesichtigen Maltote an. »Die beste Art, zu sterben.«

Ranulf nahm den Streit wieder auf, und Corbett wandte sich ab und dachte an die alte Dame Martha, wie sie in ihrem Badezuber ertrunken war.

In Westminster, bei King's Steps, gingen sie an Land; Corbett zog sich die Kapuze tief ins Gesicht, um nicht von Kollegen aus der Staatskanzlei oder dem Schatzamt erkannt zu werden; er wollte keine Zeit mit unnützem Geplauder verschwenden. Er ließ Ranulf und Maltote bei einem der zahlreichen Pastetenläden zurück, die sich innen an die Palastmauern schmiegten; die beiden sollten einstweilen etwas essen. Er drängte sich durch die Menge und nahm den Weg um die Große Halle herum zu den dahinterliegenden Gebäuden. Hier begab er sich zu einem der kleineren Häuser, und indem er seiner Stimme einen gewichtigen Klang verlieh, verlangte er lautstark Einlaß im Namen des Königs. Eine zänkische Stimme erwiderte, er solle doch in die Themse springen, und so klopfte er noch einmal. Endlich öffnete sich die Tür, und eine hochgewachsene, hagere Gestalt in einem langen Gewand aus braungefärbtem Pelz zeigte sich. Das Gesicht des Mannes war blaß, lang und faltig, und wäßrig blaue Augen blinzelten im Tageslicht. Corbett behielt die Kapuze auf.

»Wer seid Ihr?« fragte der Mann in scharfem Ton.

Corbett schlug die Kapuze zurück. »Master Nigel Couville, ich bin ein Bote des Königs. Er hat verfügt, daß Ihr zu alt und senil für Euren Posten seid. Ich soll Euch jetzt ersetzen.«

Das hagere Gesicht des Alten erstrahlte in einem Lächeln, und seine mageren, blaugeäderten Hände packten Corbett bei den Armen.

»Du bist beleidigend wie eh und je, Hugh«, knurrte er. »Und auch noch genauso dumm! Aber komm herein. Es sei denn, wir sollen beide bis auf die Haut naß werden.«

Corbett trat ein. Das Licht drinnen war trüb, die Luft roch muffig nach Kerzentalg, verbrannter Holzkohle und dem zarten Duft von Leder und Pergament. Die Einrichtung bestand aus einem Tisch und einem Schemel; der Rest des Raumes war ausgefüllt mit ledernen und hölzernen Kassetten in allen Größen. Einige waren offen, und Pergamentrollen quollen aus ihnen hervor auf den Boden. Ringsum an den Wänden reichten Regale bis zur Decke, und auch hier lagerten Schriftrollen. Das alles sah sehr ungeordnet aus, aber Corbett wußte, daß Couville jedes gewünschte Dokument im Handumdrehen zutage fördern konnte. Dies war das Urkundenarchiv der Staatskanzlei und des Schatzamtes, und die Akten reichten über Jahrhunderte zurück. Jedes Dokument, das ausgefertigt oder empfangen wurde, bekam seinen vielversprechenden Platz in Nigel Couvilles Königreich. Nigel war früher ein leitender Sekretär der Staatskanzlei gewesen, und er hatte dieses Amt zur Pfründe bekommen, zum Lohn für seine langen und treuen Dienste für die Krone. Couville war Corbetts Meister und Mentor, als dieser Schreiber geworden war, und trotz des Abstandes an Jahren und Erfahrung waren sie bis heute gute Freunde.

Couville sah sich suchend um und zog einen kleinen Schemel heran. »Ich sehe schon, du willst mich wieder plagen«, bemerkte er trocken. »Alte Gewohnheiten ändern sich nie.« Er wartete, bis Corbett Platz genommen hatte. »Wein?«

Corbett schüttelte den Kopf. »Nicht, wenn es der verdünnte Essig ist, den du sonst immer servierst.«

Couville begab sich in eine kleine Nische und kam mit einem offenen Krug und zwei Zinnbechern zurück.

»Das ist bester Bordeaux.« Er goß einen Becher randvoll und reichte ihn Corbett. »Jetzt weiß ich, was die Bibel meint, wenn sie sagt: ›Man soll keine Perlen vor die Säue werfen.‹«

Corbett grinste, als er an dem schweren Rotwein nippte. »Wunderbar!« murmelte er.

»Natürlich!« Couville setzte sich ihm gegenüber, stützte die Ellbogen auf die Knie und umfaßte seinen Becher mit beiden Händen, als wäre er der Heilige Gral. »St. Thomas à Becket hat den gleichen Wein getrunken. Weißt du, selbst als er Asket geworden war und den Pomp des Hofes aufgegeben hatte und selbst wenn er fastete, konnte der selige Thomas dem Rotwein nicht entsagen.« Couville lächelte. »Und du, Hugh – dir geht es gut? Und Maeve?«

Sie plauderten und klatschten über alte Freunde, neue Bekannte und frische Skandale. Schließlich stellte Couville seinen Becher neben sich auf den Boden.

»Was willst du, Hugh?«

Corbett nahm das verschlissene Hundehalsband aus der Tasche. »Es steht ein Motto darauf – *Noli me tangere*. Ich vermute, es gehört zu einem Familienwappen. Erkennst du es?«

Couville tappte die Fingerspitzen aneinander und machte schmale Augen. »Irgendwo«, überlegte er, »habe ich diesen Satz schon mal gehört.« Er stand auf und kratzte sich am Kopf. »Die Frage ist bloß, wo?«

Corbett ruhte sich eine Stunde lang aus, während sein alter Freund sich mit einem Armvoll Blätter und Pergamentrollen hinsetzte und die Akten über Wappenschilde und heraldische Abzeichen durchforstete. Anfangs verkündete er zuversichtlich: »Es wird nicht lange dauern, Hugh, glaube mir.«

Aber als eine Stunde vergangen war, stand er mitten im Zimmer und schüttelte den Kopf.

»Sag, Hugh, warum willst du es wissen?« Er hob die Hand. »Ich kenne deine geheimen Geschäfte, Master Corbett. Ich weiß, daß du Briefe schreibst, von denen ich keine Kopie erhalte.« Er setzte sich wieder seinem früheren Schüler gegenüber auf den Schemel. »Aber weshalb ist dieses Motto so wichtig?«

Corbett schloß die Augen und berichtete von den Ereignissen in Godstowe: vom Tod Lady Eleanors, den raffinierten verräterischen Machenschaften der Franzosen und den bösen Absichten Philipps IV. Er war fast fertig, als ihm einfiel, den Attentäter aus der verfemten Familie de Montfort zu erwähnen, der möglicherweise in England war. Couvilles Augen leuchteten auf.

»Ich habe nur die Adelsfamilien Englands und der

Gascogne durchgesehen, wie sie heute sind«, erklärte er. »Aber was geschieht mit einer vornehmen Familie, wenn sie des Hochverrats für schuldig befunden wird?«

»Natürlich!« rief Corbett. »Die Insignien dieser Familie werden vernichtet, ihre Titel aberkannt, die Ländereien von der Krone beschlagnahmt.«

Couville stand auf und ging zu einem langen Bleirohr. Er schraubte den Deckel ab und zog eine dicke, vergilbte Pergamentrolle heraus. Er entrollte sie sorgfältig auf dem langen Tisch und winkte Corbett hinzu. Neugierig studierten die beiden Schreiber das Pergament. Es war zweigeteilt; die eine Seite enthielt Wappenzeichnungen. Corbett kannte ein paar: Percy de Bohun, Bigod, Mowbray. Auf der anderen Hälfte des breiten Pergaments sah man Wappen, in denen lange, schwarze Schnitte klafften.

»Was für welche sind das?« fragte Corbett.

»Das ist die Rolle von Kenilworth«, erläuterte Couville. »Simon de Montfort rebellierte im Jahr 1256. Wie du weißt, vernichtete Edward seine Streitkräfte 1264 in den Apfelgärten von Evesham. De Montfort wurde getötet, sein Leichnam in Stücke gehackt und den königlichen Hunden zum Fraß vorgeworfen. Einige seiner Gefährten starben mit ihm, andere flüchteten sich ins Ausland, aber die meisten suchten Zuflucht in Kenilworth Castle in Warwickshire. Nach langer Belagerung ergab sich die Burg, und de Montforts Aufstand war zu Ende.« Couville deutete auf das Pergament. »Auf der einen Seite stehen die Wappen derjenigen Adligen, die den König unterstützten. Die anderen hier, deren Wappenschild zerschnitten ist, das sind die führenden Anhänger de Montforts. Vielleicht finden wir hier unser Motto.«

Corbett zog sich zurück, und Couville brütete murmelnd über der Rolle von Kenilworth.

»Ah!« Couville blickte auf und strahlte zufrieden. »*Noli me tangere* gehört der Familie Deveril.«

»Was ist aus ihnen geworden?«

Wieder murmelte Couville vor sich hin und wanderte im Zimmer umher; er schlug in verschiedenen Rollen, Pergamenten und quartgroßen Journalen nach, die ein Verzeichnis königlicher Verfügungen und Proklamationen enthielten. Schließlich winkte er Corbett zu sich an den Tisch.

»Der Deveril, der mit de Montfort kämpfte, fiel bei Evesham.«

»Gab es Erben?«

Couville schüttelte den Kopf und deutete auf die Insignien der Deverils. »Der Schreiber, der hier zuständig war, hat eine Notiz hinzugefügt. Schau.«

Corbett blinzelte auf die verblichene blaugrüne Tinte. »*Nulli legitimi haeredes*.«

»Keine rechtmäßigen Nachkommen«, übersetzte Couville. »Demzufolge starb der letzte Deveril bei Evesham.«

Corbett schüttelte den Kopf und nahm das verschlissene Hundehalsband auf.

»Weshalb wurde das hier dann am Hals eines kleinen Schoßhundes im Wald bei Godstowe gefunden?«

»Das weiß ich nicht«, antwortete Couville. »Sei doch logisch, Hugh. Nur weil es dort gefunden wurde, braucht man doch nicht anzunehmen, daß es etwas mit den Verbrechen zu tun hat, die du dort untersuchst.«

»Das muß es doch!« flüsterte Corbett.

Couville legte ihm eine Hand auf die Schulter. »Hugh, Gott allein weiß, woher das Halsband kam. Nach de Montforts Niederlage wurden die Marktstände überschwemmt von der beschlagnahmten Habe der Rebellen.«

Corbett rieb sich müde das Gesicht mit beiden Händen.

»Aber was sagst du dazu, Nigel«, begann er. »Eine junge Frau und ihr männlicher Begleiter werden barbarisch ermordet auf einer Lichtung in einem Wald in Oxfordshire aufgefunden. Es gibt keinen Hinweis bei den Leichen, wer sie waren. Niemand meldete sich, um Anspruch auf die Toten zu erheben. Niemand macht eine Eingabe oder beginnt selbst, nach ihnen zu suchen. Sie wurden brutal ermordet, aber ihr Tod ruft nichts als Schweigen hervor.«

Couville zuckte die Achseln. »Geh hinaus in die Gassen von London, Hugh. Da wirst du die Leichen der Armen finden, aber niemanden, der einen Pfifferling dafür gäbe.«

»Ah!« erwiderte Corbett. »Aber diese hier waren wohlgenährte, verwöhnte Leute, an Luxus gewöhnt. Woher kamen sie?«

Couville grinste. »Sie müssen aus dem Ausland gekommen sein.«

Corbett starrte seinen alten Mentor an. Natürlich, dachte er, Pater Reynold hatte sie beide als olivhäutig geschildert. Sie waren also Ausländer?

»Wenn sie Ausländer waren«, sagte er langsam, »dann müssen sie eine königliche Erlaubnis zur Einreise nach England erhalten haben. Wäre ein solches Dokument schwer aufzuspüren?«

Couville nickte. »Natürlich. Hunderte reisen jeden Monat in England ein. Selbst wenn eine derartige Genehmigung erteilt wurde, kann es sein, daß ich davon keine Kopie erhalten habe.«

Corbett kratzte sich am Kopf und grinste betreten.

»Ich habe da etwas entdeckt«, sagte er zögernd, »aber es bringt doch kein Licht in die Sache.« Er hob seinen Mantel vom Boden auf, wo er ihn hingeworfen hatte. »Im Ernst – du weißt, daß ich Geheimnisträger des Königs bin. Ich gebe zu, daß du von den Briefen, die ich schreibe, und von den Berichten, die Spione mir schicken, keine Kopien erhältst.« Er schloß seinen Mantel. »Manchmal bin ich stolz, weil der König mir Gehör schenkt, aber unser königlicher Herr ist ein verschlagener, schlauer Mann. Er hat mir einmal gesagt, wenn seine rechte Hand wüßte, was seine linke tut, dann würde er sie abhacken.«

»Aber was ist deine Frage, Hugh?«

»Ich kenne alle Spione und Agenten des Königs, ob sie nun am Hofe von Kastilien arbeiten oder in den päpstlichen Gemächern in Rom. Aber gibt es da noch jemanden?«

Couville spreizte die Hände. »Du bist stolz, Hugh, und der Stolz kommt oft der Logik in die Quere. Du weißt, daß es noch mehr Männer gibt, die unmittelbar für den König arbeiten. Der Earl von Surrey ist einer davon. Es muß noch andere geben.«

»Nigel, du bekommst alle königlichen Kontobücher. Hast du je einen anderen Namen entdeckt?«

Couville machte in gespielter Verwunderung große Augen. »Einen zweiten Corbett? Selbstverständlich nicht!« Aber dann wurde sein Gesicht ernst. »Einen Namen habe ich gesehen. Es gingen Zahlungen an einen gewissen de Courcy.«

»Wer ist das?«

»Ich weiß es nicht. Ich habe nur gelegentliche Verweise gesehen, Gelder, die *pro secretis expensis in negotio regis* gezahlt wurden.«

»›Für geheime Ausgaben in Geschäften des Königs.‹«

Corbett empfand jähen Zorn über die Hinterhältigkeit seines königlichen Herrn. Er nahm die Hand seines alten Freundes. »Nigel, ich danke dir. Wirst du einmal nach Leighton kommen?«

Couville grinste. »Um Maeve zu sehen? Natürlich.«

Corbett stellte fest, daß Ranulf und Maltote vom Pastetenladen in die nächste Taverne hinübergewechselt waren. Beide hatten stundenlang munter getrunken und machten jetzt düstere Mienen, als ihr nüchterner Vorgesetzter ihnen barsch befahl, das Ale stehenzulassen und durch den strömenden Regen nach King's Steps zurückzukehren und sich erneut auf die unangenehme Fahrt über die Themse zu begeben. Als sie London Bridge erreichten, hatten die beiden jeden Tropfen, den sie getrunken hatten, wieder ausgespuckt und mußten für den Rest der Fahrt den rauhen Spott der Bootsleute über sich ergehen lassen.

Sie gingen an Land und stiegen in einer Schenke in der Nähe des Tower ab. Am nächsten Morgen machten sie sich auf die beschwerliche Reise entlang der alten Römerstraße, die von der Londoner Stadtmauer nach Oxfordshire führte. Ranulf protestierte stimmgewaltig. »Aus welchem Grund?« schrie er.

Maltote schaute weg; er wagte nicht, diesem strengen, aber gewichtigen Sekretär zu widersprechen.

»Der Grund, Ranulf«, erklärte Corbett leise, und sein Gesicht war nur eine Handbreit von dem seines Dieners entfernt, »der Grund ist der, daß ich herausfinden will, ob die Schankburschen und Herbergswirte sich an eine junge Frau und ihren männlichen Begleiter erinnern, die vor achtzehn Monaten hier vorbeigekommen sind. Und deshalb«, fügte er honigsüß hinzu, »werden wir in jeder Schenke und jeder Bierkneipe an der Straße haltmachen. Du wirst dort nichts als Wein mit Wasser trinken. Du wirst dich nicht besaufen, und du wirst mir bei dieser Sache helfen.«

»Aber ich hab's Euch doch schon gesagt«, rief Ranulf. »Der Wirt des ›Bull‹ in Godstowe hat einen jungen Mann und eine junge Frau sowie einen gutgekleideten Fremden gesehen. Was wollt Ihr denn noch?«

Corbett raffte seine Zügel zusammen. »Ranulf, es hängt jetzt alles davon ab. Ich suche nach einem Muster. Erstens: Sind diese beiden Fremden ganz unvermittelt in Oxfordshire aufgetaucht oder sind sie aus London gekommen? Und wenn, dann sind sie wahrscheinlich aus Übersee gekommen. Zweitens: Der junge Fremde, der zur gleichen Zeit durch Godstowe kam – war das Zufall, oder hatte er etwas mit den Mordopfern zu tun?«

Ranulf sah den ernsten Ausdruck im Gesicht seines Herrn. »Wenn das so ist, Master – je eher wir anfangen, desto eher sind wir fertig.«

Ranulfs Vorahnungen erwiesen sich als berechtigt: Die Reise war ein Alptraum. Es regnete unaufhörlich, bis sie das Gefühl hatten, durch Wasserfälle zu reiten; die alte Pflasterstraße verwandelte sich in einen Morast, durchsetzt von bisweilen gefährlichen Schlaglöchern, wo ein Mann bis an die Hüften im Wasser versinken konnte. Die meiste Zeit über führten sie ihre Pferde am Zügel, und so zogen sie von kleinen Bierschenken und behaglichen Gasthöfen zu großen, geräumigen Tavernen. Es machte keine Freude, und am ersten Abend nach ihrer Abreise aus London gingen sie so müde zu Bett, daß sie kaum noch miteinander sprechen konnten. Am nächsten Tag aber schürzte der Wirt einer strohgedeckten Schenke am Rande des Dorfes Stokenchurch auf Corbetts Fragen hin wichtigtuerisch die Lippen.

»O ja!« erklärte er. »Ich erinnere mich an die beiden.«

»Beschreibt sie.«

Der Mann verzog das Gesicht. »Das ist lange her, Master.«

Corbett hielt mit zwei Fingern eine Silbermünze hoch.

»Aber ich erinnere mich noch gut«, fuhr der Wirt hastig fort. »Gut gekleidet und genährt, das waren sie. Sie war hübsch, aber angezogen wie eine Nonne, und sie hatte einen Rosenkranz in der Hand. Ihr Begleiter« – der Wirt zuckte die Achseln – »war eigentlich nicht mehr als ein Junge. Ich hielt ihn für einen Pagen.«

»Sprachen sie Englisch?«

»O nein! Die edle Sprache war es – Französisch. Ich fragte sie, wohin sie wollten. Sie schüttelte nur den Kopf und lächelte, aber der Jüngling sagte, sie sei Gott geweiht. Ich konnte ihn kaum verstehen. Sie zahlten in Silber, und weiter ging's.«

Corbett verbarg seine Erregung. »Reiste irgend jemand mit ihnen?«

Der Wirt schüttelte den Kopf.

»Ist zur gleichen Zeit noch ein Fremder hier durchgekommen?«

»O ja«, antwortete der Gastwirt. »Ein junger, gut gekleideter Stutzer. Aber bewaffnet. Er trug Schwert und Dolch.«

»Habt Ihr sein Gesicht gesehen?«

»Nein. Er kam am frühen Morgen, um zu frühstücken, gerade als die junge Frau, von der ich sprach, aufbrechen wollte. Er trug Mantel und Kapuze. Ich fand das merkwürdig, denn das Wetter war gut.«

»Woher wißt Ihr denn dann, daß er gut gekleidet war?«

»Er hatte Ringe an den Fingern, und sein Wams war aus roter Atlasseide. Wie gesagt, er frühstückte und war eine knappe Stunde später wieder weg.«

Corbett stand auf und wandte sich zum Gehen.

»Die Frau«, sagte Ranulf da. »Hatte sie einen Schoßhund?«

Ein breites Grinsen entblößte die Stummelzähne in dem roten Gesicht. »Ja, den hatte sie – ein kläffendes kleines Ding, das sie in ihren Mantel gehüllt hatte. Sie fütterte es mit kleinen Häppchen, Brotbrocken, in Milch getränkt. Ich erinnere mich gut daran. Es winselte, während sie hier waren, unaufhörlich.«

Corbett war entzückt über das, was er erfahren hatte; sie verließen die Schenke und setzten ihre Reise fort, bis sie zu den Außenbezirken von Oxford kamen. Zumeist riefen seine Fragen nur verständnislose Blicke, gemurmelte Flüche und Kopfschütteln hervor. Aber in zwei anderen Gasthäusern bekam er die gleiche Auskunft wie in Stokenchurch: eine junge Frau und ein männlicher Begleiter, beide olivhäutig, still und mit mangelhaften Englischkenntnissen. Der Junge, anscheinend ein Page, hatte das Sprechen übernommen. Die Frau hatte fromm und verschlossen gewirkt, ja einer der Wirte beschrieb sie tatsächlich als Nonne. Und was noch ominöser war: Der gutgekleidete jungen Fremde war immer dann in den Gasthäusern erschienen, wenn die geheimnisvolle Frau und ihr Page gerade aufbrachen.

Endlich kam Corbett, zu seiner eigenen Genugtuung und zu Ranulfs Freude, zu dem Schluß, daß sie erfahren hatten, was sie wollten, und sie kehrten um und ritten nach Süden.

Durchnäßt und sattelwund kamen sie in Leighton Manor an. Ranulf und Maltote verschwanden wie der

Blitz, und Corbett bekam einen von Maeves Vorträgen über die Notwendigkeit des Ausruhens zu hören, und wie gefährlich es sei, in Geschäften des Königs bei einem Wetter durch die Gegend zu galoppieren, das dem schlimmsten Sünder nicht zu wünschen wäre. Corbett hörte ihr bis zum Ende zu, hin und her gerissen zwischen seinem Verlangen nach Schlaf und seiner Aufregung über das, was er herausgefunden hatte.

Am Abend, als es im Landhaus still geworden war, erhob sich Corbett, nahm sein Pergament heraus und begann von neuem, sein Puzzle zusammenzufügen. Er hatte die Ereignisse in Godstowe einigermaßen geordnet. Jetzt konzentrierte er sich auf die geheimnisvollen Morde im Wald. Er nahm an, daß die Frau irgend etwas mit der verfemten Familie Deveril zu tun gehabt haben müsse; das Motto auf dem Hundehalsband ließ sich nicht als Zufall abtun. Ausländerin war sie überdies gewesen. Der Rolle von Kenilworth zufolge gab es keine rechtmäßigen Nachkommen der Familie Deveril. Gehörte sie folglich einer Linie von Bastarden an? Die Deverils waren immer noch geächtet; wieso also hatte man sie dann nach England einreisen und – zweifellos – nach Godstowe reiten lassen, einen sicherheitsempfindlichen Ort, an dem die ehemalige königliche Geliebte in Gewahrsam gehalten wurde? Wer war der junge Page gewesen und wer der mysteriöse junge Stutzer, der ihnen gefolgt war? Und was war in dem Wald bei Godstowe passiert? Wer hatte wen ermordet? Es war eine logische Schlußfolgerung, daß der junge Stutzer der Mörder war, aber auch der Page konnte es gewesen sein oder ein ganz Fremder. Und war die geheimnisvolle Frau wirklich das Mordopfer, oder war die Tote jemand anderes? Sie war anscheinend nach Godstowe unterwegs gewesen und folglich erwartet worden. Also mußte sie auch angekommen sein ...

Angewidert warf Corbett den Federkiel hin. In dem Damenstift gab es verschiedene Nationalitäten, und alle Nonnen, selbst Lady Amelia und Dame Agatha, sprachen in der französisch geprägten Weise, wie sie bei Hofe in Mode war. Dieser junge Stutzer ... vielleicht war es der Prinz gewesen, oder Gaveston?

Corbett nahm sich seine Notizen über Lady Eleanors Tod noch einmal vor und betrachtete sie von allen Seiten. Es war schon lange hell, als er zu der unausweichlichen Schlußfolgerung gelangte: Er war bereit, dem Mörder gegenüberzutreten. Nur ein letztes Stück in seinem Puzzle fehlte noch. Er weckte Maltote, ohne sich um dessen Proteste zu kümmern, und befahl ihm, so schnell wie möglich zum königlichen Feldlager bei Bedford zu reiten. Corbett vertraute ihm einen kurzen Brief an, in dem er den König um einfache Antworten auf Fragen bat, die er für ebenso einfach hielt. Dennoch, unbehaglich war dem Sekretär immer noch: Seine Theorie war wohlbegründet, aber es gab wenig Beweise, und er fragte sich, ob die Antwort des Königs rechtzeitig eintreffen würde, um einen weiteren Mord im Kloster Godstowe zu verhindern.

DREIZEHN

Als Maltote weg war, wanderte Corbett in den Zimmern und Korridoren seines Herrenhauses umher und wurde Maeve und seinem ganzen Haushalt zur Plage. Nachts konnte er kaum schlafen, denn er fürchtete, daß jede Verzögerung zu weiteren Tragödien in Godstowe führen könnte. Sollte er vielleicht hinreiten, sich das schnellste Pferd aus dem Stall holen und nach Oxfordshire galoppieren? Aber diesen Einfall wischte er als Unfug beiseite. Er würde gegen einen unbekannten, verborgenen Gegner anrennen. Maeve versuchte, ihn zu beruhigen, aber Corbetts Unbehagen verging nicht.

Am frühen Morgen des dritten Tages nach seiner Rückkehr wurden seine schlimmsten Befürchtungen wahr. Ein junger Knecht, von Kopf bis Fuß mit Schlamm bespritzt, erschien auf einem erschöpften, ausgepumpten Pferd in Leighton Manor und fiel fast aus dem Sattel. Keuchend stieß er seine Neuigkeiten hervor, als Corbett, der aus seiner Kammer heruntergeeilt war, ihm aus dem Sattel half.

»Die Priorin«, brachte er heraus, »sie läßt grüßen und bittet Euch dringend, zu kommen.«

»Wer ist tot?« Corbett packte den Unglücksboten beim Wams und zwang ihn, aufrecht zu stehen und ihn anzuschauen. »Wer ist ermordet?«

Der Mann fuhr sich mit der Zunge über die schlammverkrusteten Lippen, und die Augen wollten ihm vor Müdigkeit zufallen. Corbett schüttelte ihn rauh.

»Der Name!« fauchte er.

»Hugh! Hugh!« Maeve, in einen Mantel gehüllt, warf

sich zwischen sie und schaute ihren Mann erbost an. »Der Ärmste ist halb tot vor Erschöpfung, Hugh!«

Corbett ließ den Boten los, murmelte eine Entschuldigung und erlaubte Maeve und zwei Dienern, den Burschen durch den Hausflur in die Küche zu schleppen. Maeve befahl, ihm das von der Reise verdreckte Wams und die Beinkleider auszuziehen, und drückte ihm einen Becher mit verdünntem Wein an die Lippen, während Corbett ungeduldig auf und ab ging.

»Master Corbett!« ächzte der Bursche schließlich heiser. »Die Priorin will Euch sofort sprechen. Dame Frances ist tot.«

»Wie ist es passiert?«

»Im Novizenhaus hat es gebrannt. Sie war sofort tot. Die übrigen Nonnen konnten entkommen.«

Corbett kniete neben dem Mann nieder. »Und wer ist der Mörder?«

Der Mann blinzelte mit den rotgeränderten Augen. »Mörder?« murmelte er. »Es war kein Mord, Master Corbett, es war ein Unfall.«

Corbett schnaubte ungläubig. »Gibt es noch weitere Nachrichten?«

»Das ist alles«, flüsterte der Bote. »Nur, daß Ihr Euch beeilen müßt.« Und kraftlos fiel sein Kopf nach hinten auf den hohen Stuhl, und er schlief ein.

Corbett hätte sofort seine Satteltaschen gepackt und wäre losgeritten, aber Maeve bestand darauf, daß er abwartete, bis der stürmische Regen nachließ. Sie setzte sich durch, und Corbett verschwand in seiner Kammer, starrte dort aus dem Fenster und betrachtete finster die blauschwarzen Wolken, die sich über dem Forst von Epping zusammenbrauten.

Am Ende war er doch froh, gewartet zu haben. Am späten Abend kehrte Maltote zurück. Wieder schritt

Maeve ein. Sie spürte, in welcher Stimmung Corbett war, und bestand darauf, daß Maltote zunächst seine durchnäßten Kleider ausziehen und etwas essen müsse, ehe ihr Mann damit anfinge, ihn zu verhören, als wäre er der Foltermeister des Königs im Tower. Nachdem Maltote sich ausgeruht hatte, trafen Corbett und Ranulf sich mit ihm in der Halle. Sie setzten sich vor ein großes Holzfeuer, und die flackernden Flammen warfen lange Schatten bis an die hintere Wand.

Maltote war erschöpft, und er hatte ein wenig Mühe, sich an geringfügige Einzelheiten zu erinnern, aber schließlich hatte er doch einen vollständigen Bericht abgegeben. Corbett ignorierte Ranulfs Flehen und Vorhaltungen und befahl den beiden, sich in dieser Nacht noch einmal gründlich auszuschlafen, um auf den kommenden Tag gut vorbereitet zu sein. Mochte auch der Teufel selbst auf dem Wind reiten, der da draußen heulte und schluchzte: Sie würden sich auf den Weg nach Godstowe machen.

Corbett kehrte in seine Kammer zurück. Maeve saß über einen Tisch gebeugt und nutzte den Lichtschein eines großen Kerzenleuchters, um wütend mit der Nadel auf eine Stickerei einzustechen, an der sie schon seit Jahren arbeitete. Der Sekretär holte tief Luft und unterdrückte ein Lächeln. Maeve haßte und verabscheute alle Handarbeit. Wann immer sie daher Nadel und Faden in der Hand hielt, erkannte Corbett dies als schlechtes Zeichen. Diesmal war es nicht anders. Mit roten Zornesflecken hoch auf den Wangen, hielt sie ihm einen energischen Vortrag über die Regeln der Gastfreundschaft und feinen Lebensart, und wie ein guter Seemann im Sturm beschloß Corbett, vor dem Wind zu laufen. Das Ganze wurde nicht besser dadurch, daß Maeve sich mehrmals in den Finger stach, aber schließlich hatte sie doch gesagt, was sie sagen wollte. Ein letzter Stich in die Handarbeit, und sie warf sie auf den Tisch, mit einem gemurmelten Fluch, den jeder Soldat des Königs bewundert hätte.

Sie stand auf und setzte sich auf die Bettkante. »Du hast deine Neuigkeit also erfahren? Diese Nonne, die gestorben ist – Schwester ...«

»Frances«, sagte Corbett.

»Du hast mit ihrem Tod gerechnet, nicht wahr?«

Corbett nickte. »Ich wußte, daß jemand sterben würde.«

»Machst du dir Vorwürfe, Hugh?«

»Ja und nein«, antwortete er in gleichmütigem Ton. »Der Mord geht um in Godstowe, und morgen werde ich ihm entgegentreten.«

»Und Maltotes Auftrag?«

»Er hat mir den Beweis gebracht, der meinen Verdacht bestätigt, aber ich weiß noch nicht, was ich unternehmen soll. Es fehlen noch ein paar Mosaiksteinchen.« Er sah Maeve an und grinste. »Wenn du deine Stickerei noch nicht fertig hast«, fügte er in gespieltem Ernst hinzu, »dann kannst du ruhig daran weiterarbeiten. Es gibt noch ein paar Dinge ...«

Maeve grub die Fingernägel tief in seine Wade. »Ich habe genug von der Handarbeit«, zischte sie. »Hugh, dann wirst du also morgen wieder fortreiten?«

»Ja, gleich bei Tagesanbruch.«

Sie ließ den Kopf an seine Schulter sinken. »Sei vorsichtig«, sagte sie leise. »Ich habe Angst um dich.«

Corbett umarmte sie und versuchte, sich sein eigenes tiefes Unbehagen nicht anmerken zu lassen.

Corbett und seine Begleiter kamen am späten Abend des folgenden Tages in Godstowe an. Nach dem üblichen Wortwechsel ließ der betrunkene Pförtner sie hinein. Corbett blieb drinnen am Tor stehen und verlangte, daß der Bursche Lady Amelia herbeiholte.

Die Priorin schien gealtert zu sein, seit Corbett sie das letzte Mal gesehen hatte. Selbst im trüben Schein der flackernden Fackeln sah Corbett, wie blaß und ausgemergelt sie war. Ihre Augen waren rotgerändert und von tiefen dunklen Schatten umringt.

»Master Corbett!« Sie ergriff seine beiden Hände; die ihren fühlten sich kalt und feucht an. »Wie war Eure Reise?«

»Beschwerlich«, antwortete er. »Ich bin durchgefroren, naß« – er schaute auf seine Stiefel hinunter – »und schlammverkrustet. Der Regen hat alles in Morast verwandelt.«

»Kommt mit.«

Corbett schüttelte den Kopf. »Ich würde lieber ins Gästehaus gehen, Mylady. Je weniger Leute wissen, daß ich da bin, desto besser.«

Die Priorin starrte ihn an, als wäre sie in Gedanken; dann schüttelte sie sich und nickte. Der Pförtner kümmerte sich um ihre Pferde, und Lady Amelia ging wie ein Geist vor ihnen her zum Gästehaus. Dame Agatha erwartete sie dort; das schöne Gesicht war blaß, der Blick besorgt. Gleichwohl begrüßte sie Corbett mit Freude.

»Hugh!« flüsterte sie und nahm seinen Arm. »Endlich seid Ihr wieder da!«

Er lächelte und berührte sanft ihre Schulter. »Dame Agatha, ich muß ein paar Worte mit Lady Amelia allein sprechen.« Er sah sich nach seinen beiden Begleitern um. »Und Ranulf und Maltote brauchen etwas zu essen.« Er grinste. »Wenn sie nichts bekommen, werden sie sich gegenseitig auffressen: Das schwöre ich Euch.«

Er schaute der jungen Nonne nach, die seine beiden Gefährten davonführte, und ließ sich von Lady Amelia in die kleine Kammer führen; eigentlich war es nicht mehr als eine Zelle mit einem Tisch, einem Schemel und einem Strohsack. Die Priorin sank müde auf den Schemel, und Corbett ließ sich ausführlich berichten, wie Dame Frances gestorben war. Er hörte ihr schweigend zu, stellte ein paar Fragen und trat dann zu ihr heran.

»Lady Amelia?«

Die Priorin saß mit verschränkten Armen da und starrte zu Boden. Corbett hockte sich neben ihr nieder.

»Lady Amelia, in Eurer Kapitelsitzung morgen nach der Messe müßt Ihr Euren Schwestern sagen, daß ich noch vor der Vesper mit ihnen sprechen und ihnen erklären werde, was geschehen ist.« Er faßte sie sanft unters Kinn und hob ihr Gesicht. »Mylady, das müßt Ihr tun.«

»Ja, natürlich«, murmelte sie, und ihr einst so stolzes Gesicht war eingefallen vor Erschöpfung und Sorge. Sie lächelte Corbett müde an, und wie eine Schlafwandlerin stand sie auf und ging hinaus.

Corbett setzte sich auf das Strohlager, ließ sich zurücksinken und fiel, obgleich er es nicht vorhatte, in einen tiefen, traumlosen Schlaf. Am nächsten Morgen wurde er in aller Frühe von den gellenden Klosterglocken geweckt. Er fror, und von dem harten Ritt des vergangenen Tages taten ihm Arme und Beine weh. Er weckte Ranulf und Maltote, auch wenn die beiden murrten. Dann putzte er seine Stiefel, wusch sich, zog ein frisches Hemd an und verschlang gierig das Brot und den Käse, den eine alte Laienschwester auf einem Teller heraufgebracht hatte. Dann gab er Ranulf und Maltote sorgfältige Anweisungen: Er würde das ausgebrannte Novizenhaus inspizieren. Nach einer Weile sollten sie ihm folgen, bewaffnet mit Dolch und Schwert.

»Ranulf, und du bringst eine Armbrust mit. Seht zu, daß niemand euch bemerkt. Versteckt euch. Aber wenn ihr jemanden seht, bedroht ihn. Ihr sollt zweimal schießen – einmal als Warnung, aber beim zweiten Mal sorgt dafür, daß ihr ihn tödlich trefft, wer immer es auch sei.«

Corbett wiederholte seine Anweisungen, und dann warf er sich den Mantel um die Schultern und ging die Treppe hinunter. Ein dichter Nebel war vom Meer herangezogen und verhüllte den größten Teil der Klostergebäude. Corbett dachte an die Herbstsonne, die bei seinem letzten Besuch geschienen hatte, und er staunte über den schnellen Wetterumschwung. Immerhin, der Nebel war hilfreich. Er sah schattenhafte Gestalten vorbeihuschen; ihre Gesichter und ihre Schritte waren vom Nebel gedämpft. Bald hatte er die geschwärzten Balken des Novizenhauses erreicht. Corbett erinnerte sich unbestimmt, daß es ein hübsches, zweistöckiges Gebäude gewesen war; das Feuer hatte das sonnengetrocknete Holzwerk erfaßt und in schwarze Verwüstung verwandelt. Behutsam tastete er sich in der rußigen Asche dessen umher, was einmal die Küche gewesen war. Hier war die Feuersbrunst ausgebrochen und hatte Dame Frances getötet, während die übrigen Nonnen, irgendwie rechtzeitig gewarnt, aus dem Fenster gesprungen waren oder sich über eine Außentreppe gerettet hatten.

Corbett konnte sich die Szene vorstellen. Das rasende Feuer leckte gierig an Balken und Streben hinauf, derweil die Schwestern sich in Sicherheit flüchteten und ihr heiter gelassenes Leben in tosenden Flammen zerstob. An der hinteren Wand sah man die Überreste des Herdes. Die Ziegelsteine waren so stark verbrannt, daß sie zu schwarzem Pulver zerbröselt waren. Corbett blieb vor dem Herd stehen und schaute sich um. Er hockte sich nieder und grub mit den Fingern im erkalteten Kohlenstaub, hob ein wenig davon auf und schnupperte daran. Er entdeckte die verzogenen, zerschmolzenen Überreste eines Wassereimers aus Metall. Eine der Schwestern hatte Dame Frances schreien gehört; sie war eilig heruntergekommen, hatte die Küchentür aufgerissen und ihre Kameradin erblickt, eine menschliche Fackel mit einem eisernen Wassereimer zu Füßen.

»Die arme Frau«, hatte Lady Amelia ihm erzählt, »konnte nichts tun, um Dame Frances zu retten: Eine Feuerwand verzehrte sie. Die Schwester sah noch den Eimer zu Dame Frances' Füßen liegen; dann schlug sie die Tür zu und rannte los, um Alarm zu geben und Hilfe zu rufen. Gott sei Dank«, hatte Lady Amelia noch gemurmelt, »denn sonst wären noch andere ums Leben gekommen.«

Corbett untersuchte die geschwärzten Überreste des Wassereimers. Undeutlich ahnte er bereits, wie Dame Frances ermordet worden war; er roch aufmerksam an dem Eimer und witterte den fauligen Gestank von verbranntem Tierfett. Er warf das Ding weg, klopfte sich die Hände ab und verließ die geschwärzte Ruine.

Durch den Dunst sah er die verschwommenen Umrisse der Klosterkirche; er ging außen herum zu dem hohlen Eichenstamm, wo Lady Eleanor immer ihre geheimnisvollen Botschaften abgeholt hatte. Dort lehnte er sich an und schaute zur Klostermauer hinüber, und es schauderte ihn, als er daran dachte, wie Gavestons Hunde ihn beinahe in Stücke gerissen hätten. Er hörte ein Geräusch hinter sich. Zweige knackten, als jemand über das dicke, nasse Laub herankam.

»Ich habe mich schon gefragt, wann Ihr kommen würdet«, sagte er, ohne sich erst umzudrehen. »Denn *daß* Ihr nach der Ankündigung der Priorin kommen würdet, wußte ich. So ist es immer mit Meuchelmördern; sie hassen das Tageslicht.«

Er drehte sich rasch um und starrte die verhüllte Schattengestalt an. »Laßt Euch warnen«, sagte er leise. »Mein Diener ist irgendwo hier im Nebel. Er hat eine Armbrust und einen Befehl. Solltet Ihr also ein Messer in der Hand haben, steckt es wieder in die Scheide.«

Die Gestalt näherte sich weiter, und eine weiße Hand hob sich und schob Kapuze und Haube zurück. Dame Agatha schüttelte ihr leuchtend blondes Haar zurück. Corbett hatte noch selten soviel Schönheit gesehen. Massen von silberblondem Haar umrahmten ein makellos geformtes Gesicht; nur die Lippen waren schmaler, und die Augen über den hohen Wangenknochen blickten kalt und ohne ein Lächeln.

»Ich wußte, daß Ihr es wart«, sagte Corbett. »Ihr mußtet es sein. Ihr habt Lady Eleanor ermordet; dann habt Ihr die Alte umgebracht, Dame Martha, und schließlich auch Dame Frances. Aber wer seid Ihr?«

»Mein wirklicher Name ist Agatha de Courcy. Ich habe also nur zur Hälfte gelogen!« Sie lachte, aber ihre Augen blickten ihn weiter unverwandt an.

»Und was ist aus der echten Nonne geworden, die aus der Gascogne kam?«

»Ach, kommt, Master Corbett, seid nicht so schüchtern! Laßt doch hören, wie weit Ihr die Wahrheit wirklich kennt.«

Corbett schob die Hand unter seinen Mantel und berührte den Griff des Dolches, den er dort verborgen hatte. Die junge Frau kam näher, und er sah, daß ihre Hände unter ihrem Umhang versteckt waren. Er atmete tief durch und betete, daß Ranulf tatsächlich irgendwo stand und dieses kleine Drama mitansah.

»Nun, mal sehen.« Er lehnte sich gegen die alte Eiche. »Vor achtzehn Monaten verließ Mistreß Deveril, allerdings unter einem anderen Namen, die Gascogne und landete in Dover. Sie war eine Waise von edler Abkunft, aber ohne unmittelbare Verwandtschaft. Ein junger Page begleitete sie nach England – sein Name braucht uns nicht zu interessieren. Mistreß Deveril kam um London herum auf der alten Römerstraße, die nach Oxford, Woodstock und dann nach Godstowe führt. Ihr wußtet von ihrer Ankunft und seid ihr unauffällig gefolgt. Dann habt Ihr Euch den beiden angeschlossen, vermutlich, nachdem sie das Dorf Godstowe hinter sich gelassen hatten. Ihr habt Euch mit ihnen bekannt gemacht, und Euer Angebot, sie zu begleiten, wurde dankbar angenommen. Vermutlich wart Ihr dabei als freundlicher junger Mann verkleidet, ein heiterer Gefährte für die Gascogner nach einer sicherlich langen und beschwerlichen Reise. Ihr wart sehr schlau, Agatha, und Eure Verkleidung war perfekt. Nur der Wirt hat Euch gesehen, und wie ein paar andere erwähnte er einen jungen Edelmann, der etwa um die gleiche Zeit durchs Dorf kam. Aber natürlich kann er uns nun nicht mehr weiterhelfen, denn Gavestons Hunde haben ihn zerfleischt. Ich habe recht, nicht wahr?«

Die junge Frau schürzte die Lippen, und ihr kurzes, liebreizendes Lächeln erinnerte Corbett an die fromme, schöne Nonne, die er einmal gekannt hatte.

»Woher sollte ich das denn wissen?« fragte sie. »Wer in Dover landet und die Straße nach Oxford nimmt?«

»Oh, das werde ich beizeiten noch beantworten. Aber was den Rest angeht …? Nun, Ihr konntet die junge Dame überreden, die Straße nach Godstowe zu verlassen und mit Euch zu einer Stelle zu kommen, die Ihr vorher ausgesucht hattet. Vielleicht zur Mittagsrast, und um einen Schluck Wein zu trinken. Vermutlich dösten sie und ihr Page ein wenig. Ja« – Corbett trat von einem Fuß auf den anderen und schaute in den Nebel hinter der Nonne –, »mag sein, daß sie tiefer schliefen, als sie vorgehabt hatten. Wahrscheinlich war ein Mittel in dem Wein, den Ihr ihnen angeboten habt. Als sie erst schliefen, waren sie leichte Beute. Ihr habt ihnen die Kehle durchgeschnitten, und dann habt Ihr die Leichen entkleidet, Euch umgezogen und Deverils Namen und ihre Empfehlungsschreiben übernommen. Ihr habt nur einen Fehler begangen: Der kleine Schoßhund, den Mistreß Deveril bei sich hatte, wurde entweder übersehen oder konnte weglaufen. Die Habe der Frau habt Ihr behalten. Alles andere, einschließlich Eurer eigenen Kleider, liegt jetzt auf dem Grund eines tiefen, übelriechenden Sumpfes. Und die Pferde?« Corbett zuckte die Achseln. »Eins habt Ihr natürlich behalten, und ein Saumtier dazu. Die anderen beiden habt Ihr laufenlassen. Ein hübsches Geschenk für irgendeinen Bauern, der sicher den Mund halten würde. Dann kamt Ihr nach Godstowe, ausgerüstet mit Briefen, die Euch als Mistreß Deveril auswiesen. Ihr legt die Gelübde ab, Ihr seid liebenswürdig, Ihr schmeichelt Euch bei Lady Amelia und bei Lady Eleanor ein. Und wer würde Euch verdächtigen?«

Agatha de Courcy nickte. »Sehr gut!« sagte sie leise. »Wirklich sehr gut!«

»Die einzige, die einen Schimmer der Wahrheit erhaschte, war die arme Dame Frances. Wißt Ihr, ich habe das Halsband des Hundes gefunden, und es trug noch das Familienmotto *Noli me tangere*. Dame Frances erinnerte sich natürlich daran. Sie muß es irgendwo an den Sachen der Ermordeten gesehen haben, als Ihr ins Kloster gekommen wart, aber sie konnte es wahrscheinlich nicht sofort unterbringen. Und wem erzählte sie es? Niemand anderem als der stets geduldigen, aufmerksamen Dame Agatha – und so mußte auch Dame Frances sterben. Eine gesetzte Nonne, mit festen Gewohnheiten und Bräuchen; Ihr dürftet Euch von Euren paar Wochen im Noviziat her gut erinnern, wie sorgfältig Dame Frances das Feuer mit Wasser zu löschen pflegte. Sie bestand immer darauf, es selbst zu tun, und das machte Euch die Sache leicht. An dem Abend, als sie starb, war in dem Eimer kein Wasser, sondern Öl.« Insgeheim bewunderte Corbett, wie kühl und gefaßt seine Gegenspielerin blieb. »Das Feuer explodierte, schoß über den Herd, erfaßte die Tropfen auf dem Fußboden, und binnen eines Augenblicks war Dame Frances eine lodernde Fackel, und Euer Geheimnis war gerettet.«

Agatha legte die Hände zusammen und hob die Finger an den Mund wie eine Lehrerin, die einen besonders gewitzten Schüler neckt. »Master Corbett, nun habt Ihr mir gesagt, wie ich diese Frau angeblich ermordet habe, aber Ihr habt mir nicht gesagt, warum.«

»Keine Spielchen!« fuhr Corbett sie an. »Ihr wißt, warum! De Montfort hat sich gegen den König erhoben, und ein Deveril war sein General. Den Akten zufolge, starb die Familie Deveril nach de Montforts Niederlage aus; die Frau stammte also wahrscheinlich aus einer illegitimen Nebenlinie, die in die Gascogne geflohen war, und dort war sie im Haß gegen Edward von England aufgezogen worden.«

»Und der König würde einer Deveril erlauben, ins Land zu kommen?«

»Nur, wenn sie ihren Namen änderte. Wie gesagt, ich vermute, daß sie eine Waise war und Lady Amelia unter falschen Namen einen Brief schrieb, in dem sie um Aufnahme in den Orden der Nonnen von Syon bat und die Zahlung der üblichen Mitgiftgebühr zusagte. Als ihre Bitte gewährt wurde, beantragte sie die Einreiseerlaubnis nach England.« Corbett schaute sie an. »Kommt schon – welchen Namen hat sie benutzt?«

Agatha erwiderte kühl seinen Blick.

»Versuchen wir es anders«, sagte Corbett. »Wie nannte man Euch, als Ihr ins Kloster Godstowe kamt?«

Agatha kicherte, als hätte Corbett ihr ein Rätsel aufgegeben. »Ich nahm den Ordensnamen Agatha an, der in Wirklichkeit mein eigener war; wenn Ihr die Priorin fragt, wird sie Euch sagen, daß ich als Marie Savigny in diese Mauern kam.«

Corbett seufzte. »Es war also Marie Savigny, die Ihr im Wald bei Godstowe ermordet habt?«

Agatha nagte an der Unterlippe. »Angenommen, Ihr hättet recht, Corbett. Woher sollte ich wissen, daß diese Marie Savigny insgeheim zur Familie de Montfort gehörte und nach England kommen wollte, um Unheil zu stiften, vielleicht sogar, um einen Mord zu begehen? Und woher sollte ich erfahren, wann sie kommen und welchen Weg sie nehmen würde?«

»Das wißt Ihr ganz genau! Der König selbst hat es Euch gesagt. Ihr mordet in *seinem* Auftrag!«

»Wenn die Deveril ihren Namen geändert hatte, weshalb schleppte sie dann ihr Familienmotto mit sich herum?«

Corbett zuckte die Achseln. »Kaum jemand hätte es als das Motto einer Adelsfamilie erkannt, die vor ungefähr vierzig Jahren in Ungnade gefallen ist. Wieviel Nonnen in Godstowe, von den Baronen bei Hofe einmal gar nicht zu reden, würden das Motto der Deverils erkennen?«

»Aber diese Marie hätte fließend Französisch gesprochen.«

»Das könnt Ihr auch«, erwiderte Corbett. »Genau wie manche andere an diesem unseligen Ort.«

Agatha trat näher und bedeckte den Kopf wieder mit ihrer Kapuze, denn der Regen tropfte von den überhängenden Ästen der Eiche.

»Ach, Hugh«, flüsterte sie, »der König hatte recht. Ihr mögt eigensinnig und heikel sein, aber Ihr habt einen logischen Verstand.«

»Vielleicht auch nicht«, entgegnete Corbett schnippisch. »Marie Savigny oder Deveril wurde im Wald von Godstowe ermordet, und zur gleichen Zeit seid Ihr im Kloster erschienen. Vielleicht hätte ich aus diesem Zusammentreffen sofort meine Schlüsse ziehen sollen. Aber natürlich wurde Marie Savigny erwartet. Sie kam, und in Godstowe rechnete man mit niemandem sonst.« Corbett versank in Schweigen.

»Ach, kommt, Hugh«, sagte sie leise. »Macht Euch keine Vorwürfe. Die Frau war Ausländerin und reiste unter falschem Namen; es gab keinen Hinweis darauf, wer sie wirklich war. Wer käme auf den Verdacht, daß eine fromme Nonne wie ich einer solchen Tat schuldig sein könnte?« Sie warf den Kopf in den Nacken. »Und wenn – wen würde es kümmern? Marie plante Hochverrat, ich aber genieße den Schutz des Königs.« Sie lächelte. »Ich hatte nicht vor, so lange zu bleiben, daß es für mich bedrohlich werden könnte. Es gibt also kein wirkliches Geheimnis.«

Corbett hob die Hand und berührte die abgestorbene Eiche hinter sich. »Ihr habt recht. Aber da erst beginnt das eigentliche Geheimnis. Ihr seid hergekommen, um Lady Eleanor im Auge zu behalten und dafür zu sorgen, daß sie keine Dummheiten machte – keinen Fluchtversuch unternahm oder für einen Skandal am englischen Hofe sorgte. Wie erschrocken müßt Ihr gewesen sein, als Ihr entdecktet, daß sie Geheimbotschaften von einem mysteriösen Berater erhielt, der versprach, ihr die Flucht aus Godstowe zu ermöglichen! An dem Sonntag, als sie starb, wich Lady Eleanor unvermittelt von ihrer Gewohnheit ab und weigerte sich, zur Komplet zu gehen. Und jemand, der so wachsam war wie Ihr, muß die heimlichen Vorbereitungen bemerkt haben, die sie getroffen hatte.« Corbetts Hand wanderte von neuem unter den Mantel und zu seinem Dolch. »Ihr gingt also durch den Korridor zu ihrem Zimmer. Die Tür war abgeschlossen, aber der Dame Agatha, die immer so treu um ihr Glück besorgt war, konnte Lady Eleanor ja vertrauen. Sie ließ Euch also herein, und der Rest ...« Corbett schaute zum Himmel und sah, daß die Herbstsonne allmählich durch den Nebel drang. »Zweifellos seid Ihr eine Berufsmörderin, und wie eine solche habt Ihr Lady Eleanor das Genick gebrochen. Ganz einfach für einen erfahrenen Mörder, wie ich höre. Eine Frage des Fingerspitzengefühls: Man muß wissen, wohin man greift, und schnell drehen.«

Die Hände der Frau kamen plötzlich unter dem Mantel hervor. Corbett straffte sich, aber Agatha strich sich nur eine blonde Locke aus der Stirn. Sie legte den Kopf zur Seite und schaute Corbett an, und ein leises Lächeln spielte auf ihren Lippen, als erzählte er ihr einen lustigen Schwank oder eine unterhaltsame Geschichte.

»Ihr seid gerissen, Schreiber«, antwortete sie in gespielter Unschuld. »Das seid Ihr wirklich. Aber Ihr vergeßt, ich war in der Sakristei und habe die Komplet vorbereitet.«

»Oh, da wart Ihr bestimmt«, versetzte Corbett schroff.

»Und vergeßt nicht«, fügte sie verschmitzt hinzu, »die Damen Martha und Elizabeth konnten sich erinnern, daß sie gesehen hatten, wie Lady Eleanor vor der Komplet an ihrem Fenster vorbeiging.« Agathas Augen rundeten sich erstaunt. »Also – wie kann eine Frau tot sein und zur selben Zeit umhergehen, winken und reden?«

»Sie haben *jemanden* gesehen. Sie glaubten, es sei Lady Eleanor, in Mantel und Kapuze, aber natürlich wart Ihr es. Als Ihr die Frau umgebracht hattet, nahmt Ihr einen ihrer Mäntel und streiftet ihr den Ring vom Finger. Entsprechend verkleidet, gingt Ihr die Treppe hinunter und auf die Klosterkirche zu. In der Tat sah Dame Martha Euch, wie Ihr es vermutlich gehofft hattet, und sie rief Euch an. Ihr drehtet Euch um, rieft irgend etwas zurück und winktet. Die Damen Elizabeth und Martha waren beide schwerhörig; es würde also kein Aufsehen erregen, egal, was Ihr sagtet oder wie Ihr es sagtet. Alt und kurzsichtig, wie sie waren, konnten sie Euch auch nicht von Lady Eleanor unterscheiden; schließlich bestand zwischen Euch und der Toten eine flüchtige Ähnlichkeit: Ihr wart beide jung und blond, und Ihr trugt ja ihren Mantel und ihren Ring.« Corbett lächelte. »Bedenkt, die Menschen sehen das, was sie glauben, zu sehen.«

»Aber was wäre geschehen, wenn mir jemand begegnet wäre?«

»Wer hätte denn gewagt, die hochfahrende Lady Eleanor anzusprechen? Die Priorin war in der Kirche, die anderen Nonnen bereiteten sich auf die Komplet vor, und der Weg war nicht weit. Als Ihr die Sakristeitür an der Rückseite der Kirche erreicht hattet, habt Ihr Mantel und Ring abgelegt und versteckt, und dann habt Ihr als Dame Agatha, die pflichtbewußte Nonne, die Sakristei betreten. So habt Ihr dafür gesorgt, daß Ihr – zumindest in den Augen der anderen, die nicht haargenau auf die Zeit achteten – in der Kirche wart, als Lady Eleanor noch lebte. Aber natürlich habt Ihr einen anderen Fehler begangen, nicht wahr? Ihr hattet gehofft, daß Dame Martha wie alle anderen sah, was sie sehen sollte: Eine Frau, die Lady Eleanors Mantel und Lady Eleanors Ring trug, mußte auch Lady Eleanor *sein.* Aber die alte Nonne war nicht auf den Kopf gefallen. Als Ihr winktet, blitzte der große Saphir im Sonnenschein. Kurzsichtig, wie sie waren, sahen sie doch das strahlende Glitzern des Edelsteins, aber Ihr hattet ihn irrtümlicherweise an die linke Hand gesteckt, während Lady Eleanor den Ring immer an der rechten trug. Das war der alten Nonne aufgefallen, und daher ihr kleines Rätsel: *Sinistra non dextra* – die Linke, nicht die Rechte. Sie begriff es nicht.«

Agatha kam ein wenig näher. Corbett bemerkte, daß sie ihre Arroganz zum Teil verloren hatte und wachsamer aussah. Sie blieb geradewegs vor ihm, als wollte sie ihm die Sicht auf das versperren, was womöglich hinter ihr geschah.

»Angenommen«, sagte sie ruhig, »es hat sich so zugetragen, wir Ihr sagt. Ich gebe zu, daß man einen Mantel nicht vermissen würde – aber einen kostbaren Ring? Erinnert Euch, die Priorin hat die Tote unten an der Treppe gefunden!«

»Ihr wißt natürlich, daß das eine Lüge ist. Die Priorin machte sich Sorgen, weil sie nicht wußte, wo Lady Eleanor blieb; sie verließ das Refektorium und begab sich in das dunkle Konventsgebäude. Sie fand Lady Eleanor tot in ihrem Gemach, und aus Furcht vor den möglichen Folgen, brachte sie die Tote zum Fuße der Treppe, damit es aussah wie ein Unfall. Es war dunkel, sie hatte Angst, und niemand hätte gesehen, daß der Ring fehlte. Und wenn es doch jemand gemerkt hätte, wäre die logische Erklärung gewesen, daß er abgefallen sei. Und selbstverständlich wurdet Ihr zu Hilfe gerufen, um die Leiche wieder in ihr Zimmer zu bringen. Da konntet Ihr der Toten den Ring wieder auf den Finger schieben.« Corbett schwieg einen Augenblick lang. »Höchst raffiniert«, sagte er dann. »Ihr wußtet, daß Lady Amelia die Tote finden und, um den guten Namen des Klosters zu schützen, versuchen würde, Lady Eleanors Tod als Unfall zu tarnen. Ihr, die Mörderin, habt Euch unschuldige Nonnen wie Lady Amelia und Dame Martha zunutze gemacht, um Euch zu schützen. Ob es ihnen gefiel oder nicht, sie wurden Eure Komplizinnen, und Lady Eleanors Tod wurde eine so verworrene Angelegenheit, daß niemand jemals die Wahrheit herausfinden würde.«

Corbett war jetzt beunruhigt über das wohlwollende Lächeln, dem er sich gegenübersah. Er zog seinen Dolch.

»Und damit«, fuhr er fort, »hätte es sein Bewenden gehabt. Aber Dame Martha mußte schwatzen und drohen, mit der Priorin zu sprechen. Habt Ihr das Rätsel begriffen?«

Agatha lächelte.

»Sie zu ermorden, war ein leichtes für Euch«, sagte Corbett. »Die alte Martha ließ sich ein Bad bereiten. Sie stellte einen Wandschirm auf und schloß ihre Tür ab. Ihr, die stets fürsorgliche Schwester, kamt – vermutlich mit einem Stück Seife. Die alte Nonne steigt aus dem Zuber und hinterläßt eine nasse Spur auf dem Boden, als sie zur Tür geht, um aufzuschließen. Ihr gebt ihr die Seife und plaudert munter, und Dame Martha kehrt hinter ihren Wandschirm und in ihre Badewanne zurück. Sie war eine alte Lady, und der Tod dürfte rasch eingetreten sein. Vielleicht habt Ihr sie bei den Knöcheln gepackt und sie mit dem Kopf unter Wasser gezogen. Jeder Bootsmann kann Euch sagen, daß man rasch das Bewußtsein verliert, wenn Wasser schnell in Mund und Nase eindringt. Und dann habt Ihr Eure Seife genommen und seid ebenso still verschwunden, wie Ihr gekommen wart.«

Agatha nickte. »Überaus folgerichtig«, sagte sie leise. »Eine bündige, einleuchtende Darstellung.« Sie bleckte höhnisch die Zähne. »Ihr hättet Lehrer in den Schulen von Oxford werden sollen.«

»Statt herzukommen«, ergänzte Corbett sofort. »Ich habe Eure kleinen Pläne durcheinandergewürfelt, was? Aber natürlich haben andere, ohne es zu wissen, Euch geschützt. Pater Reynard, der de Craon mit Nachrichten versorgte. Gaveston und seine Hunde. Der Prinz von Wales mit seiner Vernarrtheit in seinen Günstling. Und natürlich auch«, schloß er verbittert, »unser oberster Herrscher, der König, mit seiner Neigung zu Mysterien und Geheimnissen.« Corbett ging auf sie zu. »Eure einzige gute Tat«, bemerkte er trocken, »bestand vermutlich darin, daß Ihr Lady Eleanor überredet habt, die Arznei, die Gaveston ihr schickte, nicht einzunehmen. Der königliche Lustknabe muß sehr verwundert gewesen sein.«

Agatha lächelte. »Ja, das stimmt. Ich habe Gaveston und seine naseweisen Ränke beobachtet. Keinesfalls durfte Lady Eleanor an Gift sterben. Die Herkunft eines solchen Pulvers ließe sich ermitteln. Wenn die gute Lady schon sterben mußte, durfte es keine Verbindung zum Prinzen geben. Ein hübsches, raffiniertes Geheimnis, über das jedermann sich den Kopf zerbrechen könnte.« Sie zuckte die Achseln. »Natürlich mußte ich auch de Craon im Auge behalten.«

»Aber der Rest?« fragte Corbett. »Und der Tod der beiden Nonnen? Den hat der König doch sicher nicht befohlen.«

Dame Agatha streckte die Hand aus. »Kein Dolch, Hugh«, flüsterte sie. »Denn was ich getan habe, geschah durchaus auf Befehl des Königs.« Sie hielt ihm ein vergilbtes Pergament hin. »Hier, lest!«

Corbett entrollte den kleinen Bogen und überflog rasch den Inhalt.

»Edward, durch die Gnade Gottes etc. ... an alle Sheriffs, Büttel, etc. ... Der Überbringerin dieses Dokuments, Agatha de Courcy, ist jegliche Hilfe und Unterstützung zu gewähren, denn was sie getan, ist geschehen um der Krone willen und zum Wohle des Reiches.«

Corbett warf einen Blick auf das verblichene Geheimsiegel seines königlichen Herrn.

»Um mit Pilatus zu sprechen, Mylady: ›Was geschrieben ist, das ist geschrieben.‹« Er sah ihr ins Gesicht. »Aber recht ist es damit noch nicht. Der König hätte niemals den Befehl gegeben, Lady Eleanor zu ermorden.«

»Aber es war nötig!« fauchte Agatha. »Sie wollte fliehen. Meine Befehle waren unmißverständlich: Ich sollte die Deveril aufhalten und nach Godstowe gehen und tun, was nötig wäre, um zu gewährleisten, daß Lady Eleanor keinesfalls die Krone oder den englischen Hof in Verlegenheit bringt.« Sie schüttelte den Kopf. »Und außerdem hatte ich diesen gottverlassenen Ort satt. Eine bleiche, fahläugige ehemalige Mätresse und ein paar Nonnen, deren Sorge hauptsächlich der eigenen Glorie und ihren Bäuchen galt!«

»Und die Priorin?« fragte Corbett plötzlich.

Agatha schüttelte den Kopf. »Die weiß von nichts.« Gewandt nahm sie Corbett das Dokument wieder aus der Hand. »Aber jetzt muß ich gehen, Hugh.« Sie erhob sich auf die Zehenspitzen und küßte ihn sanft auf die Wange. »Vielleicht sehen wir uns wieder. Ich hoffe es jedenfalls.« Sie lächelte. »Jetzt, da Ihr die Wahrheit kennt, wird die Priorin nicht mehr benötigt, und sicher friert Ranulf genauso sehr wie ich.« Sie winkte noch einmal, und ihre Finger streiften die seinen. »Lebt wohl.«

Corbett sah ihr noch nach, als sie im Nebel verschwand.

»Ranulf!« schrie er dann. »Ranulf!«

Aber nur graues, höhnisches Schweigen antwortete ihm. Corbett raffte den Mantel fester um die Schultern und stapfte zum Klostergebäude zurück; es kümmerte ihn nicht, daß er den Frieden in einem Damenstift störte, in dem so viele finstere Taten begangen worden waren.

»Ranulf!« brüllte er. »Herrgott, Mann!« Fast hatte er die Tür zum Gästehaus erreicht. »Ranulf!« donnerte er, und polternde Schritte kamen ihm auf der Treppe entgegen.

Sein Diener, gefolgt von einem noch wilder blickenden Maltote, stolperte die Treppe herunter. Die beiden hielten Schwertgurte und Mäntel in den Händen.

»Herrgott, Mann!« schrie Corbett. »Ihr hattet mir folgen sollen!«

Ranulf starrte ihn mit schlaftrunkenen Augen angstvoll an. »Das wollte ich ja, Master. Aber Maltote ist wieder eingeschlafen. Ich wollte ihn wecken, aber das ging nicht. Da setzte ich mich auf das Bett, um mir die Stiefel anzuziehen, und im nächsten Augenblick war ich auch eingeschlafen.«

Corbett schloß die Augen. »Ranulf, Ranulf!« flüsterte er.

»Was denn, Master?«

»Nichts.« Corbett seufzte. »Gott sei Dank wußte Mistreß Agatha nicht, daß ihr schlieft. So«, fuhr er fort, »wir müssen bald aufbrechen. Frühstückt, und dann packt unsere Taschen. Sorge dafür, daß die Pferde gefüttert werden, und bezahle, was wir schuldig sind. In einer Stunde sind wir unterwegs.«

Ohne sich um das Gemurmel seines Dieners zu kümmern, ging Corbett um die Klosterkirche herum zum Quartier der Lady Amelia. Die Priorin saß allein in ihrem Zimmer, und der Tisch vor ihr war von Manuskripten übersät. Sie war bleich und hatte rote Augen, und sie wirkte ängstlich und besorgt. Als Corbett eintrat, erhob sie sich.

»Master Corbett«, sagte sie in flehendem Ton, »ich habe Eure Bekanntmachung weitergegeben.«

Corbett ließ sich auf eine Bank an der Wand fallen. »Setzt Euch nur, Mylady«, sagte er müde. »Es wird alles nicht mehr nötig sein. Ihr habt noch ein Mitglied Eures Ordens verloren. Dame Agatha wird abreisen – wenn sie nicht schon fort ist. Ich schlage vor, Ihr laßt sie in Frieden ziehen. Nehmt ihren Namen nicht mehr in den Mund, und schickt auch keine zornigen Briefe an den Bischof.«

»Was wollt Ihr damit sagen?«

»Dame Agatha war keine Nonne.« Corbett lächelte schmal.

»Sie war wegen Lady Eleanor hier?«

»Ja. Sie war, genau wie ich, wegen Lady Eleanor hier. Dame Agatha war der Schlüssel zu all den Todesfällen hier in Godstowe.« Er hob die Hand, als er sah, daß die Priorin aufbrausen wollte. »Je weniger Ihr wißt, desto besser, Mylady. Dame Agatha ist schuldig, aber auch Ihr seid nicht ohne Fehl.«

Die Priorin rutschte auf ihrem Stuhl hin und her. »Wie meint Ihr das?«

»Das wißt Ihr genau«, erwiderte Corbett. »Lady Eleanor wurde ermordet, weil sie aus Godstowe fliehen wollte. Geheimbotschaften wurden in ihrem Zimmer und in der hohlen Eiche zwischen der Kirche und der Mauer hinterlegt. Das wißt Ihr wohl. Ihr solltet es wissen – denn Ihr habt die Botschaften geschrieben und sie dort hinterlegt.«

»Warum sollte ich das tun?«

»Ach, kommt, Mylady, das wißt Ihr doch. Lady Eleanor war auf Befehl des Königs hier, und das war Euch ein Greuel. Es hat die Harmonie und den Frieden in Eurem kleinen Damenstift gestört. Es hat die unerwünschte Aufmerksamkeit des Prinzen und des Lord Gaveston auf Euch gelenkt und auch das unerwartete Erscheinen des französischen Gesandten, Monsieur de Craon, der sich nicht einfach abweisen ließ. Lady Eleanor war eine junge Frau. Sie hätte noch jahrelang leben können. Mit der Zeit hätte sie womöglich sogar Eure eigene Stellung gefährdet. Also habt Ihr ein paar Reiter gemietet – Gott weiß, wo, obgleich ja genug ehemalige Soldaten in der Gegend sind, die für ein paar Silbermünzen alles tun.«

Corbett stand auf und schenkte sich einen Becher Wein ein. Er sah Lady Amelia fragend an, aber sie schüttelte den Kopf. Corbett trank von dem schweren

Rotwein und fühlte genüßlich, wie er seinen Magen erwärmte.

»Ihr habt den Boden gut bereitet – mit diesen Botschaften, die Ihr in der alten Eiche verstecktet. Erst glaubte ich, jemand wäre über die Mauer geklettert und hätte sie dort hineingesteckt, aber in der Nacht, als Gavestons Hunde mich hetzten, mußte ich feststellen, daß dies ein unmögliches Kunststück war. Die Mauern sind steil, und jeder Eindringling würde irgendwann auffallen; ebensogut könnte er gleich durch das Tor kommen. Daraus folgerte ich, daß der Verfasser der Nachrichten sich schon innerhalb der Klostermauern befinden mußte.« Corbett ließ eine Pause eintreten. »Erst dachte ich, es sei Dame Agatha; aber nur Ihr hatte genug Macht und Geld, um Reiter zu mieten. Überdies konnte ich nie begreifen, weshalb Ihr Lady Eleanor ausgerechnet an dem Tag, als draußen vor dem Kloster die Reiter gesichtet wurden, erlaubt hattet, der Komplet fernzubleiben. Bei jeder anderen Gelegenheit hättet Ihr verlangt, daß sie teilnehme. Und Ihr mußtet von den Reitern, die sich da zwischen den Bäumen versteckten, gehört oder sie gesehen haben. Lady Eleanors Abwesenheit bei der Komplet und die Anwesenheit dieser Reiter, das war also kein zufälliges Zusammentreffen. Ihr hofftet, sie würde verschwinden. Man würde anderen die Schuld geben, und Ihr und Euer Stift wäret sie losgewesen. Aber natürlich ging die Sache entsetzlich schief. Lady Eleanor wurde ermordet, und die Reiter mußten unverrichteter Dinge abziehen.«

Die Priorin starrte ihn wortlos an.

»Ihr hattet Angst, ich könnte von diesen Reitern erfahren. Deshalb schicktet Ihr mir Dame Catherine nach, als der Pförtner an jenem Morgen mit uns in den

Wald ging: Sie sollte feststellen, wohin wir gingen. Habe ich recht?«

»Ja, Corbett«, antwortete sie rauh. »Ihr habt recht. Lady Eleanors Anwesenheit hier war mir zuwider. Wir sind vielleicht nicht der strengste Orden im Reich, aber Godstowe ist immer noch ein Kloster und kein Zufluchtsort für ehemalige Huren. Überdies empfand ich eine starke Abneigung gegen Lady Eleanor mit ihrer jammervollen Miene und ihrer mürrischen Art. Ich mußte in Geschäften nach Oxford. Ihr kennt die Stadt. Man kann dort Leute mieten, die in ihrer Verzweiflung zu allem bereit sind. Sie hatten ihre Befehle. An jenem Sonntag abend hatte Lady Eleanor die Anweisung, sich mit ihnen draußen vor dem Galilee Gate zu treffen. Dazu mußte ich die ehemalige Hure natürlich zur Zusammenarbeit bewegen, und so schrieb ich ihr heimlich diese Botschaften.« Sie zuckte die Achseln. »Den Rest wißt Ihr.«

»Und wenn sie fortgegangen wäre?« fragte Corbett. »Ich weiß, daß der Verdacht auf den Prinzen gefallen wäre, auf Lord Gaveston, die Franzosen, ja sogar auf den König. Aber was hattet Ihr beabsichtigt?«

Die Priorin lächelte. »Oh, nichts Schlimmes. Wir haben ein Schwesternhaus in Hainault, nicht weit von Dordrecht. Lady Eleanor wäre dort bequem, aber sicher untergebracht worden, und ich wäre glücklich gewesen.« Sie zog ein Pergament zu sich heran. »Aber nun, Master Corbett, seid Ihr sicher ebenso beschäftigt wie ich.«

Sie starrte ausdruckslos auf ihren Schreibtisch, und als sie aufblickte, war Corbett nicht mehr da.

CONCLUSIO

In der Großen Halle von Westminster Palace saß Edward von England auf seinem Thron unter der großen Stichbalkendecke. Große scharlachrote und goldene Banner hingen über ihm, und Angehörige des Hofstaats hatten die Wände mit seidenen Gobelins und dicken silber- und golddurchwirkten Tüchern bedeckt. Der Boden vor der Estrade war sauber gefegt, und frische Binsen, am Flußufer geschnitten, lagen mit Kräutern vermischt auf den Holzdielen. Königliche Gardisten standen dicht an dicht zu beiden Seiten des Throns, die Schwerter gezückt und zu Boden gerichtet. Rechts und links neben dem König standen die führenden Größen und Bischöfe des Reiches; vor ihm, an einem mit Damast bespannten Tisch, saßen die leitenden Sekretäre der Staatskanzlei und des Schatzamtes, Corbett in der Mitte. Auf dem Tisch vor ihm hatte man alle Pergamente bis auf eines fortgeräumt, ein langes Dokument, frisch beschrieben und besiegelt: der Verlobungsvertrag, mit dem Edward, Prinz von Wales und voraussichtlicher Erbe des englischen Throns, »der einzigen und geliebten Tochter« Philipps IV. von Frankreich, Isabella, versprochen wurde.

Corbett beobachtete, wie de Craon herantrat und Philipps Siegel am unteren Ende der Urkunde befestigte. Dann ging der französische Gesandte zu einem großen Evangeliar, das Robert Winchelsea, der Erzbischof von Canterbury, ihm mit knorrigen Fingern entgegenhielt, und legte die Hand darauf. De Craon, prachtvoll angetan mit einer Robe aus blauem und weißem Samt, verkündete in präzisem normannischen Französisch:

»Es hat Philipp, den König von Frankreich, mit großer Freude erfüllt, daß diese Verlobung stattgefunden hat, denn sie wird die Grundlage eines langen und dauerhaften Friedens zwischen England und Frankreich sein.«

Corbett verbarg seine Gefühle hinter einer Maske diplomatischen Lächelns; er hörte zu, wie de Craon Gott und Seine Engel zu Zeugen dafür anrief, wie sehr Frankreich an einem langen Frieden gelegen sei. Unter anderen Umständen wäre der englische Sekretär in Gelächter ausgebrochen: Gäbe man de Craon Gelegenheit, würde er den Vertrag beugen oder brechen, ganz wie es ihm und seinem verschlagenen Herrn im Louvre-Palast beliebte. Endlich kam de Craon zum Schluß. Im Namen Edwards erhob sich Corbett und antwortete mit einem ganz ähnlichen Gewebe aus offiziellen Lügen, und dann ging er um den Tisch herum und tauschte mit seinem Erzfeind den Friedenskuß. Edward von England saß hinter ihm und beobachtete alles unter schweren Lidern; aber seine Gedanken waren woanders, und sein ganzer Körper war starr vor Wut darüber, daß sein Sohn es vorgezogen hatte, bei seinem Liebling in Woodstock zu bleiben, statt an dieser feierlichen Verlobungszeremonie teilzunehmen. Prinz Edward hatte behauptet, ihm sei unwohl. Der König knirschte mit den Zähnen. Noch ehe die Woche vorüber wäre, würde er seinem Sohn allen Grund zum Unwohlsein geben! Der König beugte sich vor und sah zu, wie Corbett und de Craon einander umarmten und den letzten Friedenskuß tauschten. Nach dem Kuß zog de Craon den Kopf zurück, ein falsches Lächeln auf den Lippen.

»Eines Tages, Corbett«, zischelte er, »werde ich Euch umbringen!«

Corbett verbeugte sich und erwiderte murmelnd: »Eines Tages, Monsieur, werdet Ihr es, wie kürzlich erst, versuchen und dabei scheitern.«

Wiederum falsches Lächeln, oberflächliche Verbeugungen, die Trompeten auf der Galerie schmetterten ihre silberne Fanfare, und die Zeremonie war zu Ende. De Craon verneigte sich zum Thron, befahl seinen Begleitern mit einem Fingerschnippen, ihm zu folgen, machte auf dem Absatz kehrt und verließ eilig die geräumige Halle. Edward erhob sich, öffnete seinen golddurchwirkten Mantel und warf ihn de Warenne zu.

»Gott sei Dank, dieser Mummenschanz ist vorbei! De Warenne, ich wünsche Corbett in meinem Gemach zu sehen. Niemand sonst soll zugegen sein.«

»Sehr wohl, Euer Gnaden.«

Edwards Augen wurden schmal. »Nicht so viel Sarkasmus, Surrey. Und wenn das erledigt ist, soll Euer schnellster Kurier sich binnen einer Stunde auf den Weg nach Woodstock machen. Er soll meinem liebreizenden Sohn sagen, daß ich ihn morgen zu sprechen wünsche – und zwar hier.« Der König stieß mit dem Zeigefinger nach dem Earl. »Und er soll auch dem Lord Gaveston eine Botschaft übermitteln. Falls er am Ende der Woche noch in England ist, werde ich ihn ächten und für vogelfrei erklären, und jeder, der ihn sieht, soll ihn erschlagen dürfen!« Edward schlug dem Earl herzhaft auf die Schulter. »Und dann marschieren wir nach Norden und erteilen den Schotten eine Lektion, die sie nie vergessen werden.«

Als Corbett zum König kam, saß dieser zurückgelehnt auf einer Fensterbank und hielt einen bauchigen Weinkelch in der Hand.

»Ah, Hugh.«

Corbett sank das Herz in die Hose. Wenn der König

den rauhen, aber herzlichen Krieger spielte, dann witterte er jedesmal Verrat.

»Während Ihr und de Craon Euch da draußen gegenseitig den Arsch küßtet, mußte ich an Euren Bericht über die Angelegenheit in Godstowe denken. Ihr habt Eure Sache gut gemacht, Hugh.«

»Danke, Euer Gnaden.«

Der König stand auf, goß Wein in einen Kelch und reichte ihn dem Sekretär. »Es tut mir leid, daß ich Euch von Mistreß Agatha nichts gesagt habe.«

»Euer Gnaden, dagegen habe ich bereits protestiert. Wie kann ich Erkenntnisse sammeln, wenn es Leute wie sie gibt, von denen ich nichts weiß? Solche Männer und Frauen sind eine Gefahr. Man muß sie überwachen und leiten.«

»Leute wie Lady Agatha?«

»Ja, Euer Gnaden, Leute wie Lady Agatha.«

Der König warf Corbett einen verschlagenen Blick zu. »Es stimmt schon, sie hat ihre Befugnisse überschritten, aber wenn Lady Eleanor entkommen wäre ...« Er ließ den Satz in der Schwebe.

»Wenn Lady Eleanor entkommen wäre, Euer Gnaden«, versetzte Corbett in scharfem Ton, »dann hätte man sie wieder eingefangen.«

»Sicher, sicher«, murmelte der König. »Aber Agatha ...« Er sprach nicht weiter.

Corbett stellte seinen Kelch heftig auf den Tisch. »Mistreß de Courcy hat vielleicht gemordet, um Euer Gnaden zu schützen, aber sie hat auch gemordet, um sich selbst zu schützen. Drei Frauen mußten ohne Grund sterben; zwei von ihnen waren Nonnen – Frauen, die einfach deshalb starben, weil sie zur falschen Zeit am falschen Ort waren. Wer wird sich für ihr Blut verantworten?«

»Das sind heuchlerische Reden, Corbett!« fauchte der König.

»In Italien«, erwiderte Corbett langsam, »gibt es eine neue Art von Leuten, die behaupten, daß alles, was der Fürst will, Gesetz sei. Ist es dies, was Ihr damit meint, Euer Gnaden?«

»Vielleicht.«

»Das heißt, wenn Euer Gnaden es sich einmal anders überlegen und meinen Tod wollen ...«

Der König wandte sich ihm zu, und seine Lippen verzogen sich zu einem Zähneblecken. Er schleuderte Corbett seinen Kelch vor die Füße. »Haltet den Mund, Schreiber!«

»Drei Frauen«, fuhr Corbett ungerührt fort. »Drei unschuldige Frauen sind tot. Wißt Ihr, wie man Euch in den Hallen von Oxford nennt? Den neuen Justinian des Abendlandes. Den großen Gesetzgeber. Sie reden von Euren Parlamentssitzungen, von Eurer berühmten Rede darüber, daß das, was alle betrifft, auch von allen gebilligt werden müsse. Ich frage mich nur, was Dame Martha und Dame Frances dazu sagen würden. Agatha de Courcy ist eine Mörderin. Sie läuft nicht nur frei herum, sie brüstet sich sogar mit Eurer Vollmacht für das, was sie getan hat.«

Der König stieß mit dem Fuß nach den Binsen auf dem Fußboden. »Ihr geht jetzt lieber, Corbett!« sagte er knapp und blickte dann lächelnd auf. »Maeve ist schwanger. Wenn es ein Knabe ist, will ich, daß er Edward heißt.« Er wandte sich ab. »Was Ihr in Godstowe getan habt, werde ich nicht vergessen. Wie ich höre, möchtet Ihr Maltote in Euren Haushalt nehmen. Ich erlaube es Euch. Und jetzt geht! Nach St. Michaelis müßt Ihr zurückkommen.«

Corbett verbeugte sich und ging zur Tür.

»Hugh!«

Corbett drehte sich um. »Ja, Euer Gnaden?«

»Agatha de Courcy ... überlaßt sie mir.«

Corbett verbeugte sich noch einmal und schloß dann die Tür hinter sich.

Edward blieb eine Zeitlang stehen; dann trat er ans Fenster und dachte über Corbetts Worte nach. Im Grunde seines Herzens wußte Edward, daß der Sekretär recht hatte. Agatha de Courcy war eine Mörderin. Edward hatte sich ihrer schon früher bedient. Er nannte sie sein »raffiniertes Werkzeug« gegen die tödlichen Ränke seiner Feinde. Vor fast vierzig Jahren hatte er die de Montforts vernichtet, aber sie hörten nicht auf, ihn zu plagen. Oh, er hatte von der Deveril gehört, von dieser unehelichen Nachfahrin eines der Montfortschen Generäle. Deverils unehelicher Sohn war ins Ausland geflohen; er war nach Bordeaux gegangen und hatte in eine dort ansässige Adelsfamilie eingeheiratet. Seine Tochter war Marie Deveril gewesen, ein Mädchen, das zum Haß gegen den König von England erzogen worden war. Er hatte sie von weitem beobachtet: Als sie unter falschem Namen die Erlaubnis beantragt hatte, nach England und in das Kloster Godstowe zu kommen, hatte er vermutet, daß sie Unheil stiften und die Hand gegen Edward oder seine Familie erheben wollte, sobald sich Gelegenheit dazu böte. Oder – ihn überlief ein Schauder – vielleicht hatte sie auch höher gezielt und gehofft, der Prinz von Wales oder sogar er selbst würde das Kloster einmal besuchen. Edward hatte sie herkommen lassen; er hatte gewollt, daß sie ihre Deckung verließ, und hatte Agatha de Courcy unterdessen geheime Anweisungen erteilt: Sie sollte der Deveril folgen und sie umbringen, dann an ihrer Stelle nach Godstowe gehen und

Lady Eleanor aus nächster Nähe pausenlos im Auge behalten.

Edward lächelte düster vor sich hin. Wer hätte einen Verdacht geschöpft? Agatha hatte sich immer wie ein Mann verkleidet und sich als junger, französisch angehauchter Geck ausgegeben, mit kostbaren, vom Schatzamt bezahlten Kleidern ausgestattet und mit einem näselnden französischen Akzent, um den sie jeder Höfling beneidet hätte. Agatha de Courcy würde Marie Deveril umbringen, die Lage in Godstowe im Auge behalten, über die Unternehmungen des Prinzen in Woodstock Bericht erstatten und feststellen, was hinter den müßigen Gerüchten steckte, denenzufolge der Prinz seine ehemalige Hure heimlich geheiratet hatte. Niemand würde auf den Gedanken kommen, Agatha könnte die Deveril ermordet haben. Und wenn doch, wen kümmerte das? Die Deverils waren Verräter, und Edward hatte Agatha schriftlich zugesagt, sie zu verteidigen. Selbstverständlich hatte er Corbett das alles verheimlicht; der Mann war ein ausgezeichneter Spion, aber sein zartes Gewissen hätte bei der lautlosen Ermordung einer Frau und ihres Pagen sicher nicht mitgespielt. Alles war gutgegangen, bis Lady Eleanor ermordet worden und Agatha de Courcy in ihr seltsames Schweigen verfallen war. Oh, de Courcy hatte ihn jetzt wissen lassen, daß sie nicht gedenke, irgendwann die Wahrheit zu enthüllen, aber wie konnte er ihr vertrauen? Aufgrund welcher Autorität entschied sie, wer zu leben und wer zu sterben hatte? Corbett hatte recht. Das durfte nur ein Fürst.

Edward spähte aus dem Fenster. Er sah Corbett unten im Hof; fröhlich lachend plauderte er mit Ranulf und Maltote.

»Wenn es ein Knabe ist, soll er Edward heißen«, murmelte der König, und er verspürte stechenden Neid auf das Glück des Sekretärs. »Ich habe nämlich keinen Sohn«, flüsterte er.

Er lehnte sich an die Wand und sah zu, wie Corbett und seine Begleiter auf die Pferde stiegen und zum Tor hinausritten. Dann ging er zu einem kleinen Schreibpult, nahm die Feder und schrieb sorgfältig eine kurze Mitteilung. Mit etwas heißem Wachs brachte er sein Geheimsiegel an und rief dann nach einem Bediensteten. Wenig später kam John de Warenne, der Earl von Surrey, hereingeschlendert.

»Euer Gnaden?«

Edward starrte immer noch aus dem Fenster.

»Euer Gnaden, Ihr habt mich rufen lassen?«

»Es gibt da eine Frau«, sagte Edward langsam. »Sie wohnt in einem Haus gegenüber der Schenke ›The Swindlestock‹, bei der Kirche von St. Catherine in der Gegend des Towers. Sie ist eine Verräterin und eine Mörderin.«

»Wie heißt sie?«

»Agatha de Courcy.« Edward räusperte sich. »Sie muß sterben. Ihre Verbrechen hat sie gestanden, aber aus Gründen der Staatsräson dürfen sie nicht bekanntgemacht werden. Ihr werdet Euch darum kümmern, de Warenne. Seht zu, daß es schnell geht. Laßt sie nicht erst Verdacht schöpfen.«

»Euer Gnaden, mit welcher Vollmacht handele ich?«

Der König lächelte, und ohne sich umzudrehen, hielt er das Pergament hin, das er soeben beschrieben hatte. De Warenne nahm es und las es aufmerksam.

»Was immer der Überbringer dieses Dokuments getan hat«, stand da, »ist geschehen um der Krone willen und zum Wohle des Reiches.«

De Warenne verbeugte sich und schlüpfte lautlos hinaus.

ANMERKUNG DES AUTORS

Im Jahr 1301 hatten Edward I. und sein Sohn tatsächlich einen heftigen Streit. Der Grund für diesen Disput ist unbekannt; sicher ist aber, daß der Prinz von Wales eine Mätresse hatte, mit der er einen unehelichen Sohn zeugte. Im Lichte der Verhandlungen mit Philipp IV., der seine Tochter mit dem Prinzen von Wales verheiraten wollte, wurde diese Mätresse möglicherweise »in den Ruhestand versetzt«, um den Wünschen der Franzosen entgegenzukommen. Eine ähnliche Aktion gegen den Freund des Prinzen, Lord Gaveston, kann in der Auseinandersetzung mit König und Prinz ebenfalls eine Rolle gespielt haben.

Diese Verlobung und die nachfolgende Ehe waren England vom Heiligen Stuhl aufgenötigt worden, der weitgehend unter dem Einfluß Philipps IV. stand; Edward von England mußte sie akzeptieren oder auf die schönen, reichen Weinberge der Gascogne im Südwesten Frankreichs verzichten. Der Vertrag wurde 1298 unterzeichnet, und Edward von England wand sich zehn Jahre lang wie eine Schlange, um ihm wieder zu entkommen. Philipp von Frankreich indessen ließ nicht locker. Es gibt Dokumente, sowohl im Londoner Record Office als auch in der Pariser Bibliothèque Nationale, die zeigen, wie Philipp sich diese Ehe zunutze machen wollte, um seinen einen Enkel zum Herzog der Gascogne und den anderen zum König von England zu machen. Wie in der modernen Diplomatie können solche Unternehmungen nach hinten losgehen: Philipps drei Söhne hatten keine Erben, und Isabellas Sohn, der große Kriegerkönig Edward III., erhob unverzüglich Anspruch auf den französischen Thron und stürzte das Land in einen hundert Jahre währenden, verschwenderischen Krieg.

Edwards Vernarrtheit in Piers Gaveston ist ausführlich belegt. Die meisten Historiker gestehen zu, daß Edward bisexuell war; der junge Prinz erklärte öffentlich, er liebe seinen Günstling »mehr als das Leben selbst«. Gaveston war ein Emporkömmling aus der Gascogne; seine Mutter war als Hexe verbrannt worden, und hier und da wurde behauptet, daß auch er sich mit Schwarzen Künsten beschäftigte. Schließlich schickte König Edward I. ihn in die Verbannung, aber als sein Sohn den Thron bestieg, wurde Gaveston zurückgerufen und zum Herzog von Cornwall ernannt. Der junge König heiratete zwar Isabella, reichte aber sämtliche Brautgeschenke Philipps IV., einschließlich des Ehebetts, an Gaveston weiter. Der königliche Günstling organisierte auch die Krönung und verpatzte sie vollständig: Das Essen war kalt, Zuschauer wurden im Gedränge zu Tode gequetscht, und Gaveston verärgerte den etablierten englischen Adel, indem er selbst bei der Krönungszeremonie eine herausragende Position einnahm. Die Tatsache, daß der junge Gascogner hübsch war, ein ausgezeichneter Turnierkämpfer und sehr witzig in seiner Auswahl von Spitznamen für Edwards Aristokraten, machte alles nur noch schlimmer.

Witzig blieb er bis zum Tod. 1312 nahmen ihn die englischen Barone gefangen und brachten ihn nach Blacklow Hill in Warwickshire. Gaveston wandte sich an einen von ihnen und sagte: »Mylord, sicher wollt Ihr doch mein Aussehen nicht verderben, indem Ihr mir den Kopf abschlagt?« Warwick war ihm gern zu gefallen und stieß ihm seinen Dolch ins Herz. Der junge Edward war bestürzt. Er ließ Gavestons Leichnam einbalsamieren und bewahrte ihn in seinem Schloß zu King's Langley auf, bis die Kirche ihn zu einer feierlichen Bestattung zwang.

Es gibt eine interessante Verbindung zwischen den Günstlingen Edwards II. und der englischen Königsfamilie im letzten Jahrzehnt des 20. Jahrhunderts. Nach Gavestons Tod nahm Edward sich einen neuen Günstling, nämlich den unheimlichen, aber fähigen Hugh de Spencer, dessen Grab noch heute in Tewkesbury Abbey in Gloucestershire zu besichtigen ist. De Spencers Einfluß auf den König führte zum Ehekrieg zwischen Edward und seiner Isabella. Die Königin blieb siegreich. De Spencer starb eines schrecklichen Todes, und unveröffentlichten Chroniken zufolge gelobte das Unterhaus feierlich, niemals zuzulassen, daß ein de Spencer König werde. Vielleicht nimmt die jetzige Ehe zwischen Charles, dem Prinzen von Wales, und Diana Spencer, einer Nachfahrin Hughs und Mutter eines künftigen Königs, diesen Fluch von einer der ältesten Familien Englands.